万相之王

ABSOLUTE RESONANCE

天蚕土豆 著

10 洛岚府祭

中国致公出版社 知音动漫

目录

CONTENTS

第六百五十章

裴昊后手

洛岚府总部，广场。

全场一片寂静，一道道惊骇的目光望着倒塌的石柱，然后转向场内一脸平静的李洛，所有人的心中都掀起了惊涛骇浪，连徐天陵都微微张大了嘴巴。

谁都没想到，这场在众人眼中原本并不公平的战斗竟然会在电光石火之间出现这样匪夷所思的变化。

二星天珠境的裴昊竟然被煞宫境的李洛一拳轰飞了？！

蔡薇震惊地捂住嘴，然后看向一旁同样瞪圆了眼睛的颜灵卿，道："少府主怎么突然这么勇猛了？"

颜灵卿迟疑了一下，道："李洛身上的相力波动恐怕已经达到了小天相境的层次……"

"而且那股能量格外狂暴，与少府主以往的相力截然不同，或许是某种外力。"袁青插嘴说道。

蔡薇与颜灵卿恍然，没觉得李洛借助外力有何问题。既然之前裴昊以境界压人，自然也怪不得李洛借用外力，毕竟能够使用外力也是一种手段。

现在可不是学府内的友好切磋，而是你死我活的府主之争。

姜青娥注视着李洛的身影，感应着他身上如潮水般涌出的狂暴能量，眸光微闪，这是她第一次亲眼见到李洛使出这股力量。

此前在圣杯战，李洛重创赤甲将就是用的这股力量。

只不过从当时李洛的情况来看，使用这种力量的后遗症很大，会对自身造成严重侵蚀。所以一般情况下李洛不会轻易动用它，但眼下为了对抗天珠境的裴昊，他还是果断地动用了。

否则双方差距巨大，他无法以煞宫境去对抗天珠境。

姜青娥的眸光转向倒塌的石柱，刚才李洛的一拳出其不意，应该可以重创裴昊，但如果说裴昊就这样被击杀了，她还是不信，对方为此准备多年，不可能没有后手与底牌。

李洛同样神色平淡地盯着那片倒塌的石柱，没有放松警惕。

“砰！”

就在这种压抑安静的气氛中，一根残破的巨石猛地弹射而起，对着李洛飞去。

李洛一拳轰出，将巨石轰成漫天粉末，目光凌厉地盯着前方。

只见倒塌的巨石不断蔓延出道道裂痕，仿佛有一股极为可怕的力量在涌出。下一瞬，诸多巨石纷纷爆碎，化为粉末飘散开来。

一道人影从中缓缓走出。

“哗！”

哗然声响起，偏向裴昊的诸人顿时面露惊喜，反观袁青、雷彰、蔡薇、颜灵卿等人，则神色凝重。

在众人的注视下，裴昊手掌一挥，卷走了漫天粉末，他的模样清晰地显露出来。

他的上身衣衫已破碎，胸膛处有一道微微凹陷的拳印，但让人在意的却不是这道李洛留下的拳印，而是裴昊心脏位置浮现的黑色符文。这些符文极为细小，犹如蚂蚁一般，纠缠在一起仿佛黑色的锁链，沿着血肉蔓延开来，短短数息就遍布了裴昊的身躯。

“少府主藏得可真深。”裴昊面色漠然，开口说道。

“你也不一般。”李洛盯着裴昊身上沿着血脉蔓延的诡异黑色符文。随着符文出现，裴昊体内散发出来的能量波动也以一种极为恐怖的速度攀升着。

显然，这就是裴昊的后手。

在众人震惊的视线里，裴昊的相力强度很快就暴涨到了小天相境，而且这个趋势没有停止。

李洛眉头微微一皱，裴昊应该也借助了某种外力，可是这股力量来自何处？他使用的三尾天狼的力量需要经过庞院长的手段转化才能承受，裴昊又是怎么借来的？

心中闪过这些念头，李洛手掌一握，金玉玄象刀闪现而出。

他脚掌踏下，脚下青石裂开，身影化为一道升腾着暗红能量的流光对着前方暴射而去，手中的玄象刀挟着狂暴至极的刀光对着裴昊怒斩而下。

“当！”

裴昊手掌一抬，手中的金剑化为道道剑光，直接迎上。

金铁之声响彻，异常狂暴的能量冲击波肆虐开来。

短短片刻，双方刀剑往来了数十回合，不过这一次，裴昊却是越战越猛，每一次剑光呼啸，蕴含的力量都在不断攀升。随着最后一次刀剑硬碰，裴昊一声长啸，相力波动已攀至小天相境顶峰。

他的啸声引动天地能量，仿佛形成了漫天璀璨的金光，金光之内有无数剑气流动。

这一幕看得袁青面色一变，他也是小天相境，此时却清晰地感觉到，裴昊的相力已比自己强一筹。

“裴昊究竟用了什么手段，实力怎么能暴涨到这种程度？”袁青太阳穴都在震动，面色阴沉，五指紧握。

场中，裴昊一剑震退李洛，他感受着体内那股前所未有的强大力量，脸上涌现出张狂肆意的笑容。他盯着李洛，道：“少府主，今天这府主之位，我要定了！”

“不论是你还是姜青娥，我都不惧！”

李洛微微撇嘴，道：“不过是借助外力提升了一些实力而已，就猖狂成这样，当真是小人得志。”

“我虽然不知道你这股力量从何而来，但想来应该会付出不小的代价吧？”

听到此话，裴昊的眼神瞬间阴冷。代价当然不小，他缺失一半的心脏时刻都在提醒着他。但那又如何，今日之争他不能输，如果输了，他就会失去一切，所以代价再大他都无所谓。

“原本这些手段是为姜青娥准备的，但没想到，会被你逼得提前使出。”裴昊盯着李洛的眼神犹如毒蛇一般，充满杀机。

“但你放心，失去的东西我都会从你身上尽数取回！”

“你可真幽默。”李洛笑起来。

裴昊眼神阴冷，缓缓抬起手中吞吐着剑光的金剑指向李洛，淡淡道：“你以为这就是我的极限了吗？”

当他声音落下的那一瞬，漫天涌动的金光开始剧烈翻腾，发出了刺耳的剑鸣声，无数剑气沸腾涌动，逐渐凝结，最后在裴昊的上空似化为一只金雕。

场外的袁青等人见到这一幕，顿时倒吸了一口气，面色难看至极。

“天地能量随心而动……这是……大天相境！”

第六百五十一章

大天相境

金光剑气所化的金雕盘踞半空，一股强悍至极的相力波动席卷而下，让洛岚府总部的众人大惊失色。

大天相境!

谁都没想到，裴昊的实力竟然会暴涨到这种程度。

虽然这股力量并非裴昊自身所有，但这种时候，力量来自何处已经不重要了。

裴昊面容阴冷，大天相境的实力一经展现，他便不再犹豫，屈指一点。只见剑气金雕呼啸而下，化为无边剑气洪流，对着李洛肆虐而去。

剑气洪流所过之处，虚空仿佛都被穿透，留下了无数剑痕。

李洛面色变得凝重，他可以感觉到席卷而来的剑气洪流是何等凌厉霸道，而且速度极快，转瞬之间就已呼啸而至。

那般速度看得袁青、蔡薇等人猛地提起心。

蔡薇更是忍不住失声喊道：“少府主小心！”

“轰隆！”

当剑气洪流即将淹没李洛身躯的那一瞬，他的周身似乎响起了细微的雷鸣声，只见他的身躯变得虚幻，而后身影出现在十数丈之外。

低阶龙将术，闪雷术。

“咦？”裴昊神色微动，眼神惊疑。李洛似乎施展出了一道雷属性的身法相术，那般速度竟然比他的剑气还快!

裴昊没有想太多，而是手掐剑诀。

“中阶龙将术，灭魂剑气！”

随着裴昊心念一动，他体内的金色相力自天灵盖升腾而起，然后迅速凝结，数息之后竟在其头顶之上形成了一道约莫丈许、略显灰暗的剑气，看上去并不起眼，却散发着极致的危险气息。

这道剑气不会对肉身造成什么伤害，可若是被它斩中，就会被磨灭神志，端的是阴狠霸道。

显然，此时的裴昊不再有任何保留，不打算对李洛手下留情。

“嗡！”

灭魂剑气一抖，凭空消失而去。

李洛却感觉到一股极为危险的气息将他锁定，令浑身汗毛都倒竖起来，看来，裴昊这一次的攻击相当可怕。

李洛有点无奈地叹了一口气。

原本他以为小天相境模式可以解决裴昊，没想到对方的后手如此厉害。

如此一来，他没办法再有所保留了。

只是，开启小天相境模式带来的冲击是之前他所能承受的极限，若开启大天相境模式，他的肉身与心灵都会受到三尾天狼力量极大的侵蚀。此前在圣杯战，最后时刻如果不是姜青娥以光明之力帮他净化，他恐怕得昏迷好一段时间。

不过现在他已经突破到了煞宫境，而且还与三尾天狼暂时达成了协议，想来能量反噬会有所减缓吧。

心中闪过这些念头，李洛深吸一口气，不再犹豫，直接催动了天祀咒。

“大天相境模式！”

伴随着低语声在心中响起，他手腕处的猩红镯子顿时流淌出血红般的光泽，磅礴狂暴的凶煞能量如洪流般冲进体内，那一瞬，他感到了血肉被撕裂的剧痛，身体表面有一道道血痕出现。

李洛的双目也变得猩红，面庞略显狰狞。

他的手掌猛然紧握玄象刀，而后一刀斩下。

只见连绵的水相之力激涌而出，一道水流刀轮高速旋转浮现。

“千流水刀轮！”

数丈左右的刀轮震荡，发出了嗡鸣的刺耳声响，然后呼啸而出，斩向了右侧虚空，那里刚好有一道灰暗的剑气贯穿而至，与散发着极致切割力的水流刀轮相撞。

“砰！”

狂暴的相力冲击波如风暴般肆虐而开，将青石广场撕裂出道道痕迹，周围的观战者纷纷色变，急忙运转相力抵御扩散而来的相力余波。

而最令他们震惊的是，李洛周身散发出的能量波动。

他们能够清晰地感觉到，这一刻李洛的相力暴涨到了大天相境的程度。

洛岚府最强的供奉徐天陵面色阴沉地盯着李洛，他也是大天相境，可此时从李洛身上他却感觉到了危险的气息。

原本他们以为此次府祭最大的麻烦是姜青娥，没想到这个曾经被他们视为喽啰的李洛，竟然会这么棘手。

场中，裴昊手持金剑，目光死死地盯着李洛，眼角都在微微抽搐。

“看来你很意外？”看着他的表情，李洛说道，“因为你引以为傲的底牌，没有达到你想要的摧枯拉朽般的结果。”

裴昊阴沉沉地道：“你的确让我意外，可是你不过初入煞宫境，这种大天相境的力量对你来说应该负担很大吧？我却不同，我已是天珠境，肉身经历了煞体境的淬炼，完全可以承受这股力量，你行吗？”

李洛笑了笑，没有否认这一点，此时他肉身不断裂开血痕，从表面看，的确比裴昊狼狈许多。

好在与三尾天狼暂时达成协议后，它稍微收敛了力量里的凶煞之气，现在李洛再借助这股力量，受到的侵蚀减弱了些。

而且他修炼了雷鸣体，肉身强度可以在短时间内增强，也能减少负担。

“雷鸣体！”

李洛心念一动，体内的雷霆熔炉顿时发出雷鸣声，于体内扩散，所过之处，他的肉身震颤着，变得愈发强韧。

而后李洛面庞赤光涌动，眼神略显狰狞，他一步踏出，身影微微一闪，便化为一道雷光直接扑向了裴昊。

裴昊面色阴冷，体内相力震荡到极致，手中金剑一震，分化出万千道金色剑影，铺天盖地地对着李洛如电光般的身影疾射而去。

每一道剑影之上蕴含的力量都令场外的阁主们面色惊惧。

“当！当！”

李洛手持金玉玄象刀，霸道的刀光挥舞，将金色剑影尽数斩碎。

宽敞的广场上，两道人影闪电般交错，狂暴的相力碰撞激起巨声阵阵，短短片刻间，双方已交战了数百回合，出手皆狠辣至极，招招攻向对方的要害。

如此激烈的大战，看得所有人面色凝重，气氛紧张得令人喘不过气。

这场府祭之争比所有人想象的都要激烈。

洛岚府总部外的某座楼阁上。

一头火红头发的祝青火面无表情地俯瞰着洛岚府内的大战，然后又看了一眼大夏城其他几个方向，他能感觉到一些极为惊人的能量波动。

那些波动虽然有所压抑，却比李洛与裴昊这边恐怖不知道多少倍。

“都泽阎竟然会出手拦截司擎……”祝青火的眼神微起波澜，这让他有些意外，都泽府这些年与洛岚府的争端不比他们极炎府少。

不过无所谓了，他们两人纠缠在一起，不影响大局。

眼下，他只需要等待出手时机即可。

于是祝青火的目光再度转回洛岚府总部，他手指轻轻敲了敲桌面，喃喃道：“沈金霄，差不多了吧？”

某座昏暗的地下密室。

沈金霄面色漠然地注视着面前祭坛上飘浮的半颗心脏，借助着特殊的联系，他能够看到发生在洛岚府里的激战。

“这个李洛还真是让人意想不到，怪不得能够创造出那么多奇迹。”

沈金霄眼芒闪烁，虽说以这半颗心脏为媒介，他可以将部分力量借给裴昊，但极限就是大天相境了，可偏偏李洛也能借助外力暴涨到这个境界，让战斗变得僵持。

眼下想要打破局面，还是得下点狠手。

于是他的手指轻轻对着那半颗心脏一划。

心脏被生生割下一半，沈金霄手掌一揉，将掉落的一半心脏揉成黑色的液体。

液体沾染在手指处，随着他双手挥舞，最后化为一道诡异的符文缓缓飞出，落入只剩四分之一的心脏之中。

“李洛，很可惜，你的精彩表演就要到此为止了。

“亲手扼杀一位年轻天骄，倒是别有一番滋味。”

昏暗的环境里，沈金霄脸上浮现出一抹漠然的笑容。

第六百五十二章

最后杀招

当沈金霄捏碎那半颗跳动的鲜活心脏时，正与李洛激战的裴昊身躯猛地一震，而后身影疾退，喉咙间传出了一道痛苦的闷哼声，接着额头上浮现出细密的冷汗。

他手掌捂着心脏的位置，眼中掠过一抹阴霾。

这一刻，他清晰地感觉到自身的心脏缺失了一角。

这种缺失无法修复，必然会给他留下极大的隐患，说不定连根基都会损伤。

但裴昊明白，这是背后那人不耐烦他与李洛缠斗下去，打算施展手段终结战斗。

对此裴昊无可奈何，因为在刚才的战斗中，他已经发现，即便他借助背后之人将实力短暂提升到了大天相境，依旧无法击溃李洛，李洛为今日准备的底牌完全不逊色于他。

这令裴昊颇为惊怒，要知道，一年前在老宅相见时，李洛只是一个空相废物，空有少府主的名头，裴昊根本就没有把他放在眼里。

如果不是有姜青娥的庇护，裴昊早就下黑手提前抹杀这位少府主了。

可谁能想到，短短一年时间，这个少府主竟然拥有了与他抗衡的力量与手段。

早知如此，当初就该狠狠心，提前解决这祸害！

不然的话，眼下也不会付出如此惨痛的代价。

裴昊眼神阴毒无比地盯着李洛，额头上青筋跳动，可见内心是何等激愤。

尽管心脏缺失一角，但裴昊还是能清晰地感觉到，极其恐怖的力量正从缺失的地方源源不断地涌出。

这股力量虽说比不上封侯境，却足以碾压一般的大天相境，绝对可以斩杀眼前的李洛。

一念及此，裴昊心中杀意大盛。

李洛，既然我为此付出了如此惨痛的代价，那就用你的命来抵偿吧！

就在裴昊眼中杀意弥散时，李洛敏锐地感觉到了危险的气息，他眉头微皱地锁定裴昊，手掌缓缓紧握玄象刀。

双方为今日都做足了准备，他需要随时防备裴昊的后手。

场外，姜青娥凝神看向裴昊，她的腰背微微挺直，修长纤细的玉指轻轻握拢，娇躯表面有光明相力渐渐流转。

她同样察觉到了裴昊体内突然传出的异样波动。

在众多紧张的目光注视下，裴昊咧嘴一笑，露出森森白牙。

下一瞬，一缕缕金色的流光从他的天灵盖升起，刺目至极，散发着极其锋利的气息。

场外，即便是袁青这种小天相境的强者，在见到那一缕缕金色流光时都忍不住色变，眼神惊骇。

在他的感知中，那些金色流光充满了无法形容的危险气息，每一缕都可能将他直接洞穿，更何况如此多地汇聚起来，那是何等的惊天霸道！

他明白，裴昊必然已在准备施展最后的杀招，想要终结这场府祭之争。

如此恐怖的攻击，少府主挡得住吗？

徐天陵注视着这一幕，他的脸上带着淡淡的笑意，现在的裴昊连他都无法阻挡，想必这场战斗快要结束了。

在诸多惊骇的目光中，裴昊的身躯渐渐升空而起，他脚踩无数金色流光，宛如一片金色云霞，覆盖了洛岚府总部上空。

当气势酝酿到极致的时候，他手掐剑诀，眼神阴冷。

下一刻，冷酷而充斥着杀意的声音响起。

“少府主，试试我这道最强相术——高阶龙将术，天剑阵。”

“轰轰！”

声落的瞬间，天地能量剧烈翻涌，只见他身后的金色云霞缓缓撕裂开来，一道百丈左右的金色剑影破开云层，直指李洛。

这片空间响起连绵不绝的剑吟声。

仿佛连空气都被剑气转化，众人在呼吸时，喉咙都感觉到了刺痛。

而这还只是余波，难以想象，此时身处其中被锁定的李洛，又承担着何等的压力？

李洛抬头望着倒映在眼中的金色剑影，裴昊以暴涨的诡异力量施展出的这一道高阶龙将术，威能已经达到了相当恐怖的地步。

一般的大天相境在这一剑下，恐怕都会被秒杀。

李洛的面庞变得凝重，但眼里没有惊惧，他从始至终都未曾小瞧裴昊，但如果裴昊以为这种杀招就能够结束府祭之争，却是小瞧了他。

李洛为今日做的准备，比起裴昊只多不少。

此时天空上，巨大的金色剑影正宛如天剑般斩下，落下的瞬间，下方宽广的青石广场开始破裂，裂口处光滑如镜。

广场之外，诸多相力防护光罩升起，避免战斗余波破坏洛岚府总部。

袁青、蔡薇等人担忧紧张的目光皆投向了李洛。

他们不知道面对裴昊如此恐怖的攻击，李洛究竟会怎么应对。

“小姐，实在不行，您出手吧。”袁青忍不住看向姜青娥，低声说道。

虽然现在的裴昊看上去极为恐怖，但袁青对姜青娥却有莫名的信心，或许是因为她这些年实在太过惊艳。

姜青娥盯着自云层降落而下的金色剑影，却是微微摇头。

“再等等吧。”

她金色眸子转而注视着那道修长挺拔的身影，李洛的脸上没有任何畏惧之色，这一年来，李洛的进步她看在眼里，所以她相信李洛。

虽然不知道裴昊用什么代价换来了那些力量，但他是不可能跟李洛相比的。

听到姜青娥这么说，袁青只能暗叹一口气，然后将目光转向场中。

广场内，李洛此时有了动作，他十指结印，体内狂暴的能量毫无保留地涌动起来，与此同时，他的面色正以惊人的速度变得苍白。

“好可怕的消耗……”

感觉到体内那股狂暴能量急速消失，李洛心头震动，这种相术果然非同凡响。

而且，随着他施展这道相术，周身的天地能量仿佛受到某种特殊的牵引，竟以他身躯为源头，形成了一道巨大的能量旋涡。

数息之后，李洛深深地吸了一口气，脸上再没有丝毫血色。

他的双手缓缓分开，五指抓过，似乎有一面略显虚幻的黑龙旗出现在他的手中。

当那面黑龙旗出现时，一股莫名沉重的威压缓缓蔓延开来。

第六百五十三章

黑龙威压

当黑龙旗出现在李洛手中的那一瞬，在场一些实力达到天珠境的强者不约而同地心神一震，因为在这一刻，他们从黑龙旗上感应到了一种令人恐惧的波动。

徐天陵、墨辰更是瞳孔骤缩。

然而还不待他们情绪显露，李洛已毫不犹豫地将手中的黑龙旗朝着前方虚空猛然挥下。

黑龙旗挥过，前方虚空仿佛被撕裂出了一道漆黑的痕迹，下一刻，浩瀚奔涌的水流声传出，只见黑色的海水自裂痕里席卷而出，转瞬间便化为一片黑色的大海悬浮于天际。

黑色的海水卷起滔天巨浪，同时有一道嘹亮的龙吟声响起。

无数人的眼神变得惊骇欲绝。

只见一道庞大的龙影自海水里飞出，掀起滔天海浪。那是一条黑色的巨龙，周身黑色的龙鳞犹如精铁所铸，在阳光的照耀下闪烁着森冷的光泽。

一股莫名的威压如潮水般蔓延，连虚空仿佛都被压制得扭曲起来。

广场外，所有人都目瞪口呆地望着御水而出的黑龙，它是那样的栩栩如生，这一刻，他们甚至以为李洛直接召唤出了一条巨龙！

但黑龙庞大的身躯上散发出来的特殊波动让他们明白，这并非真实的黑龙，而是一道相术！

可什么相术能够达到这种程度？！

所有人心中都闪过了答案，但又忍不住第一时间否认。

那种级别的相术，怎么可能是一个刚刚突破到煞宫境的李洛能够修成的？！

“那是……”墨辰嘴巴张大，他呆呆地望着黑龙，然后声音干涩地道，“是……封侯术？！”

徐天陵的眼角疯狂抽搐着，他已经没心情在意墨辰的失态了，因为连他自己心里都是翻江倒海。具备如此恐怖威势的相术，除了封侯术还能是什么？！

可是，这种级别的相术连他都没有修成，这个李洛又是凭什么？！

那可是封侯术啊！唯有封侯强者才能触及的相术！

连两位大供奉都是这般失态，那些投靠裴昊的阁主们更是面如土色，身体都在强大的威压下微微颤抖。如果不是还存有理智，此时他们恐怕连坐姿都保持不了了。

这个少府主太恐怖了！

他们骇得面无人色，可袁青那边却是人人面露震惊与狂喜。

“封侯术！这是封侯术！少府主竟然修成了封侯术！这是何等的少年天骄！我洛岚府振兴有望！”袁青忍不住站起身来，激动地出声说道。

雷彰等阁主激动地点头，封侯术的威名当然如雷贯耳，所以他们更清楚李洛以煞宫境的实力修成封侯术是何等令人震撼的奇迹。

蔡薇对封侯术的了解没这么深，但是从袁青他们的神色可以看出李洛施展的相术有多恐怖，当即轻轻拍了拍胸脯，紧绷的身子放松了一些。

“这个变态！”一旁的颜灵卿叹了一口气，眼中有着钦佩之色浮现。

众人之中属姜青娥最平静，因为她此前就知道李洛在学府潜修封侯术，李洛没说结果，她也没有多问，但眼下来看是修成了。

她的红唇微微弯起一抹弧度，这个家伙还真是厉害呢。

场外的震撼，李洛没有分神去关注，因为当黑龙出现的时候，他已经失去了对身体的掌控，原本从三尾天狼那里借来的力量几乎被这道封侯术吞没。

显然，封侯术的威力虽然恐怖，相力消耗也非同凡响。

不过，这一切都是值得的。

李洛抬起头，此时金色巨剑已经斩下，但他的神色再没有半点波澜，僵硬的手指轻轻一动。

“吼！”

一道震耳欲聋的龙吟声响彻天地，而后只见黑色的冥水肆虐虚空，黑龙挟着滚滚冥水直接腾空而上，与斩落的金色巨剑撞击在一起。

“嗤！”

撞击的瞬间却没有传出惊天巨声，因为在接触的刹那，黑龙与冥水便将金色剑气消融了，原本看上去无比锋利的剑气，此时却脆弱得犹如豆腐一般，一触即溃。

半空中，裴昊出现了瞬息的呆滞，而后又化为震怒与惊骇。

黑龙御水而上，直贯九天，短短数息之后，汇聚了裴昊最强力量的金色剑影就被尽数消融成了虚无。

封侯术的威能显露。

在消融了金色剑影后，黑龙并未散去，它漠然的龙目锁定裴昊，仿佛具备灵性，还在源源不断地从天地间汲取能量，维持着自身的存在。

这就是封侯术的强大之处。

下一刻黑龙龙尾一摆，虚空直接被拍碎，它化为一道黑光对着裴昊破空而去。

望着掠来的黑龙，裴昊心头泛起浓浓的寒意，他感觉得出黑龙的威能极强，如果让它接近，恐怕自己很难抵挡，于是当下毫不犹豫地暴退。

然而就在此时，裴昊仿佛见到黑龙的龙目中掠过了一丝讥讽。

接着，他便见到黑龙张开满是利齿的龙嘴，下一瞬，黑色的龙息喷吐而出。

龙息直接将空间消融，继而化为无数黑色的水流，速度快得根本无法躲避，裴昊甚至都来不及多想，就突然感觉到身上传来了大量的刺痛感。

同时他听见广场四周响起的无数惊骇之声。

于是，裴昊艰难地缓缓低头，看到自己身上出现了一个个黑色的孔洞，贯穿身躯诸多要害，黑色的液体残留，疯狂侵蚀着他的肉身。

望着这副惨状，裴昊的心跳仿佛都停滞了。

他感到自身的生机正以惊人的速度流逝。

“我……我竟然，输了吗？”

裴昊的视线投向那道修长挺拔的少年身影，对方正静静地凝视着他。

“怎么会……我明明已经准备了这么多……

“与他相比，我就差了这么多吗？

“真的好不甘心。”

裴昊的眼前渐渐变得黑暗，身躯在无数惊骇的目光中从天坠落，重重地砸在破碎的广场之上。

“咚！”

低沉的声音回荡，整个洛岚府总部在这一刻变得寂静无声。

第六百五十四章

气势如虹

裴昊身躯坠地的那一瞬，洛岚府总部里的一切声音仿佛都消失了，所有人都恍惚地望着这一幕。

这个结果，在场的除了姜青娥外，恐怕没人料想过。

实力达到天珠境的裴昊，竟然输给了刚刚突破到煞宫境的李洛！

而且一年前，李洛还深受空相困扰，未曾开始修行相力！

短短一年时间，两人之间如鸿沟般的差距竟然被李洛追赶上！

这是何等妖孽的天赋?！

这一刻，不论是支持李洛、姜青娥的人，还是支持裴昊的人，都陷入了沉默与震撼之中。

“少府主赢了！”

沉默是短暂的，下一瞬，寂静陡然被打破，李洛的支持者激动地大吼起来，继而有雷鸣般的欢呼声于洛岚府总部响起，袁青、蔡薇、颜灵卿等人皆面露欢喜。

反观裴昊派系则是一片死寂。

欢呼声将徐天陵、墨辰等人从失神中惊醒过来，他们的面色变得阴沉。

裴昊竟然失败了！

徐天陵与墨辰对视一眼，皆看见了对方眼里闪烁的凶光。

裴昊的失败意味着他们争夺府主之位失败，难道接下来就要眼见着李洛上位吗?

怎么可能?！

今日之事谋划极大，裴昊虽然是极重要的一环，但他的失败不代表着一切皆休，相反，从某种意义而言，这只是开始！

徐天陵眼神阴冷地盯着场内，李洛在施展出那一道封侯术后，周身相力波动已萎靡到了极致，他面色惨白，显然已力竭。

既然裴昊失手，那么只要将李洛这个胜者斩杀，洛岚府依旧会是混乱的局面！

这个时候，李洛必须死！

而且李洛展现出来的天赋以及潜力让徐天陵心中满是寒意，简直又是一个李太玄，如果给他足够的时间，必然能踏入封侯境，到时候他们这些人都会被清算！

一念及此，徐天陵与墨辰交换了眼神，眼中掠过狠绝之色。

“轰！”

两道雄浑强悍的相力陡然自二人体内爆发，同时他们的身影疾掠而出，两人一拳轰出，狂暴的相力攻击震碎虚空，化为光虹对着李洛轰杀而去。

徐天陵、墨辰的突然暴起出乎所有人的意料，谁都没想到，两人竟然会疯狂到这种地步。

这完全破坏了规则！

“徐天陵、墨辰，你们敢！”袁青咆哮出声，宛如怒狮，下一刻，他的身影暴射而出，试图阻拦。

但徐天陵、墨辰的实力皆不弱于他，如今占有先机，直接先他一步接近了李洛。

“少府主，既然你杀了裴昊，那你也下去陪他吧！”徐天陵面容狰狞，寒声说道。

李洛站在原地纹丝不动，他眼神冷漠地望着突然袭杀而来的两人。他们倒是精明，知道趁他虚弱时偷袭出手。

只不过，虽然李洛此时连动弹的力气都没有，他却没有惊慌失措。

两道异常凶悍的相力拳印破空而至，就在它们即将接近李洛丈许范围时，突然有璀璨的光镜从天而降，挡在了李洛的身前。

“轰！”

两道拳印轰在了上面，光镜裂开道道裂纹，最后化为无数光点破碎开来。

两道拳印也被抵御了下来。

望着璀璨神圣的光明相力，徐天陵与墨辰瞳孔一缩，惊疑不定，姜青娥怎么可能挡得住他们两人的攻击？！

她不是才虚珠境而已吗？

两人忍不住将目光投向姜青娥的位置，然后他们的眼神便变得呆滞。

只见原本坐在广场首座上的姜青娥已站起身，手持金色重剑，璀璨磅礴的光明相力如潮水般自她体内席卷而出，与此同时，她背后一颗原本有些虚幻的天珠正迅速变得凝实。

天地间的能量如洪流般被那颗凝实的天珠吞没，继而源源不断地涌向姜青娥。

直到虚珠彻底化为一颗璀璨天珠！

此时此刻，姜青娥终于踏出那一步，迈入了天珠境！

如果只是普通的天珠境，莫说徐天陵这位大天相境的强者了，就算是墨辰这位小天相境都不会忌惮。可是，此时从姜青娥体内爆发出来的光明相力远远超越了正常的天珠境。

姜青娥绝美的容颜绽放着如玉般的光泽，更衬得肌肤晶莹剔透，她光洁的眉心处似乎出现了一道散发着神圣之光的符文，正在渐渐淡化。

而最让人震惊的是，姜青娥身后似乎有更多的璀璨天珠正在成形。

“她的相力怎么会这么强？”墨辰面色难看地道。

“她这些年本来就在刻意压制，应该是修炼了某种极为了不得的秘法，她也一直在等待今天。”徐天陵阴沉道。

“哼，我就不信，什么秘法能让她一个刚刚踏入天珠境的人一步登天！”墨辰咬牙说道。

在两人短暂交谈间，姜青娥冰冷至极的眸光锁定了他们，他们对李洛的突然袭杀，让她心中充满杀意。

“李洛的比试已经结束，你们想打的话，我来奉陪。”

当姜青娥冰冷刺骨的声音落下时，她上前一步，手中的金色重剑之上陡然燃烧起神圣的光明火焰，她抬手一挥，一道百丈剑光横扫而出。

剑光之上神圣之炎升腾，所过之处一切皆被净化。

随着剑光扫过，这方天地仿佛都变得纯净起来。

望着破空而来的神圣剑光，徐天陵与墨辰面色一变，他们察觉到了极为强烈的危险气息，姜青娥这一剑的力量已经远远超出了她现在的等级。

徐天陵不敢怠慢，率先出手，只见冰寒的相力如白色瀑布般自其体内席卷而出，他双手结印，低吼出声：“高阶龙将术，寒龟玄盾！”

冰寒的相力在他身前化为一面龟盾，晶莹剔透，浮现出无数玄妙的光纹。

墨辰同样催动相力生成了一道强大的相力光罩。

“嗤！”

燃烧着神圣之炎的剑光瞬息而至，掠过了寒龟玄盾以及相力光罩。

就在接触的那一瞬间，徐天陵与墨辰面色剧变，那光明相力的霸道与磅礴超出了他们的想象。

徐天陵的寒龟玄盾仅仅坚持了数息，就被神圣之炎消融净化。

但他还算敏锐，在寒龟玄盾抵挡的数息间，身影暴退。

可墨辰就没了这种好运，他的实力比徐天陵弱，相力光罩几乎顷刻间就被熔化，待他想要后退时，剑光已划过他的肩膀。

“啊！”

凄厉的惨叫声从墨辰嘴里发出。

他的一条手臂被生生削断，鲜血抛洒。

全场悚然。

谁都没想到，姜青娥出手如此果决狠辣，一招之下，两名大供奉一退一伤！

洛岚府的夫妻档气势如虹！

第六百五十五章

螳螂捕蝉

姜青娥的出手如电光般迅猛。

当众人回过神时，徐天陵已被击退，而墨辰更是被斩断一臂，顿时引得全场骇然。

一道道震惊的目光投向绽放出万丈光明的姜青娥，只见她手持金色重剑，绝美白皙的神女之颜异常冷厉，金色的眼眸流转着神秘深邃之光，在她背后，恐怖的能量汇聚，短短一会儿已出现了三颗天珠！

她的实力正以一种恐怖的速度提升着。

而且这种提升不是短暂的，而是真正的突破！

姜青娥仿佛一座压抑到极致的火山，终于开始喷发，峥嵘显露。

徐天陵与墨辰面露惊惧，此时的姜青娥太奇怪，明明只是天珠境的突破，可她体内涌动的相力强度却远远超过了这个层次，足以媲美任何大天相境！

“徐天陵，你们敢破坏府祭的规矩？是想叛乱吗？！”袁青回过神来，见李洛没有受伤后，冲着徐天陵怒吼出声。

“雷彰阁主！”

听到袁青的喝声，雷彰猛地起身，手掌一挥，只见洛岚府总部的所有人马都站了起来，无数闪烁着寒光的武器上相力流转，指向了对面。

所有人都眼露愤怒，徐天陵、墨辰的出手太过恶劣，已经完全将府祭的规矩视若无物。

如果对方连这点规矩都不遵守，那么这场府祭也没有继续下去的必要了！

场上气氛瞬间变得剑拔弩张。

李洛神色漠然地望着徐天陵、墨辰等人，淡淡道：“本来我屡屡退让，就是不想让洛岚府走到同室操戈这一步，看来还是我天真了。”

徐天陵闻言讥讽道：“不必说得这么好听，你只不过是担心两派开战，会损害洛岚府的实力，影响到守护总部的奇阵而已。”

“看来你知道的还不少。”李洛双目微眯。

徐天陵冷笑一声，道：“少府主，你以为今天这场大戏就要这么结束了吗？”

“正相反，它才刚刚开始！”

李洛眼神冷漠，他没有以为打败了裴昊，今日之事就会结束，因为裴昊只是一颗摆在外面的棋子而已。如果不是忌惮其背后的黑手，一个裴昊根本算不上威胁。

觊觎洛岚府的黑手会支持裴昊，只是因为他有竞争洛岚府府主之位的资格而已，只要他成为府主，就能影响洛岚府的守护奇阵，削弱它的力量，外面那些封侯强者就能进入。

这才是他们最终的目的。

只是如今裴昊已经失败，对方又打算怎么做?

他目光转向姜青娥，两人眼光交会了一下，皆看出了彼此眼中的警戒。

“厉害啊，李太玄与澹台岚留下的这两个小家伙真是让人意想不到。”洛岚府总部外的一座阁楼上，祝青火忍不住出声赞叹道。

跟这两人比起来，他家那个本来觉得还行的儿子真是太平庸了。

祝青火不禁有些嫉妒李太玄。

“果然，靠裴昊还是不行。

“沈金霄，你这一手没什么用呢。”

祝青火淡淡地笑了笑，然后摇了摇头：“既然如此，那就该按照我的计划来了。”

他凝视着洛岚府总部，眼中有着寻常人看不见的东西，那是一座巨大的奇阵，无数玄妙的光线交织，一层又一层，将洛岚府总部保护得密不透风，一股强大的压迫感从中散发出来。

即便是他都会感到心悸。

“李太玄，你当真是天骄，这样的人物不应该出现在大夏……而且，你也不应该将那种宝贝拿出来。

“你这座奇阵借洛岚府之势而成，可镇封侯强者，的确玄妙无双，但我这些年时刻都在摸索，算是洞察了它存在的原理。

“它并非完美无缺。

“借势而成，自然就会因势而衰。

“洛岚府在大夏有九十八处据点与分部，看似毫无规律，实则自有奥妙，这座奇阵的节点就隐藏于这些据点与分部之中，这些年我亲自走遍了所有的据点与分部，算是有所收获。”

祝青火微微一笑，抬起手掌，一颗水晶球从他的手中缓缓升起。

水晶球内转动着诸多画面，画面里一座座楼阁突然失火，上面挂着的一面面“洛”字旗 被点燃，烧了起来。

这些楼阁属于洛岚府在大夏的各个分部与据点。

虽说其中不一定全是奇阵的节点，但宁可“错杀”，不可放过。

“接下来，就看看我这些年的准备究竟有没有效果吧。”盯着水晶球内的画面片刻后，祝青火抬起头，望着洛岚府总部的巍峨奇阵，喃喃自语。

洛岚府总部内。

李洛与姜青娥警戒地等待了一会儿，没有发现异状，于是李洛漠然开口道：“徐天陵、墨辰破坏府祭规则，此为大过，按照洛岚府的规矩，我现在有权将他们二人开革出府，从现在开始，他们不再是我洛岚府的供奉。”

此话引起了骚动，供奉在洛岚府的地位颇高，仅次于两位府主，阁主见到他们都需以礼相待。

正常情况下，李洛想要将他们踢出洛岚府，需要一系列麻烦的流程，但刚才两人破坏府祭的举动触及了洛岚府的底线，给了李洛足够的理由。

原本投靠裴昊的三位阁主此时面色僵硬，眼下局面明显落入李洛与姜青娥的掌控之中，他们不知道裴昊、徐天陵背后究竟有何人支持，但光看现在，他们似乎要倒霉了。

一时间他们心头惊惶不定，不知如何是好。

徐天陵与墨辰面无表情，对李洛此举并不在意。

“两位，接下来是束手就擒，还是竭力反抗？”李洛眼神凛冽地盯着徐天陵二人，缓缓说道。

徐天陵眼神阴鸷，心里却暗暗叫苦。来自姜青娥的压迫感越来越强，看这个情形，真要动手的话，他恐怕不是她的对手。

可身后之人为何还没动静？

李洛却没有跟徐天陵继续拖下去的打算，手掌一挥，就要下令擒杀。

就在这一刻，李洛举起的手突然一顿，他与姜青娥的面色皆微微一变。

他们有所感应地猛地抬头，只见洛岚府上面突然传出了剧烈的能量波动，原本空无一物的上空竟缓缓浮现出了一座巍峨的奇阵。

李洛与姜青娥瞳孔一缩。

守护奇阵怎么被激活了？！

最令两人心头一沉的是，他们清晰地感觉到，守护奇阵的力量竟然开始层层削弱。

这是……

有人在破坏奇阵？！

第六百五十六章

好戏开锣

突然出现于洛岚府上空的巍峨奇阵立即吸引了所有人的注意力，袁青等人一脸错愕，虽然他们对守护奇阵知晓得不多，但还是能隐约猜出来一些。

此时奇阵突然出现变故，对他们而言必然不是什么好消息。

李洛与姜青娥眼神微凝，眉头紧锁。

而徐天陵、墨辰则大喜，背后的人总算开始行动了。

“李洛、姜青娥，看来现在还不是你们高兴的时候！”徐天陵冷笑一声，眼中寒意弥漫。

他又看向自己这边惊惶的众人，道：“你们不必担忧，这是我方的手段，今日谁输谁赢还不一定呢，只要跟着我们走，往后你们想要的都会有！”

听到徐天陵的安抚，投靠裴昊的人心头稍微安定了些。

姜青娥没有理会这个跳梁小丑，她身影一动，出现在了李洛身旁，现在李洛的状态不好，需要人贴身保护。

“看来大人物总算要出场了。”李洛缓缓说道。

府主之位的争夺只是拉开今日大战的前戏，随着摆在台面上的棋子失手落败，觊觎洛岚府的幕后黑手再也无法隐藏身影，总算要站出来了。

姜青娥微微颔首，然后转头冲李洛露出一抹浅笑，道：“放心吧，我会保护你的。”

“就算保不住洛岚府也无所谓，大不了我们浪迹天涯，待封侯了，再来一个个清算这些人。”

李洛笑道：“这些蠢货觊觎老爹老娘留下的宝贝，但在我看来，咱们洛岚府最大的宝贝就是青娥姐。”

姜青娥莞尔。

在两人说话间，上空那座巍峨奇阵的波动越来越剧烈，所有人都能清晰地感觉到，上面蕴含的伟岸力量正在迅速被削弱。

直到某一刻，波动终于停止。

奇阵也变得虚薄。

“呼！”

突然间，天地能量疯狂沸腾起来，李洛与姜青娥见到竟有一颗燃烧着黑色火焰的陨石从天空轰然砸落，狠狠地轰击在守护奇阵之上。

“轰轰！”

能量风暴如飓风般横扫，惊雷之声响彻整个大夏城，引来无数惊恐的目光。

“咔嚓！”

面对如此恐怖的攻击，这座巍峨奇阵终于裂开了一道道缝隙，下一刻，黑色的火苗从裂缝钻进，于半空凝聚，一道人影从黑火之中浮现出来。

“呵呵，你们洛岚府总部还真是不好进啊。”随着那道人影出现，他的笑声回荡在总部之中。

李洛与姜青娥盯着现身的人影，并不陌生，也并不意外。

一头火红头发宛如怒狮，压迫感十足，那是极炎府府主——祝青火！

祝青火一现身，一股恐怖的威压便排山倒海般从他体内散发，让总部所有人都面容惊骇，身体仿佛被山岳压住，甚至连体内的相力都停止了流转。

这是来自封侯强者的威压！

无数人在那股威压之下瑟瑟发抖。

即便是袁青这般小天相境的实力，都忍不住眼露恐惧。

唯有李洛与姜青娥二人面无表情地注视着祝青火。

“看来你们对我的到来并不意外。”祝青火同样盯着李洛、姜青娥，粗犷的脸庞上露出一抹笑意。

“祝府主，当年我爹娘在的时候，好几次邀请你来我们总部做客，你都拒绝了呢。”李洛说道。

祝青火笑了笑，道：“那时当然不敢来喽，你爹娘气势太盛，我又怎敢招惹？”

李洛笑道：“等我爹娘从王侯战场回来，祝府主未来的日子恐怕会很不好过。”

祝青火点点头，道：“这一点我不否认……当然，前提是他们能够回来，王侯战场那种地方，哪怕是封侯强者也容易殒命。”

他笑着摇摇头，道：“李洛，威胁的话就没必要说了，本府主酝酿这么多年的计划，会因为你的三言两语就停止吗？如果我真的惧怕李太玄与澹台岚，现在就不会出现在这里了。”

李洛叹了一口气，道：“那就只能祝祝府主在作死的道路上越走越远了。”

祝青火哑然一笑，道：“我其实挺羡慕李太玄、澹台岚的，生出的儿子如此不凡，假以时日，你未必不能赶超你的父母。”

只是在说着这话的时候，祝青火眼神深处流动的是冰冷的杀意。

他如何不知晓姜青娥与李洛的威胁，如果今日要毁灭了洛岚府，那这两人无论如何都要想办法除掉，否则未来会寝食难安。

一念至此，他直接伸出手掌。

只见天地间的温度骤然暴升，黑色的火焰仿佛从虚空钻出来，直接化为一只黑色火焰巨手，朝着姜青娥与李洛一把抓了过去。

黑色火焰巨手过处，虚空都扭曲了，地面更是呈现熔化的迹象。

袁青等人骇然失色：“少府主、小姐，快逃！”

面对一名老牌封侯强者，他们的任何反抗都是螳臂当车，此时袁青等人已绝望到了极点。

而徐天陵、墨辰等人则面露狂喜。

只要李洛与姜青娥一死，洛岚府自然会士气崩塌。

李洛与姜青娥站在一起，他们望着封锁了空间并镇压而来的黑火大手，面色却颇为平静。

“嗡！”

黑火大手呼啸而至，在其距离李洛二人还有十丈的时候，天地间响起一道刀鸣声，异常刺耳，同时一股难以形容的凶煞之气冲天而起。

所有人见到一道暗红色的刀光掠过，分裂开虚空，天地能量纷纷溃逃。

刀光掠过，黑火大手突然凝滞，下一瞬便逐渐分裂，化为一簇黑色的火苗。火苗又不断分裂、崩碎，短短数息后，仿佛被斩灭了源头，化为一片虚无。

突如其来的变故令所有人一愣。

“你这鸟人，这些年屡屡窥探我洛岚府总部，以往鬼鬼祟祟只敢以分身进来，这一次本尊终于敢现身了吗？”与此同时，一道讥讽的笑声响起，无数道目光猛地投去，便见到广场右侧的一个楼顶上，不知何时有一道人影站在了那里。

那是一名手提杀猪刀、穿着厨师服的光头男子，此时他正凶狠地盯着祝青火。

他仅仅只是站在那里，就有一股恐怖的凶煞之气如风暴般席卷出来，仿佛是从尸山血海之中走出来一般。

蔡薇、颜灵卿等人忍不住张大了小嘴。

这一刻，她们实在难以将之前那个总是笑眯眯端上各种美食、温和叮嘱她们一定要多补补身体的大厨，与眼前这个散发着凶神气势的男子结合在一起。

她们终于明白过来。

原来，这一位才是洛岚府真正的守护者。

第六百五十七章

封侯大战

当牛彪彪现身的那一刻，袁青等人发现原本笼罩在身上的恐怖威压尽数消失，他们震惊又狂喜地望着散发滔天凶气的身影，内心满是激动。

在敌方封侯强者出现的时候，唯有己方同等级的强者才能将众人从绝望中拯救出来。

“两位府主果然留下了后手。”

袁青激动地感慨道。虽说之前牛彪彪出过手，但显然没有他主动出现来得更让人安心。

洛岚府上空，凌空而立的祝青火的目光第一时间投向了牛彪彪，感受着对方身上散发出来的凶气，面色变得凝重。这种凶气绝非凭空而生，而是真正经历过尸山血海，可以猜测，此人必然是一个历经杀伐的绝世凶徒。

“没想到有着这般凶气的阁下，竟然愿意屈身于洛岚府当一个厨子。”祝青火缓缓地道。

牛彪彪手持明晃晃的杀猪刀，刀身寒芒流转，此时的他与平时那副笑眯眯的温和模样截然不同，眼瞳略显赤红，极凶之气流淌间，想必一头大凶兽出现在这里，都会被他震慑。

场中众人，即便是袁青等忠于李洛、姜青娥的人，一时间都有点发怵，因为跟祝青火比起来，凶气滔天的牛彪彪反而更像一个反派。

“你敢用本体进入洛岚府总部，就得做好付出代价的准备。”牛彪彪语气淡漠，可随着他开口，仿佛连空气里都弥漫着血腥之气。

祝青火神色不变，道：“阁下以往必定是一方成名人物，我虽然不知道你为何会屈身洛岚府，不过李太玄与澹台岚如今深陷王侯战场，说不定连归来的机会都没有，如果阁下愿意转投于我们，事后我愿意将洛岚府重宝与你共享。”

祝青火真是阴险毒辣，竟然打算在这个关头劝降牛彪彪。

袁青等人闻言顿时在心里破口大骂，同时不禁担忧起来，他们与牛彪彪接触不多，不知道这位隐藏多年的封侯强者是否会被说动。

李洛与姜青娥没什么反应，牛彪彪不是陌生人，这位几乎看着他们长大的长辈绝对不会背弃他们。虽然不清楚牛彪彪的过去，但通过这些年的接触，对牛彪彪的性情极为了解，他们明白祝青火的手段没有用。

“你现在转身离去，今天的事情我还能当作没发生，不然的话……我这把刀，已经尝了不止一位四品侯的血了。”牛彪彪漠然开口。

祝青火眼皮微跳，而后淡笑道：“阁下或许说的属实吧，不过那是曾经……现在的你可没有这个实力，你藏在洛岚府总部这么多年，一步不出，是因为离开了这里，你的实力就会锐减吧？”

“你以前受过什么重伤吗？”

牛彪彪也笑了起来，露出白森森的牙齿：“你来试试就知道了。”

两人的目光对视在一起，天地间的能量顿时犹如被搅动的海水，剧烈翻腾起来，能量冲撞时发出的轰隆巨声如雷鸣般响彻整个大夏城。

祝青火一步踏出，身后浮现出一座特殊的空间，里面有四座巨大巍峨的封侯台静静矗立，傲视苍穹，每一座封侯台都铭刻着无数神妙的符文，每一道都是由祝青火的底蕴刻画的。

四座封侯台一出现，整个天地都在剧烈地震荡。

如果说双相之力是封侯强者力量的标志，那么封侯台代表的则是每一个封侯强者的底蕴。

想要踏足封侯境，就需将相力凝炼、压缩到极致，于体内铸造出封侯台。当封侯台成形时，自身就会完成一次难以想象的蜕变。

而且封侯台不仅体现着封侯强者的底蕴，也是其最强大的手段之一。

祝青火一出手便显露自身四座封侯台，看来是把牛彪彪当成了极为危险的强敌。

封侯台一出现，祝青火抬起手指，遥遥地指向了牛彪彪。

“轰轰！”

天地震荡，只见四座封侯台竟喷薄出了浩瀚连绵的黑火，无数碎石在其中流动，并在黑火的灼烧下迅速熔化，两者融合在一起，化为更霸道的黑火岩浆。

祝青火拥有火相与石相，两者配合，威能更甚。

恐怖的高温使虚空不断扭曲，黑火岩浆化为万丈洪流，遮天蔽日，然后对着牛彪彪席卷而去。

如此恐怖的攻击看得在场无数人头皮发麻，与封侯强者的交手相比，此前的战斗简直如小儿争斗。

黑火岩浆洪流碾碎虚空奔腾而至，牛彪彪一声冷笑，却没有动用杀猪刀。他另外一只手掌缓缓紧握，这一刻，他的身后浮现出两道巨大的虚影。

一道是头上生有四角的青色巨牛，一道则是一头碧眼金毛的巨熊。

四角神牛相！

碧眼金熊相！

李洛看到这一幕忍不住咧嘴，彪叔竟然是两道万兽相，而且都是以力量见长！

牛彪彪一拳轰出，看似没有掀起波澜，可当轰出去的时候，所有人都见到前方的虚空仿佛被一股极其恐怖的力量生生撕裂开，一道拳影破空而出，直接与岩浆洪流相撞。

“轰！”

犹如天雷撞地火，漫天都是散开的黑火岩浆，最后被守护奇阵化解。

这一拳之威，恐怖如斯。

祝青火面色冷漠，扑面而来的拳风余波让他的皮肤微微刺痛，他眼角跳动了一下，眼前这个面色凶横的光头男子，肉身力量简直达到了一个可怕的地步。

这就是两道精通力量的万兽相的加持吗？

虽然惊讶，但光凭这个就想逼退他祝青火，还不够。

祝青火心念一动，只见他身后空间里的四座封侯台竟剧烈震动起来，震感迅速扩散，继而影响到了外界天地。下一刻，四座封侯台破空而出，直接降临在洛岚府总部上空。

每一座封侯台都犹如一座山岳，四座凌空，形成了恐怖的压迫感。

天地间的能量剧烈震动，被这四座封侯台源源不断地吞没。

祝青火面色冷漠，然后屈指一点，四座封侯台直接对着牛彪彪镇压而去。

在以四座封侯台攻击牛彪彪的时候，祝青火扫了一眼下方裴昊残破的身体，目光一闪，心中低语："沈金霄，牛彪彪我缠住了，接下来就该你出手了。"

与此同时，在昏暗的密室中。

沈金霄双目微眯，洛岚府总部发生的一切，都映入了他的脑海里。

"洛岚府总部果然还藏着一位封侯强者，好凶的气息……"

他淡淡一笑，眼下这位封侯强者被祝青火缠住，只要他斩杀李洛、擒住姜青娥，这多年的谋划也算是完美地完成了。

沈金霄的目光转向面前祭坛上跳动得极微弱、约莫四分之一的心脏，嘴角勾起一抹弧度，而后开口，声音如同恶魔般充满着诱惑。

"裴昊……你已经没有机会了，把另外一半心脏彻底交给我，让我来为你完成心愿吧。"

第六百五十八章

黄雀在后

祝青火与牛彪彪两位封侯强者的战斗吸引了洛岚府总部内外无数目光，他们的交手堪称惊天动地，磅礴浩瀚的相力携带着天地之威，一波波硬撼在一起。

这种级别的交手却没有破坏下方的洛岚府总部以及外界，不仅是因为奇阵，更多是因为双方皆展开了“封侯界”，形成一方独立的空间，承受并化解了彼此的攻击余波。

这样做就是不想造成更大的破坏。

当然，祝青火不想造成破坏的原因可不是要保全洛岚府，而是不想余波太强，损毁了洛岚府的至宝。

摄政王府。

府内的楼阁上，摄政王负手而立，他的目光凝望着洛岚府的方向，双目犹如鹰隼般洞穿虚空，将大战的情况尽收眼底。

“洛岚府这位封侯强者的实力很强啊，祝青火已是四品侯，在我们大夏算是顶尖级别，可此时战斗起来却没有占到半点优势。”摄政王缓缓说道。

“这个牛彪彪以前怕不是什么简单人物，真不知道为何会愿意在洛岚府当这么多年的厨子，李太玄与澹台岚就有这么大的魅力吗？”

“那两人的魅力当然不会小，否则怎会连都泽阎都在最关键的时刻选择施以援手……不过这个牛彪彪的确不简单，如果他是全盛时期，莫说祝青火，就算是你，恐怕也不是他的对手。”一名男子自摄政王身后的阴影里走了出来，他的衣衫整理得一尘不染，皮肤如同婴儿般嫩滑，看上去似乎很年轻，可那双眼睛却透出历经岁月的淡漠与深邃。

最令人惊讶的是，他竟生有重瞳，两边眼眶内皆有一金一银两个瞳孔重叠并存。

他的手指上佩戴着一枚暗红色的古朴戒指，戒面铭刻着一只眼白黑色、瞳孔苍白的诡异眼睛。

摄政王转头看了此人一眼，道："交手到现在，牛彪彪都没有显露封侯台，看来是破损了吧？"

"敏锐的感知。"金银重瞳的男子笑着赞叹道。

"封侯台都破损了，看来他曾经受到了毁灭性的重创，这样还能苟延残喘下来，还真是厉害。"摄政王道。

"挡住祝青火应该没问题。"男子说道。

摄政王道："祝青火只是幌子，接下来就看沈金霄出手了，只要他解决掉李洛与姜青娥，牛彪彪自然会投鼠忌器，到时候洛岚府之争也算有了结果，我也能得到想要的东西。"

"如果沈金霄也失手了呢？他不能亲自出手，只能借助裴昊的身躯，无法倾尽全力。"男子笑道。

"虽然无法使出全力，但以一名封侯强者的手段收拾两个小家伙应该没问题。"摄政王淡淡地道。

男子似是故意与摄政王唱反调："李洛与姜青娥可不是寻常的小家伙，他们创造的奇迹可是相当之多。"

面对他的抬杠，摄政王也不恼，只是眼皮微垂地道："不管有什么变故，洛岚府今日的结局已经注定，我要的东西，等了这么多年，必须拿到。"

金银重瞳的男子微微一笑，道："洛岚府府祭之后，再过几天，就是你们那位小皇帝的登基大典了，从我得到的消息看，庞千源已经在暗窟深处借助龙骨圣杯镇压鱼魑王了。如果他成功，暗窟深处的裂痕就会补上，他也会出来，我想，他一定会赶来参加登基大典的，毕竟他曾经答应过老皇帝。"

"等他一到场，你苦心经营的势力会顷刻间土崩瓦解，因为他才是大夏无敌者。"

摄政王面无波澜，道："这不是还有你们吗？布局这么多年，我就不信你们会轻易让庞千源从暗窟深处出来。"

“而且，只要我掌握了那座护国奇阵，就算庞千源出来了，恐怕也奈何我不得。”

“想要掌控奇阵，你还得做些手脚，而这也需要洛岚府的至宝辅助。”金银重瞳的男子笑道。

摄政王微微点头，继续将目光投向洛岚府总部，道：“所以，计划的第一步我又怎会容许它失败？”

“轰轰！”

洛岚府上空，狂暴的相力震荡天穹。

一颗颗燃烧着的巨大陨石从天而降，犹如星辰坠落，不断轰向牛彪彪。

无数人抬头，陨石倒映在眼中，他们脸上现出惊骇欲绝之色。

如此毁天灭地的攻击，如果两位封侯强者不是以封侯界封锁了上空，恐怕半个大夏城都会被毁灭。

“嗡！”

随着陨石坠落，刺耳的刀鸣之音响起，一道道霸道至极的刀光飞出，虚空直接被斩碎，留下长长的痕迹。

刀光划过陨石，陨石顿时破开，并不断崩碎，最终化为虚无。

望着这一幕的祝青火面色冷漠，他盯着牛彪彪手中的杀猪刀，眼中掠过忌惮。这把刀似乎不简单，绝非普通的紫眼宝具，似乎只要被刀气所蕴含的分裂之力击中，就会不断分裂一切物质。

之前的交锋，他的任何攻击都无法取得良好的效果，不仅是因为牛彪彪拥有恐怖无比的肉身力量，他那把煞气逼人的杀猪刀也起到了极大作用。

对方直到现在都未显露封侯台，但即便如此，他也未能取得丝毫进展。

如此来看，寻常手段已是无用。

祝青火眼中掠过一抹冷意，他双手合拢，迅速结印，他身后的天空竟有火红的云层堆积，仿佛形成了覆盖天际的赤云。

下一刻，赤云被撕裂，一只千丈巨大的火红手印破云而出。

“封侯术，天火神手印！”

当祝青火施展出这招的一瞬间，李洛与姜青娥都忍不住被吸引住了眼球，这是由封侯强者施展的封侯术，那等威能能毁天灭地。

正当两人沉浸于封侯术之威时，他们几乎不约而同地感受到了一股危险气息突袭而来。

姜青娥反应最快，第一时间一掌拍开李洛，而后玉掌拍出，璀璨的光明相力如洪流般倾泻而出，在她面前化为一层又一层的光明之镜。

“咔嚓！”

光明之镜仅仅抵挡了一息，便尽数崩碎。

一股异常强悍的力量轰至，与姜青娥掌间的相力冲撞在一起。

“轰！”

相力冲击波肆虐而开，将附近地面撕裂出一道道痕迹，姜青娥被生生震退了数十步，气血剧烈震荡。

“青娥姐！”站定身形的李洛见状心头一惊，急忙喊道。

姜青娥伸手朝他摆了摆，示意无事，接着凛冽的目光便看向了那股力量传来的方向。

二人的面色微微一变。

不远处，原本身体已是千疮百孔的裴昊竟然僵硬地缓缓站起来，布满血洞的狰狞脸庞冲李洛、姜青娥露出了诡异的笑容。

“你们不会以为……我就这样结束了吧？”

第六百五十九章

裴昊归来

这般变故瞬间吸引了所有人的注意，袁青等人难以置信地望着身上遍布血洞的裴昊，换作正常人，这样严重的伤势早就动弹不得了，这家伙怎么又折腾起来了？！

而且所有人都能清晰地感觉到，从裴昊体内散发出来的能量波动竟然比之前还要恐怖！

甚至有超越大天相境的迹象！

这怎么可能呢？！

一个原本重伤濒死、只剩下半口气的人，怎么转眼间不仅生龙活虎，而且实力还更上一层楼了？！

李洛面色阴沉，他盯着裴昊，道："你还是裴昊？"

"不然呢？"裴昊微微一笑，眼神散发着诡异的气息。

李洛眉头微皱，虽然眼前的裴昊似乎没什么变化，但他有一种莫名的感觉，仿佛这个人已经跟以前截然不同了……显然，在裴昊身上必然发生了什么。

现在的裴昊太强了。那股厚重的压迫，让人几乎有面对封侯强者的窒息感。

"保护少府主！"

袁青、雷彰等诸多洛岚府的人齐齐挺身而出，袁青更是对着裴昊厉声道："裴昊，府祭之争你已落败，不可能继承府主之位了！"

"府主？"裴昊忍不住一笑，道，"谁现在还在乎这玩意儿？洛岚府可能都要保不住了。"

他挥了挥手，徐天陵等人见状立即率众过来拦截。

在隔绝了其他人的骚扰后，裴昊的目光又转向姜青娥，微笑道："现在的局面，你们还有什么手段？李洛透支得太厉害，想来没什么战力了，只能靠你了吗？”

姜青娥眸光冷如寒霜，道：“你不是裴昊，而是裴昊背后的一个黑手吧？看来这裴昊也是可怜，被人当成棋子，连死了都不安生。”

裴昊不置可否，道：“只要有一个好结果就可以了，其他细节没必要在意。”

“姜青娥……我一直都想试试——”

他伸出手指指向李洛，嘴角的笑容愈发诡异：“如果在你面前杀了李洛，你会如何？”

“轰！”

在他话落的一瞬，一股雄浑的光明相力从姜青娥体内爆发，她挥舞重剑，一道散发着神圣光芒的剑光对着裴昊劈头斩下。

然而面对姜青娥的含怒一斩，裴昊却纹丝不动，他体内磅礴的相力席卷而出，于身前化为一面坚不可摧的金盾，剑光斩在上面，迅速支离破碎，化为漫天光点。

裴昊面带微笑地望着漫天飘舞的光点，感慨道：“多么精纯神圣的光明相力啊，整个大夏，如此纯净的力量，你是独一份。”

“不过……如果只有这个程度，你今天是保不住李洛的。

“姜青娥，你以秘法压制自身多年，若这就是你的极限，倒是让我有些失望了。”

姜青娥绝美的容颜犹如万载寒冰，眼里杀机闪动，但她没有与裴昊多说废话，下一刻，她光洁的眉心处，一道已经淡化许多的神秘符文再度显露出来。

随着她心念一动，神秘符文直接破碎开来。

“轰！”

就在这个瞬间，无数道震惊的目光投向姜青娥，所有人都察觉到，她体内的相力波动正以一种极其可怕的速度暴涨，比起之前击退徐天陵、墨辰时更加恐怖！

随着体内相力疯狂暴涨，姜青娥原本挽起的长发挣脱了束缚，如瀑布般倾洒，垂落至纤细的腰间，随风轻荡。她的肌肤晶莹如玉石，流转着诱人的光泽，而且还有玄奥深邃的光明纹路若隐若现，她本就清澈的金色双眸更是变得异常纯粹，散发着神秘韵味。

在姜青娥身后，五颗璀璨天珠吞吐着天地间的能量，可是从她体内散发出来的相力威压却远远超越了五星天珠所能达到的层次。

姜青娥终于彻底放开了对自身的压制。

所有人都震惊于姜青娥散发出来的惊人相力，唯有裴昊嘴角依旧噙着笑容，他开口道："很强的爆发力，现在的你恐怕在大天相境内当属无敌，但可惜的是，现在的我却不在这个范畴。"

"我虽非侯，却有媲美封侯的力量，你可以称我为'虚侯境'。"

说着话的时候，裴昊伸出手掌轻轻一压，原本自姜青娥处如巨浪般翻滚而来的压迫感顿时消匿于无形。他的目光带着淡淡笑意望着散发绝世光彩的姜青娥，虽说借助剩余的心脏，他能够彻底掌控裴昊的身躯，并且将自身力量灌注其中，但终归有限制，裴昊的身躯并不能完全承受他的力量。

好在，这个所谓的虚侯境已足够了。

虽然无法祭出封侯台，可仅凭力量碾压，他就足以对付得了姜青娥。

场外，蔡薇、颜灵卿等人担忧地望着这一幕，虽然姜青娥的实力暴涨得极为惊人，可显然，现在的裴昊更加深不可测。

总部上空，牛彪彪察觉到下方的变化，他一刀斩出，只见一道如龙刀光寒霜般倾泻而下，直接对着裴昊斩了过去。

只是刀光尚未落下，一朵黑色火莲凭空而生，将它拦截下来。

"阁下的对手是我，何必担心其他地方？我早就说过，凭你一个苟延残喘之人，根本护不住洛岚府，我虽说拿你没办法，但你也只能眼睁睁看着洛岚府这两个小家伙被斩杀。"祝青火淡笑道。

"而他们一死，你觉得你还有必要守着这洛岚府吗？"

牛彪彪闻言，眼中掠过一抹讥讽。

"我倒是觉得，死的未必是他们。"

在两人说话间，姜青娥突然闭拢散发着神秘金光的眼眸，纤细玉指结出一道印诀，与此同时，她的心中响起轻声。

"封侯秘术，天蛰化圣术。"

轻语落下的瞬间，姜青娥身后的一颗璀璨天珠悄然破碎。

虚空震荡，自姜青娥体内散发出来的相力再度开始疯狂暴涨。

裴昊脸上的笑意终于微微收敛。

第六百六十章

封侯秘术

当那颗璀璨天珠破碎时，自姜青娥体内爆发出来的相力在众多震惊的目光中继续疯狂攀升。

神圣的光明相力喷薄吞吐，身处圣光之中的她看上去是那般圣洁，宛如光明女神。天地能量流转而来时，皆会被神圣的光明相力净化，化为其中一分子。

“你的这道秘术还真是不凡，如果所料不错，应该是封侯级的秘术吧？真不愧是绝世天骄，封侯级秘术比一般封侯术都要难修成，可对你来说似乎没有多大难度。”裴昊深邃幽冷的目光锁定着姜青娥，缓缓开口。

姜青娥的相力暴涨得太恐怖，现在她的真实实力处于五星天珠，这个等级对她的同龄人来说难以企及，但与此时的裴昊还有很大的差距。

所谓的虚侯境，可不是说着玩的。

但现在姜青娥借助秘法，硬生生将实力提升到了让他都感到有一丝威胁的地步。

一般的秘法绝对是没这种效果的。

“不过它虽然厉害，但提升到这种程度应该需要付出不小的代价，那颗碎裂的天珠就是很好的证明。我想，代价就是自降等级吧？牺牲可相当不小哦。

“你现在只是五星，不，已经掉到四星了……那么这股力量你又能维持多久？”裴昊继续笑道。

听着他的诛心之言，姜青娥没有搭理，金色眸子不起丝毫波澜，纤细玉指抬起，只见一道光环于脑后缓缓升起。

“轰！”

下一刻，光环中竟有璀璨光明洪流喷薄而出，然后贯穿天际，耀眼的光芒令昏暗的天空陡然间变成了白昼。

那股威能足以在顷刻间将任何大天相境的强者销蚀得连尸体都不剩。

裴昊却没有色变，他抬起手指，指尖金光凝聚，化为一柄金色剑影，剑影迎风暴涨，瞬间达到了百丈大小，凌厉锋利的剑气充斥天地。

“嗡！”

剑影迎击而上，与光明巨炮相撞，可怕的相力冲击波肆虐，将这座广场撕裂得千疮百孔，双方人马纷纷狼狈退避。

一击无果，姜青娥没有放弃，金色重剑又被缓缓抬起，吞吐天地能量，剑身上，一道金眼痕迹若隐若现，剑尖处的神圣剑光伸缩不定。

下一刻，一道道玄奥的光纹浮现，重剑瞬间洞穿虚空，震动间分化出万千剑影，对着裴昊劈斩而去。

裴昊耳坠处的金色小剑脱落，形成了漫天金光剑影，只不过他的剑影显得锋锐凌厉许多。

两波浩荡的剑影掠过天际，直接轰撞在一起，那一幕委实壮观。

双方的交锋瞬间白热化。

此时洛岚府总部可谓乱成了一锅粥，最上空是两位封侯强者的战场，那里有封侯界隔绝，外人没有资格也根本无法参与。

接着便是姜青娥与裴昊的激战，双方下手狠辣，毫不手软。

最后便是双方人马的厮杀。

李洛站在破碎的广场一角，看了一眼局势，然后目光投向姜青娥那边，眉头微锁。

虽然他不知道裴昊那股恐怖的力量究竟是怎么来的，但不得不说，现在的裴昊非常强，已经超越了大天相境……虽说姜青娥借助封侯秘术把战斗力提升到了大天相境，但从交手的情况来看，她的所有攻击都未能突破裴昊的防守。

而且裴昊在故意拖延时间。

他的目的不言而喻，因为姜青娥暴涨的相力乃是献祭天珠而来，现在她的天珠只剩下三颗了，没错，刚才这一阵短暂的交手，又有一颗天珠被献祭了。

虽然李洛不清楚这样做有没有后遗症，但境界跌落后往后终归要重新修炼回来，显然会耽搁姜青娥的修炼进度。

为了今日这场府祭，姜青娥做的准备不比他少。

但是，还是难以应对现在的状况，一旦剩下的三颗天珠都献祭了，到时候又该怎么抗衡裴昊？

从裴昊只守不攻的表现来看，他显然就在等待着那一刻。

“呼。”

李洛深深吐了一口气，他费尽千辛万苦修炼，为的就是府祭时能为姜青娥分担压力，可没想到，这些压力最终还是落在她的肩上。

李洛眼神阴沉，可他体内的力量在此前击溃裴昊时已经消耗干净，而且受了不小的伤，此时此刻，他没有足够的力量去帮助姜青娥。

就在李洛沉思的时候，他的手腕处突然传来了细微的震动，他眼神一凝，发现竟然是那个猩红镯子，随即一个低吼声传入耳中。

那是……三尾天狼？

感知着低吼声里蕴含的意念，李洛眼神一动，惊讶地低语道：“你说什么？你能帮我？”

他有些怀疑，三尾天狼只是大天相境顶峰的实力，虽说有冲击封侯境的资格，但不是还没成功吗。

似是察觉到李洛的质疑，三尾天狼的吼声中带了一些怒意。

李洛目光闪烁，不管它的话是真是假，如果能尝试，他自然不会放弃。只是，他们之间的友谊应该没这么深厚吧？虽说双方达成了协议，但李洛不会天真地以为，有了这种口头协议，他们就能变成可信的伙伴。

“你的目的是什么？”李洛没有迟疑，直接问道。

三尾天狼的吼声再度传来。

李洛听出了里面蕴含的意思，而后面色便阴晴不定。

“你的……十滴……精血。”

第六百六十一章

光明凰焰

洛岚府上空。

两名封侯强者的大战几乎吸引了大夏城各方顶尖强者的关注。

祝青火与牛彪彪展开各自的封侯界，隔绝了战斗余波，可即便如此，大夏城上空的云层依旧被不断震碎，虚空仿佛都被割裂。

只见巨大的火红手印犹如火神的双掌不断地自云霞中拍下，流转着恐怖的高温，连空间都被灼烧得扭曲，上面的每一道纹路都非常玄妙，仿佛凝聚着天火精粹。

这是由一名四品封侯强者施展的封侯术，如果不加防护地落在大夏城，恐怕大半个城市都会化为火海。

面对着祝青火施展的封侯术，牛彪彪立即还以颜色，他五指紧握，粗壮的手臂上有一道道光纹蔓延开来，血肉震动间，似有来自远古的哞声传出。

封侯术，牛魔神力拳！

他一拳轰出，前方的虚空直接如镜子般破碎，无数空间碎片散落，一道拳影呼啸而出，拳影之内竟呈现出万千神牛奔腾冲击之景。

那股纯粹而恐怖的力量足以摧山坼地。

“轰！”

双方的攻击凶悍相撞，让这方天地都震动起来，天地能量为之沸腾。

任谁都看得出来，局面陷入了僵持。

“洛岚府的那个小女娃虽然以秘术获得了极强的力量，却需要付出碎裂天珠的代价，她还能坚持多久？阁下如果指望她能守住洛岚府，未免天真了。”在进攻的同时，祝青火依旧试图以诛心之言动摇牛彪彪的意志。

“聒噪。”

牛彪彪眼露凶光地看向祝青火，狞声道：“一个穷乡僻壤的四品侯也敢跟我说这么多废话，真当我砍不了你吗？”

话音落下的瞬间，牛彪彪手里的杀猪刀竟迅速延伸出来，转眼间变成了一柄丈许左右的鬼头大刀。那大刀之上，暗红色的痕迹仿佛由无数鲜血浸染一般，瞬间释放出恐怖的煞气。

牛彪彪手持鬼头大刀，这一瞬，一股极为恐怖的刀气于天地间升腾。刀气呈暗红色，在他身后仿佛化为一片看不见尽头的暗红海洋。

“哗啦啦！”

刀气海洋震荡着，一道巨大无比、如魔神般的虚影从中缓缓站起，它手持巨刃，那股气势似乎连天穹都能刺破。

天地间的能量躁动起来，然后疯狂朝着那道魔神般的虚影蜂拥而去。

大夏城，不论祝青火还是那些暗中窥视的顶尖强者，此时面色皆忍不住一变，失声道：“衍神级封侯术？！”

大夏封侯强者修行的封侯术绝大部分属于通灵级，衍神级的封侯术相当稀罕，在金龙宝行、王庭以及圣玄星学府都是镇府之宝，而能够修成的封侯强者更是稀少。

当祝青火见到牛彪彪祭出这道封侯术时，眼皮子急跳，同时有些羡妒，牛彪彪与李太玄、澹台岚果然来自内神州那种得天独厚的修炼圣地，就说这衍神级的封侯术，他修行至今都未得到过。

“衍神级封侯术的确强横，但你的封侯台至今未显，想来应该是破碎了吧？没有封侯台的底蕴支撑，衍神级封侯术在你手里也只是花架子罢了！”

虽然忌惮，祝青火嘴上却不示弱，而且他所说的确不假，封侯台乃是每一个封侯强者的底蕴所在，牛彪彪至今未显露封侯台，显然是祭不出来，这样祝青火倒是能拼上一拼。

“呼。”

祝青火深吸一口气，双手缓缓合拢，面色变得肃穆。

“轰！”

只见一道赤红之气自祝青火天灵盖喷薄而出，升腾时色泽不断变化，最后竟形成了琉璃色，而后琉璃之气爆发，衍变成一只琉璃火焰巨手。

火焰巨手横空，似能推平一切阻拦。

大夏城内诸多顶尖强者望着这一幕，微微点头，祝青火虽然没有修炼过衍神级的封侯术，但他这道通灵级别的天火神手印已经修炼到了炉火纯青的境界。

论起威能，也能与普通的衍神级封侯术抗衡了。

牛彪彪眼神狰狞，他瞥了一眼横空的琉璃火焰巨手，将鬼头大刀缓缓劈斩而下，随着他的动作，他身后那道巨大的虚影也把手里的巨刃劈下。

那一霎，天地仿佛被分割开来。

“衍神级封侯术……

“狂神刀！”

当双方封侯强者显露峥嵘的时候，姜青娥与裴昊的战斗也变得胶着。

但在他们的交锋中，裴昊完全是在拖延时间，因为姜青娥的天珠又碎裂了一颗。

此前的五颗天珠现在还剩下两颗。

为了获得能与虚侯境抗衡的力量，即便天赋如姜青娥这般妖孽，都需要付出极大的代价。

“姜青娥，你的时间不多了，而且你此次付出的代价可不小呢，三颗天珠，想要重新修回，恐怕需要不少时间吧？”裴昊望着姜青娥身后仅存的两颗璀璨天珠，嘴角的笑意变得浓郁。

姜青娥绝美的容颜不起波澜，她声音冷淡地道：“虽然不知道你究竟是裴昊还是其他什么东西，我只想告诉可怜的你，你觉得难的东西，对我而言根本不算什么。”

裴昊嘴角抽了一下。

姜青娥凛冽的眸光扫来，突然道：“我倒是想知道，你这种状态，是否还能施展出封侯术？”

裴昊双目微眯了一下，现在的身躯毕竟不是本体，他能将力量通过献祭传递而来，却没办法让这具身躯施展出他掌握的封侯术。

而且，以裴昊的天资，即便接触到了封侯术也很难修成。

“看来你不行。”

姜青娥似是知晓了答案，轻轻点头。

“你什么意思？”裴昊淡淡地道，“我施展不出封侯术，难道你……”

话音到此戛然而止，因为姜青娥纤细玉手陡然结印，随着印法的变化，一簇神圣的火苗从她的掌心凝聚而出。

那一簇火苗并不强盛，可当其出现时，似乎有神圣的光环扩散出来，所过之处，天地能量皆被同化成了光明相力。

从那簇神圣的火苗中，裴昊感应到了一股极为强烈的威胁。

他的面色变得阴沉起来。

“你碎裂三颗天珠、聚集相力，原来是在为此做铺垫。”他阴沉沉地道。

姜青娥没有搭理他，她纤细玉手抬起，那一簇神圣火苗顿时腾空而起，下一瞬便迎风暴涨，最后竟化为一头巨大的火凰，火凰身上燃烧着神圣之焰。

突然出现的神圣火凰立即吸引了无数目光。

谁都感受得出来，这是一道威力极其恐怖的……封侯术！

不仅李洛修成了一道封侯术，姜青娥同样修成了！

姜青娥胸脯轻轻起伏，晶莹剔透的面容此时变得苍白许多。

她玉指指向裴昊，神圣火凰顿时爆发出清澈的凤鸣声，而后扇动羽翼俯冲而下，于天际带起了绚丽的火尾。

这就是她的最强之术。

为这一天，她隐藏了太久。

封侯术，光明凰焰。

第六百六十二章

夫妻双打

神圣火凰于天际翱翔，扇动着双翼，带起绚丽的火尾直接冲向了裴昊。

所过之处，一切皆被净化，天地能量源源不断地涌来，经过净化后，化为火凰身躯上的一枚枚翎羽，令它变得更加气势磅礴。

那股威势，比李洛施展黑龙冥水旗时还要强横。

面对着姜青娥如此惊人的攻击，裴昊的脸上浮现出一抹阴沉之色，这一击已经让他感觉到了真正的威胁。

他没想到，姜青娥不仅掌握了一道封侯级别的秘术，还修成了一道攻击性的封侯术！

明明只是天珠境，却手握两道封侯术，如此天赋，唯有妖孽二字方可形容。

最麻烦的是，现在的他空有一身虚侯境的力量，却无法施展出真正的封侯术，眼下面对姜青娥的封侯术就有些束手束脚，因为封侯术的威力远非龙将术可比。

“她的力量终归是献祭天珠得来的，持续不了多久，只要继续拖延时间，她就无力回天了。”裴昊冷静地想着，然后双手合拢，印法变幻。

下一刻，磅礴的金光自他体内席卷出来，然后迅速化为一口金钟，金钟古朴，上面铭刻着斑驳的纹路，显露出极强大的防御力。

这是裴昊自身修行的最强的一道防御相术，名为金钟术，乃是高阶龙将术。

虽说只是高阶龙将术，但有虚侯境的力量作为支撑，威能依旧极为恐怖。

“咚！”

神圣火凰挟着磅礴的净化之火冲击而来，直接与金钟相撞，天地间顿时响起嘹亮的钟声。同时，金钟表面有金光涟漪急速扩散，净化之火不断灼烧，将金钟上流动的金相之力消融。

神圣火凰环绕着金钟，惊人的能量冲击波不断爆发。

此时金钟虽说已经开始熔化，速度却颇为缓慢，因为裴昊在不断以自身力量填补缺口，他打算凭借虚侯境的力量，将姜青娥这道封侯术给扛过去。

总部内，一道道紧张的目光望着双方的对抗。

他们看得出来，这已是姜青娥能施展出的最强一击，如果连这都被裴昊扛下来，那么这场对抗，她恐怕要落入绝对的下风了。

裴昊的面容此时也格外凝重，源源不断的金光相力如洪流般从体内奔涌而出，灌注到金钟之中，抵御着神圣火凰的净化。

令他稍微松一口气的是，金钟虽然在熔化，却远没有破碎。

“姜青娥，你真的让我很意外，但是很可惜，虚侯境的实力不是现在的你能撼动的。”他看向姜青娥，再度开口笑起来，试图以言语搅乱她的心境。

裴昊的声音刚刚落下，突然他感应到了什么，目光猛地一转，投向了广场的一角。

然后他的面色瞬间变得阴沉。

不止他，就连姜青娥、袁青、蔡薇等人也有所察觉，目光都向那边投了过去。

只见原本站在那里的李洛，身上突然升腾起一股极其狂暴的相力，那股力量直接导致李洛的肉身开始撕裂，皮肤上出现一道道血痕，鲜血大量渗出，瞬间就将他化为一个血人，看上去颇为可怖。

“他还能爆发出这种力量？！”裴昊心头一震，眼神阴冷。李洛明明已经透支了，眼下怎么还留着一股如此强横的力量？

“徐天陵，拦住他！”裴昊喝声响起。

李洛投来的森冷目光已告诉他对方试图与姜青娥联手，击溃他的金钟防御，现在自己被姜青娥牵制，无法分神，只能靠其他人阻拦。

徐天陵闻言，立即暴射而出。

袁青试图阻拦，可墨辰却突然袭来，将他缠住。

徐天陵的身影在数息之下就接近了李洛，寒冰相力升腾，在他手中形成了一柄寒冰之矛，然后快若奔雷般对着李洛的胸膛暴刺而去。

李洛俊朗的面庞上满是鲜血，眼中有猩红之光闪烁，此时此刻这股力量是三尾天狼汲取了他的十滴精血后提供的，他知道这就是三尾天狼的极限力量了。

而这股力量使用天祀咒都无法榨出来，只有三尾天狼自愿贡献才能获得。

李洛瞥了一眼手腕处的猩红镯子，镯子的光华已经黯淡，在他的感应中，三尾天狼的气息此时萎靡到了极致，为了贡献这股力量，它付出了不小的代价。

只不过，他同样付出了十滴精血。

这可不是普通的血液，它们蕴含着他的血脉之力，十滴精血一付出，李洛就有种被掏空的虚弱感。想要将这个损失补回来，之后怕是得好好大补一顿才行。

但那都是之后的事情了，现在最重要的是解决裴昊。

对于手持冰矛暴刺而来的徐天陵，李洛没有在意，他手中一握，金玉玄象刀闪现，而后一刀斩下。

面前的虚空裂开一道细微的痕迹，一抹霸道无匹的刀光掠过，与徐天陵的冰矛相撞。

“砰！”

撞击的瞬间，徐天陵便惊骇地见到冰矛爆碎开来，一股极为磅礴的力量倾泻而至，直接将他的护身相力撕裂，狠狠地劈斩在他的胸膛上。

“啊！”

凄厉的惨叫声响起，徐天陵被李洛一刀劈飞出去，胸膛鲜血淋漓，血肉模糊。

“不愧是以十滴精血换来的力量，比天祀咒的效果好多了。”李洛瞧得徐天陵被他一刀劈成重伤，眼中划过一抹惊讶。看来，天祀咒虽然能够强行抽取三尾天狼的力量，但强迫终归比不过自愿提供。

只有这样，他才能获得三尾天狼的全部力量。

击退了徐天陵，李洛没时间斩草除根，他的目光投向了裴昊。

裴昊维持金钟，抵御着神圣火凰的消融，对他投来的目光带着一丝惊怒。

李洛的动静显然打乱了裴昊的计划。

李洛嘴角浮现出一抹冷笑，虽然身体各处都传来了剧烈的疼痛，却不能冲淡他心里的快意。

李洛伸出手掌，指尖结印，下一刻，随着体内来自三尾天狼的力量迅速减弱，他的手中再度有一面黑龙旗缓缓浮现。

“一道封侯术弄不死你，那就再来一道！

“狗东西，今天就让你尝尝我洛岚府夫妻档的威力。”

李洛森然一笑，黑龙旗猛地划下，面前的虚空裂开一道痕迹，海水席卷的声音响起，黑色的海水自裂缝里呼啸而出，随之出现的还有巨大的黑龙之影。

“吼！”

龙吟响彻天地，黑龙挟着滔滔冥水直冲而上，然后在无数道目光的注视下，轰在了裴昊身躯外的巍峨金钟之上！

第六百六十三章

裴昊之死

“轰！”

黑龙挟着滔滔冥水呼啸而出，在裴昊惊怒至极的目光中，狠狠地轰击在他周身的金钟之上。

“咚！”

钟声响起，金光涟漪急促地扩散开来。

裴昊眼神震怒，一声厉喝，体内的相力毫无保留地倾泻而出，试图稳固金钟。他知道，这次攻击已经是李洛与姜青娥最后的反抗，只要自己能够承受下来，接下来的两人会任他宰割！

可是，两道封侯术又岂是那么容易抵御的！

现在的裴昊可不是真正的封侯境，他只是以外力灌注的虚侯境！

所以，不论他如何倾尽全力抵御，金钟之上的涟漪都愈发急促，突然间，一道细微的咔嚓声响起，一道裂痕浮现。

裴昊瞳孔骤缩，心头猛地一沉。

随着第一道裂纹出现后，越来越多的裂纹开始连绵不断地在金钟之上蔓延，短短十数息后，原本牢固的金钟便已布满裂纹。

“轰！”

最终，金钟的防御抵达了极限，只听剧烈的爆炸声响起，金钟轰然爆碎，化为漫天金色光点。

当金钟爆碎的瞬间，神圣火凰以及挟着冥水的黑龙便极有灵性地锁定了裴昊，趁他试图暴退的刹那，一前一后径直扑了上去，轰中了他的身躯。

那一瞬，半空好似有烟花绽放。

裴昊的身躯被两股恐怖的力量席卷，开始迅速消融，只不过他的眼神没有显露绝望，而是阴冷地盯着李洛与姜青娥。

“真是没想到，你们二人竟然能做到这种程度。”他声音阴冷地说道。

李洛满身鲜血，露出灿烂的笑容，对着裴昊挥了挥手，道:“兄弟，永别了！你放心，我会带着洛岚府重塑辉煌，到时候会烧纸告诉你的。”

“李洛，不要得意，不要以为这样就结束了。”

裴昊声音低沉，只不过说完这句话后，他眼里的光芒便迅速消散，取而代之的是一种无光的灰暗。

他艰难地看了一眼自己的身躯，然后又看向李洛与姜青娥，眼中出现了一种极为复杂的情绪，但最终只是幽幽一叹，任由身躯被两股力量消融。

李洛与姜青娥平静地望着这一幕，裴昊最后的眼神究竟是什么意思，他们都懒得去想，至于他是否后悔也不重要了，一切混乱都已被制造出来，再怎么悔过都于事无补，对洛岚府而言，裴昊就是此次大乱的罪魁祸首。

眼下他死了，也算一了百了。

“扑哧。”

李洛捂着嘴，吐出一口血，神情顿时萎靡起来，面色惨白得可怕。

一阵幽香飘来，姜青娥出现在李洛身旁，她连忙伸手搀扶住李洛，光明相力涌入他的体内，她的脸色顿时变幻了一下，感知到此时他体内的伤势相当严重。

看来，先前最后一击，李洛付出了极大的代价。

“你也太逞强了。”姜青娥埋怨道。

“我这一年努力修炼，不就是为了能在今日为你分担压力吗？”李洛一笑，而后有些得意地道，“怎么样？青娥姐，我今天的表现如何？”

姜青娥伸出白皙如玉的纤细手掌，帮李洛擦掉脸上的血迹，清澈的金色眸子中泛起一抹笑意，她轻轻点头，声音前所未有的柔和：“你今天表现得比我想象的还要完美，李洛，我为你感到骄傲。”

李洛灿烂地笑了起来，旋即扯到伤口，顿时龇牙咧嘴地吸了几口凉气。

姜青娥运转光明相力，帮他治疗伤势，她感觉得出来，李洛已经油尽灯枯，接下来不能再动用半点相力，否则恐怕会留下后遗症。

“裴昊总算是死了。”李洛说道。

“裴昊不成气候，不论是你还是我，要杀他都不难。”姜青娥眸光微闪，道，“但刚才的裴昊，未必是原本的裴昊。”

李洛轻轻点头，道：“单凭裴昊自己，不管他有什么秘术，都绝对不可能将实力提升到虚侯境，很有可能是某位封侯强者出手控制了他的身躯。”

“你觉得会是谁？”姜青娥问道。

李洛皱眉想了想，道：“大夏觊觎我们洛岚府的封侯强者属实不少，一时间难以锁定目标，不过直觉告诉我，有一个人嫌疑挺大。”

他的目光与姜青娥的对视在一起，异口同声地说出了一个名字。

“沈金霄。”

李洛笑起来，道：“看来青娥姐与我真是心有灵犀。”

“我虽然怀疑沈金霄，但他怎么会是裴昊背后的人？这可真是奇怪……他们两人似乎没理由牵扯在一起。”

姜青娥摇摇头，道：“的确如此，摄政王、都泽阎、兰陵府府主等人都比他的嫌疑更大。这本就是我们的猜测，或许是错觉吧。”

李洛耸耸肩，道：“不管有没有根据，等府祭结束，我还是要去学府举报他，总得让学府查一下他吧。”

姜青娥赞同，他们都颇为厌恶沈金霄，如今有了这由头，那就给他制造些麻烦。

“府祭到现在，我们已经竭尽全力了，接下来得看彪叔了。”

李洛深吸一口气，他与姜青娥解决了洛岚府内部的问题，可这不是结束，因为外敌依旧存在。

某处昏暗的密室。

“扑哧！”

沈金霄喷出一口鲜血，面色阴沉得可怕，在他面前的祭坛上，残缺的心脏开始风化，最后迅速化为一片虚无，消失得干干净净。

裴昊彻底死去，他没有了介入的媒介。

“我竟然……竟然输了?!”

沈金霄五指紧握，眼神隐隐有些狰狞，这个结果属实刺痛了他的心，他堂堂封侯强者，在准备了这么多年的情况下，居然被李洛与姜青娥打乱了谋划。

一想到多年努力付诸东流，沈金霄就忍不住暴怒。

但他是城府极深的人，深吸两口气后，还是将情绪压了下去。

“小瞧了这两人。”沈金霄目光阴森，冷冷地道，“不过我不会放弃的。”

话音一落，他神色突然一动，袍袖一挥，身前的祭坛直接消失，而他的身影也消失在了密室。再度出现时，他已经在一楼大门处，原来是门被敲响了。

沈金霄面无表情地打开大门，就见到两名紫辉导师站在门外。

“有什么事吗?”沈金霄淡淡地问道。

两名紫辉导师审视地看了他几眼，然后笑道：“沈金霄导师，你一直都在这里没有外出吗?”

沈金霄皱眉道：“什么意思?我出没出去你们还不知道吗?”

两名紫辉导师笑着点点头，道：“没有什么其他意思，只是来问问。另外，副院长说如果你没有其他事情，请你过去坐坐。”

沈金霄闻言，很爽快地点点头，道：“行。”

见到他答应得这么利落，两名紫辉导师的神色放松下来，笑着点点头。

第六百六十四章

一波又起

当李洛与姜青娥联手斩杀了裴昊后，洛岚府上空的双侯之战也快结束了。牛彪彪斩出惊天动地的一刀后，一切物质与能量仿佛都被刀光湮灭，即便是祝青火如琉璃般的神火手印，在接触的瞬间就被轻易割裂开。

无法形容的毁灭刀光掠过，虚空似乎都被分割。琉璃巨手化为漫天流光飘散，祝青火的身影僵立虚空，数息后，他突然剧烈咳嗽起来，鲜血从嘴角溢出。与此同时，一道狰狞的血痕突兀地出现在他的掌间，然后迅速斜切而上，划过胸膛。

这一刀，几乎将祝青火的身体一分为二。

但封侯强者拥有极为恐怖的生命力，火热的岩浆从伤口处流淌，将他的身躯紧紧拉住，使它不至于分裂。

不管如何，这一刀重创了祝青火。

他的面色十分阴沉，目光死死地盯着牛彪彪的身影，声音嘶哑地道："不愧是衍神级的封侯术。"

"亏得我不是全盛状态，否则这一刀，你应该直接殒命了。"牛彪彪言语淡淡。

"你这个状态应该没有再战之力了。滚吧，洛岚府不欢迎你。"

祝青火眼神森冷，他看了一眼身下的广场，发现裴昊已经被斩杀，令他怒意更甚。沈金霄究竟在搞什么，此前总是一副胜券在握的模样，怎么眼下连两个小辈都对付不了？

如此一来，他们的联手几乎完全被抵挡下来。

大夏城各方顶尖强者都在关注着这里，他们的失利无疑会引来诸多嘲笑。

纵然心中不甘，他与沈金霄终归是失败了。

金龙宝行，会议厅内。

一面光镜悬浮半空，映照着洛岚府的战斗景象，在场的金龙宝行高层皆目不转睛地关注着事态发展。

当他们见到裴昊、祝青火失手的时候，议事厅内传出了骚动与哗然声，这个结果显然出乎他们的意料。

“啧，真是没想到，洛岚府竟然还隐藏着如此厉害的封侯强者，那一刀连祝青火都没挡下来。”

“李洛与姜青娥两个小辈也令人侧目，裴昊必然是借助了某位封侯强者的力量，已经是虚侯境的层次了，没想到还是被他们联手击溃。”

“的确，真不愧是李太玄与澹台岚的血脉与弟子，两人称得上是年轻一辈的顶尖天骄了。”

“……”

讨论的声音在厅内响起，大部分高层都抱着事不关己的心态，金龙宝行素来中立，在他们看来，不论是极炎府还是洛岚府，都是生意对象，两府之间的争斗，打破脑子了都跟他们没关系。

吕清儿悄然松开紧握的玉手，清丽绝伦的脸上浮现一抹笑容，心中大石随之落地，轻轻嬉笑一声：“李洛，你真棒！”

鱼红溪容颜平静地注视着光镜内的景象，凝重的目光投向了牛彪彪。

这个人藏得很深，看来李太玄与澹台岚还是留下了后手。而后鱼红溪的眸光扫向宁阕，对方没显露出情绪，只不过手指敲击椅背的频率稍微加快了些，显然内心不如表面这般毫无波澜。

或许，他还在等待那位韩泷长老吧。心中冷笑一声，鱼红溪又看向光镜内李洛的身影，眼中掠过一抹满意。这个小子有其父的风采，假以时日，说不定会比李太玄更出色。

清儿的眼光不错，只不过麻烦的是李洛与姜青娥的婚约。

鱼红溪眸光微微闪烁，姜青娥是澹台岚那个女人为自己儿子内定的媳妇。

一想到澹台岚，素来理智的鱼红溪就有些不服气：我当年比不过你，但下一辈，我可不能让我女儿再输了。

王宫。

一身盛装华服、气质尊贵的长公主看着面前悬浮的一颗水晶球，里面同样映照着洛岚府的场景。

“看来我这次下的注下对了。”长公主国色天香的娇艳脸蛋上绽放出笑颜，颇有一笑倾城的韵味。

“这就是青娥隐藏多年的手段吗？果然很恐怖，如果她早点显露出这种手段，恐怕我与宫神钧都不是她的对手。”她自言自语着，姜青娥爆发出来的实力让她十分震惊。

虽说需要付出不小的代价，但只要能赢这一场，都是值得的。

“还有李洛这小子，真是让人惊喜不断。”长公主凤目闪动，饶有兴致地注视着李洛的身影。姜青娥藏着封侯术不意外，可李洛这家伙究竟是什么时候修成一道封侯术的？他明明只是煞宫境的实力，封侯术对他而言基本不可能吧？

这个李洛还真是从一进入圣玄星学府就在不断创造着奇迹。

以往别人都说洛岚府全靠姜青娥撑着，可谁也没想到，这位曾经被忽视的少府主竟然有着不逊色于姜青娥的光彩。

未来的他必定会成为大夏的顶尖强者。

长公主不禁轻笑出声，她为自己的眼光以及此次的投资感到满意。

不过……

虽然祝青火与裴昊这两个麻烦解决了，但今日的事情应该还没结束。长公主脸上的笑容微微收敛，她派出的秦总管没有出现在洛岚府外，那就是被人拦截住了，能如此精准掌控她的动向并派出强者阻拦的，她心里已有了猜测。

其实也不意外，身为王庭的长公主，她早就通过某些端倪猜到了答案。

如果真是那一位在谋划，他定然不会轻易放弃。

祝青火与裴昊只是前戏，当他们都失手后，那位应该会采取更激进的手段。

摄政王府，阁楼上。

气氛有些压抑，摄政王负手而立，陷入沉默。

身旁的金银重瞳男子自顾自地笑道：“真是可惜，竟然输了。”

“的确没想到，原本以为祝青火与沈金霄之中总有一人能够打破局势。”摄政王淡淡地道。

“现在怎么办？要放弃吗？或者说，需要我出手帮忙吗？作为你的盟友，我们还是乐意相助的。”金银重瞳男子微笑道。

摄政王摇了摇头，道：“你们一旦暴露，我可就成为众矢之的了，此后的登基大典我怕是连参加的资格都没了。”

“算了，已经到了这一步，不必再遮遮掩掩了。洛岚府的东西我必须拿到手，即便不合规矩，但为了我的大计，也顾不得这些了。”

摄政王无奈地叹了一口气，眼里却满是冰霜般的冷漠。他向前走出一步，身影已凭空消失而去。

第六百六十五章

幕后黑手

祝青火被牛彪彪一刀斩伤的那一刻，洛岚府爆发出无数欢呼声，忠于李洛、姜青娥的人面露激动之色。如今裴昊已死，徐天陵濒死，甚至连对方的封侯强者都被重创而退，今日洛岚府的生死大劫已迎来了转机！

从此往后，李洛将正式成为洛岚府的府主！

这场内乱终于要结束了！

与袁青、雷彰他们的狂喜相比，投靠裴昊的阁主都面色惨白，一时间战意全失，直接瘫软在地，任由对方将自己擒获。

面对着这样的局势，他们已经绝望了。

“我们赢了！”

蔡薇娇媚的脸蛋布满激动，她用力握住颜灵卿的手，把对方的手背都捏出了青色痕迹。

颜灵卿没有挣脱，此时的她同样内心震荡。

她望着李洛与姜青娥，忍不住有些恍惚。作为姜青娥的好友，她非常清楚这几年洛岚府面临的困境，内忧外患的情况换作任何人恐怕都有心无力。更何况，姜青娥虽然天赋卓绝，但毕竟不是封侯强者，没有一举定乾坤的力量。

姜青娥只是在不断地积累自身，为今日这场大变做准备而已。

可是，颜灵卿明白姜青娥承受的压力。

“李洛这家伙，所有人都小瞧了他。”颜灵卿认真说道。

今日洛岚府能够稳住局势，姜青娥固然起到了极大作用，可李洛的存在同样不可或缺，如果不是他，姜青娥恐怕难以凭借一己之力力挽狂澜。

蔡薇微微颔首，笑道：“只能说这两人配合得太好了，青娥显露绝世天赋，吸引了外界所有的注意力，光芒遮掩了少府主，给了他悄悄准备的时间。”

“以前外界都说李洛配不上青娥，今日之后，恐怕没人再这样说了。”

颜灵卿瞧着两人，笑眯眯地道：“我宣布，两人的婚事我同意了！”

蔡薇莞尔。

在其他人欢呼的时候，李洛与姜青娥却没有显露出激动的神色，因为他们感觉，今日之事恐怕还没有结束。

幕后黑手应该不止祝青火以及裴昊背后的人，当年能够设局将李太玄、澹台岚逼去王侯战场，绝非一两个府主能办到。

如果幕后黑手的目的是洛岚府重宝，他绝对不会甘心多年谋划就此失败。

两人没有等待太久，下一刻，洛岚府上空那座已经被严重削弱的奇阵突然剧烈震荡起来，而后似乎有一股恐怖的力量降临，竟然硬生生将奇阵撕开了一个口子。

那道裂缝出现的瞬间，四道流光从天而降，落在了牛彪彪四周不远处。

流光散去，四道人影显露而出，与此同时，强悍的压迫感铺天盖地地席卷开来。

赫然是四位封侯强者！

虽然这四位的实力不及祝青火，应该是二品侯，可四位封侯强者带来的震撼，顿时消弭了洛岚府总部的欢呼声。

牛彪彪的反应很快，四位封侯强者一出现，他的眼神立即变得狰狞，而后恐怖的刀光如暴风雨般倾泻而出，对着他们斩杀而去。

“封侯奇阵，四圣大阵！”

四位封侯强者也是有备而来，印法变幻出无数残影，旋即无数光线自他们体内暴射而出，每一道都铭刻着万千符文，散发着一种特殊的力量。

光线最终形成了无数玄妙的光环，重重叠叠，似密布了空间的每一处。刀光斩碎了许多，但随之又有更多光环出现，这些光环最后化为一座特殊的囚牢，将牛彪彪困在其中，他只要向前一步，就会被它们淹没。

这般变故，不仅激起洛岚府总部无数惊骇之声，就连大夏城的其他顶尖强者都为之色变。

“四圣大阵？这是王庭的手段！”

“出手的封侯强者乃王庭的四位重臣，他们都属摄政王麾下！”

“他们为何会出手？！”

诸多顶尖强者震惊低语，第一时间辨认出了出手的四人。

就在所有人震惊间，洛岚府上空，一道气势如渊的身影凭空出现，他看了一眼已经严重削弱的守护奇阵，一步迈出，身体硬生生穿透过去，然后凌空而立。

一股比祝青火还要恐怖的威势铺天盖地地笼罩，让洛岚府总部所有人一时间都喘不过气。

众人目光恐惧地望着那道威势滔天的人影。

“那、那是……”

“摄政王？！”

“他为何会突然出手？他想要干什么？！”众人骇然失声。

李洛与姜青娥的脸色变得极其冰寒，当摄政王出现的那一刻，他们就明白了，最大的黑手原来就是他！

这个答案不意外，在大夏，能够驱使祝青火这种顶尖强者的人，除了摄政王，恐怕没有几个了。

而摄政王也有能力布置一个针对李太玄、澹台岚的局。

摄政王现身之后，他漠然的目光扫过下方，在牛彪彪身上顿了顿。至于李洛与姜青娥，他没有半点在意，而后雄浑的声音响起：“本王调查多年，发现李太玄与澹台岚二人有颠覆我王庭正统之意，此罪不可赦，本王决定，将洛岚府自五大府革除。”

“洛岚府一切之物，皆由王庭收缴。”

随着摄政王话音落下，他伸出手掌，猛然隔空劈斩而下。

只见洛岚府总部的大地被蛮横地撕出一道深深的裂痕，一座地宫逐渐暴露在所有人的视线之中。

地宫之中有龙凤石像，石像上方各有一道烛火，是李太玄、澹台岚的本命烛火。

摄政王盯着那两道本命烛火，眼神深处掠过阴冷之意，李太玄与澹台岚果真还没有死在王侯战场，真是命大啊！

既然留下了本命烛火，如果他在这里出手抹灭，两人也会受到牵连，让他们在危机四伏的王侯战场雪上加霜。

一念至此，摄政王直接出手，一只遮天蔽日的大手覆盖，对着龙凤石像狠狠地拍了下去。

李洛与姜青娥望着这一幕，没有出手阻拦，他们都很明白自己与摄政王之间的差距，此时上去不过是送死而已。

但他们的目光都深深凝视着摄政王的脸庞，眼中的冰冷与杀机几乎化为实质。

这一刻，两人已有了放弃洛岚府的念头。

敌人势力太强，眼下既然无法抗衡，那就理智地退走吧。

只要他们还活着，即便是摄政王，也会寝食难安。

蕴含着毁灭之力的大手重重拍下。

“吼！”

就在拍下的一刹那，所有人仿佛听见天地间响起一道龙吟声，同时挟着一种难以形容的苍茫与霸道。

这道震撼人心的龙吟声尚未完全落下，一道如鹏雕的清鸣声却更蛮横地冲了出来，它带着一种莫名的恐怖威压，连刚才霸道的龙吟声都被压制了下去。

下一瞬，耀眼的金光于地宫之中爆发。

金光化为一只巨大无比的金翅大鹏，它如黄金般的羽翼扇动，仅仅只是一划，摄政王的毁灭大手便被切割成了无数光点。

与此同时，一个女子的冷喝声如雷霆般响彻整个大夏城。

“李太玄，给我让开！

“宫渊狗贼敢欺负我家孩儿，区区一个庸才还学人谋划，我今天就送他去地下见宫家先王！”

当这个冷喝声响起的瞬间，李洛与姜青娥猛地一震，失神地望着地宫深处爆发的耀眼金光，继而眼中涌现出难以遏制的激动之色。

“娘？”

“师娘？”

第六百六十六章

投影分身

当女子的声音于洛岚府总部地宫深处传出时，整个大夏城窥探此处的顶尖强者心头皆一震，他们脑海里闪过了当年洛岚府那位看似优雅、实则擅长以力服人的女府主——

岚侯，澹台岚！

对于澹台岚，大夏的顶尖强者可谓印象深刻，因为常人都说李太玄惊艳卓绝，可唯有见识过澹台岚的人才明白，洛岚府一家子中最强势的反而是她。

虽说有李太玄爱妻、有意呵护的缘故，但澹台岚自身的实力与天赋也是极为重要的一点。

此时顶尖强者们没兴致回忆这些，他们更想知道，李太玄与澹台岚怎么会突然出现?!

是真身降临，还是投影所化?

不论如何，众人至少确定，两人果然留了后手。

所有目光都投向了洛岚府总部。

随着澹台岚的冷喝声响起，地宫深处的两道本命烛火升腾起火星，然后就在诸多震动的视线下，化为一男一女两道人影。

男子身躯挺拔，面容如刀削般英俊，他的脸上带着温和的笑容，整个人从容不迫，气度非凡。

女子则有着美丽雍容的容颜，她身材纤细，长发盘起，气质优雅，可随着她的脸色逐渐冰冷，一股强势与飒爽的气质涌现出来。

洛岚府总部，不论是李洛派系还是裴昊派系，此时全都呆滞了，他们呆呆地望着两道人影，一时间激动得难以自抑。

徐天陵、墨辰两位供奉更是骇得脚跟都软了，一屁股瘫坐在地。

总部上空，摄政王望着现身的两道人影，出现了瞬间失神。这就是李太玄与澹台岚留下的后手吗，应该只是投影，并非真身，他们不可能穿过王侯战场降临此处。

不过，即便是投影分身，依旧让摄政王心头微微一沉，这两人让他充满忌惮。

“两位……”他缓缓开口。

“不知好歹的东西，别人当你是摄政王，但在我眼里，你不过只是一个跳梁小丑而已。当年若非我二人另有原因自愿去了王侯战场，你以为凭你那些低劣手段，逼得走我们？

“哼，我二人一走，你就来欺负我家孩儿，我看你今天还是死在这里吧！”

摄政王声音刚落，澹台岚的柳眉已经倒竖，她根本不想与摄政王沟通，直接伸出纤细玉手，横空拍出，顿时有璀璨金光席卷而出，对着摄政王射了过去。

金光极为纯净，其内有金色的羽翅扇动，玄妙无比。

“金翅神光！”

金色神光所过之处，天地能量仿佛凭空湮灭。

摄政王见状，眼神一凝，他当然熟悉金翅神光，这是澹台岚的拿手手段。

只是澹台岚刚才的那番话，即便他性格沉稳，眼里也忍不住升起一抹怒意。这些年他执掌大夏，无人敢违逆他的意志，澹台岚竟将他如此贬低，当真难以忍受。

“哼，只是一道投影，也敢这般张狂？！”摄政王面色阴沉，当年李太玄、澹台岚离去时不过是四品侯，现在的他却是五品侯！澹台岚有什么胆魄敢对他如此放肆？！

面对着射来的金色神光，摄政王没有躲避，他单手结印，天灵盖处升起一道紫气，紫气之中有一方紫色石印衍变出来，石印底部铭刻着历经沧桑的古老字迹。

“封侯术，镇国紫印！”

紫色石印滴溜溜旋转着，挟着滔滔紫气，直接与射来的金翅神光相撞。

就在碰撞的那一瞬，摄政王的瞳孔猛然一缩，心中泛起惊涛骇浪。他发现，在接触的第一时间，紫色石印上的紫气瞬间消融，神光只是一来一回，石印便化为一片齑粉。

"怎么可能？！"

摄政王面色剧变，他这道封侯术竟然只坚持了两息，就被澹台岚的神光消融了！

然而在他惊骇间，消掉石印的金翅神光已穿透虚空再度袭来，对着摄政王刷了下去。

摄政王身后有空间浮现，五座封侯台剧烈震动，浩瀚的相力如汪洋大海般席卷而出，试图抵御金翅神光。

"唰！唰！"

金翅神光一次次刷下，浩瀚的相力以肉眼可见的速度消融，十数息后，摄政王察觉双臂竟然开始出现萎缩，里面的精血也在金翅神光的照射下开始消融。

摄政王内心惊怒，澹台岚明明只是一道投影，为何施展出来的金翅神光这么恐怖？

他心思急转，旋即不再犹豫，身影直接退出了洛岚府总部范围。

随着他退开，金翅神光不再追击，而是化为一缕金色烟雾飘回，被澹台岚张口吞下。

两人的交手几乎在电光石火间，很多人回过神来时，就已经见到摄政王急急退走，令大夏城诸多顶尖强者心头泛起惊骇。没想到，两人的交锋，摄政王竟然挡不住一击！

要知道，摄政王是五品侯的境界，绝对是大夏最顶尖的封侯强者了！

怎么会被澹台岚一道投影击退？

"跑什么？刚才不是很猖獗吗？"澹台岚杏目冰冷地盯着摄政王，冷笑道。

摄政王面色阴沉如水，他盯着澹台岚与李太玄的身影，隐隐感觉这两道投影分身并不简单，一般的投影绝对没这种强度。

"老婆厉害！"

李太玄则对着澹台岚竖起大拇指，然后目光投向牛彪彪，此时对方正被四名封侯强者以奇阵封锁，于是他呵呵一笑，一拳轰出。

"吼！"

只见一道磅礴龙影呼啸而出，龙吟声震动天地，挟着极端霸道的气息震荡虚空，一拳就将四名封侯强者组成的奇阵轰得稀碎。

四名封侯强者面色一变，纷纷暴退，不敢与李太玄正面交手。

“非我洛岚府之人，若是再不离去，就别怪我夫妻二人大开杀戒了。”李太玄淡淡地道。

四名封侯强者闻言，毫不犹豫地抽身退出，连摄政王都被逼退了，他们留在这里也毫无用处。

他们也看得出来，李太玄与澹台岚的投影分身一出现，局面就已经逆转。

面对他们，恐怕摄政王今日都毫无办法。

大夏城，洛岚府总部外的战斗都在此时停了下来。

一处街道中。

都泽阎收手而立，他看了一眼洛岚府的方向，当他见到李太玄、澹台岚两人的身影时，眼皮子跳了一下，而后面无表情地看向对面的司擎。

此时，司擎的面色阴晴不定，显得很难看，眼神里掠过一抹惊惧。

“司擎府主，现在开始后怕了？我早就说过，李太玄跟澹台岚的命硬得很，即便是危机四伏的王侯战场，都未必收得了他们。”都泽阎淡淡地道。

司擎声音沙哑地道：“现在说这个未免早了点，等他们真的从王侯战场出来了，再说此话吧。”

“到那个时候，司擎府主就要头疼了。司擎府主恐怕还得感谢我，如果不是我将你拦在这里，等李太玄与澹台岚发现你也在对洛岚府发难，将来你可能就有大麻烦了。”都泽阎讥讽地道。

司擎嘴角抽搐了一下，道：“还有人更头疼呢，一时半会儿恐怕还轮不到我。”

此时他的心情糟糕至极，懒得跟都泽阎斗嘴，面色阴沉地直接转身离去。

当李太玄与澹台岚的投影分身出现并且击退摄政王时，他就明白，今日这场针对洛岚府的行动失败了。

那两人早就做好了一切准备，这样一来，倒是显得他们这些人有些可笑了。

随着闲杂人等退走，李太玄双手结印，一道道流光符文激射而出，与洛岚府总部上空的守护奇阵融合在一起。霎时，被削弱的奇阵再度绽放出璀璨的光芒，最后流光散发，将总部笼罩了进去。

奇阵渐渐消散于无形，一股特殊的压制感又出现在了总部之中。

这座被削弱的奇阵，在李太玄手里被修复如初。

这下子，洛岚府总部又成了封侯强者的禁地。

做完这些，李太玄方才抬头，注视着立于总部之外的摄政王，英俊的面庞上露出一抹笑容。

“宫渊，还不舍得离去吗？”

“你放心，等我夫妻二人从王侯战场归来后，一定会来找你好好说道说道，在此之前，你最好先把身后事好好安排一下。”李太玄淡笑道。

摄政王盯着李太玄，没有说话，直接拂袖转身离去。

随着摄政王离去，所有人都明白，洛岚府的劫难终于挺过去了。

第六百六十七章

府祭落幕

万众瞩目的洛岚府府祭，最终有些意外地落幕了。

原本在摄政王出现的时候，所有人都以为洛岚府难逃一劫，可谁都没想到，局面转眼间又发生了巨大的转变。

洛岚府的两位府主竟然借助本命烛火降临了投影分身。

而且，这两道投影分身居然能将实力达到五品侯的摄政王轻松击退！

如此威能，震撼了整个大夏城的顶尖强者。

这一刻，所有人都对仍身处王侯战场的两人生出了敬畏之意。他们不仅在危机四伏的王侯战场存活了下来，而且实力似乎还有了极大精进，如此看来，李太玄与澹台岚以后很可能平安归来。

两人一旦归来，洛岚府恐怕会成为大夏继金龙宝行、圣玄星学府之后的又一超级势力！以后谁如果还对洛岚府心存觊觎，那就要好好考虑一下，究竟该如何面对他们的报复了。

可以说，原本风雨飘摇的洛岚府，经此之役，一下子又有了极强的底气。

大夏城内的战斗余波逐渐消散，而各方势力此时却不平静。

金龙宝行，议事厅。

此时这里一片安静，所有高层都面色凝重地望着光镜之中的景象，李太玄与澹台岚的身影仿佛带着一种莫名的震慑，让他们心惊不已。鱼红溪同样眼神复杂地望着两个熟悉的身影，数年不见，两人风采依旧，即便是让封侯强者都为之色变的王侯战场，似乎都未能削弱他们的自信与光彩。

而且经过王侯战场的洗礼，他们变得更强势了。

“李太玄……”

鱼红溪望着男子的身影，他的模样与李洛有几分相似，但与李洛的青涩相比，李太玄沉稳深邃得多，就是这个家伙，当年在大夏不知引得多少名门贵女为之倾慕。

她也是其中之一。

这些都是往事了，如今已另有际遇的鱼红溪，只把当年之事当作年轻时的一桩回忆。

“那位就是澹台岚府主吗？当真好厉害的手段呀，连摄政王都被她震退了。”鱼红溪身后，吕清儿望着强势中带着一分优雅的澹台岚，忍不住惊叹。

“咳。”

鱼红溪闻言，咳嗽了一声，有些气恼地剜了女儿一眼。这臭丫头竟然敢在自己的面前夸赞澹台岚？难道不知道这是她娘亲最大的对手吗？！

两人当年在各个层面不知道竞争了多少次。

而在澹台岚身上，素来心高气傲的鱼红溪第一次尝到了挫败的滋味。

这个女人……真是可恶！

不过现在不是计较这些的时候，她眸光扫向场中众人，然后在面色有些不自然的宁阕副会长身上停顿了数秒，淡淡地道：“洛岚府的事情算是告一段落了，诸位也见到了，李太玄与澹台岚没有陨落在王侯战场，以后归来的可能性很大，所以我不希望有人再暗中针对洛岚府，否则等李太玄与澹台岚来要人，为了大局，我绝对不会给予半点袒护。”

众多高层面面相觑，最终皆点头表示知晓。

鱼红溪这才站起身来说道：“会议就到此结束吧。”

眼下洛岚府府祭已经结束，这场会议自然就没有继续下去的必要了。

王宫。

长公主娇艳的脸蛋失神地望着面前的水晶球，好半晌后才回过神，她注视着里面澹台岚的身姿，有些艳羡地自语道：“好个绝世风采的岚侯，难怪能培养出姜青娥那样的女孩。”

旋即，她的脸上盛放出掩饰不住的笑容，甚至发出了轻轻笑声。

这一次，她宫鸾羽也成了一个大赢家。在这场博弈中，她孤注一掷地选择支持洛岚府，她相信李洛与姜青娥会接收到她的好意，未来双方的关系会变得更密切。以前她只是看好李洛与姜青娥的潜力，可李太玄与澹台岚此次降临投影分身，却让洛岚府再度有了底气。

投影分身告诉了所有人，两位洛岚府的府主没有陨落！

以后谁想继续针对洛岚府，就得考虑二人归来后的报复了。

所以，洛岚府的局势算是彻底稳住了。

长公主身后，一道红影闪现而出，秦总管现出身来，恭声道：“殿下深谋远虑，此次算是交好了洛岚府那两位。”

长公主微微一笑，道：“秦总管，今夜辛苦了。”

秦总管笑着摇摇头，道：“钟总督也不想大动干戈，就是活动活动筋骨而已。”

长公主微微颔首，旋即收起水晶球，仰起国色天香的脸蛋，注视着天上的明月。

李洛与姜青娥渡过了他们的危机，三天之后，就轮到她来面对一场更惊险的危机了。

希望她也能如李洛与姜青娥一般，有惊无险地渡过这场关乎整个大夏命运的难关吧。

各方退场，洛岚府总部的沸腾气氛却难以平复，两位府主的出现给所有人打了一剂强心针。

李太玄与澹台岚在击退摄政王后，没有靠近众人，只是笑着安抚道：“诸位老友，数年不见，辛苦你们了。眼下并非叙旧的时候，只能待来日我夫妻二人从王侯战场归来，再向维护洛岚府的各位道谢了。”

话音落下，李太玄伸出手掌，双掌合拢，此前被摄政王撕裂的大地开始缓缓闭合。

就在地面即将遮掩地宫时，李洛与姜青娥听见了李太玄和澹台岚传来的声音。

“小洛、青娥，你们来地宫。”

李洛与姜青娥对视一眼，顾不得此时总部乱糟糟的情况，身影一动，趁着裂痕完全闭合前，落入了地宫。

第六百六十八章

家人初聚

当李洛与姜青娥的身影落进地宫的时候，立于烛火上方的两道人影正面带笑意地注视着他们。

李洛望着两人，鼻头一酸，悲切地道："老爹老娘，你们回来吧，我只想安安心心、快快乐乐地当一个'强二代'，我不想努力了。"

"瞧你这副没出息的模样，就你还努力，青娥都没说什么呢。"澹台岚嫌弃地给了自家儿子一个白眼，然后对着姜青娥伸开双臂，笑道："宝贝闺女，这几年苦了你吧？又要支撑洛岚府，还得带着一个拖油瓶。"

姜青娥素来冷静从容的脸颊上浮现出一抹羞涩，她走上前，与澹台岚的投影分身抱在了一起。

"师娘，我想你了。"姜青娥轻声说道。

澹台岚温柔地拍了拍姜青娥的后背，笑道："师娘也想你们呢，天天都想，特别是你这丫头，性格要强。洛岚府在我们眼里连你们的一根头发都比不上，但我跟老李都知道，你这丫头一定会倾尽全力保护洛岚府。"

"你这几年肯定很累。"

姜青娥微微一笑，道："李洛也帮我分担了许多，他这一年的努力可不比我少。"

澹台岚轻轻挑眉，有些怀疑地看了一眼一旁一脸委屈的李洛，道："这臭小子还能有这觉悟？"

李洛心累，对着一旁抱着手臂笑眯眯的李太玄问道："老爹，我是不是捡来的？"

李太玄神色一震，继而面色复杂地看着李洛，道："小洛，原来你已经知道了，既然如此，我就不瞒你了。那是一个寒冷的冬天，我在街边的垃圾堆看见了……"

李洛摆了摆手，面无表情地道：“算了，你们还是散去分身吧，我不想跟你们讲话了。”

“扑哧。”

姜青娥忍不住笑出声，她松开抱着澹台岚的手，转头道：“师父师娘，你们就不要逗李洛了，他这一年真的很努力，短短一年就从空相跨入了煞宫境，这个修炼速度比我当年还快。”

“洛岚府能够稳定下来，他的功劳比我大。”

李太玄笑着伸出手，揉了揉李洛灰白色的头发，爽朗地笑道：“哈哈，我当然知道，小洛现在已经是三相在身，前途不可限量。”

他看向李洛的眼神中带着欣慰。其实在第一眼见到李洛的时候，他就知道，李洛这一年必然极为拼命，而且他后天之相的路子也是他们制订的，所以都很清楚李洛的付出。

李洛翻了个白眼，在老爹老娘身上，他十分清晰地感受到了什么叫作偏爱，看看姜青娥的手段就知道了，封侯秘术大概率是老爹老娘留下的，而他除了修炼方法，一切只能靠自己努力，甚至连最后的底牌都得用精血跟三尾天狼做交易，简直一个惨字了得。

当然，他明白这是因为当初的他没有能力修炼，李太玄、澹台岚离开时，他还无法炼化后天之相，虽说他们为他留了修炼的法子，可谁也不知道他能走到哪一步，自然是为姜青娥准备底牌更好些。

只不过明白归明白，二人待遇的区别，还是让李洛忍不住在心里吐槽。

澹台岚笑眯眯地走过来，伸出双手捏了捏李洛的脸庞，道：“乖儿子做得不错哦。”

李洛撇撇嘴巴，埋怨道：“都怪你们，留下一个烂摊子，当初好歹收拾一下再走啊，结果给我们搞出这么多的麻烦。”

澹台岚笑道：“这不是为了给你们练练手嘛，一个是我的乖儿子，一个是我的乖弟子，你们联手，那些跳梁小丑又能翻起什么浪来？”

李太玄点点头，道：“裴昊的性格我早就知晓，他身世可怜，而且洛岚府创立时也立下了汗马功劳，所以离开时我并未告诫他。一是存了一分怜悯，希望他能悬崖勒马，安心辅佐你们经营洛岚府；二就如你娘所说，如果他真要作乱，就留给你们解决，当作一次历练。”

李洛无语，同时忍不住对裴昊升起一点同情，他费尽心机折腾那么多，结果在老爹老娘眼里，却不过是留着给自己和姜青娥练手的对象。

“你们当初抽中生死签，前往王侯战场，是被人陷害了吗？是摄政王？”李洛又问道。

“他算什么东西，也配算计我们？”澹台岚冷笑一声。

李太玄点点头，笑道：“宫渊的野心很大，他曾暗中拉拢我二人，但被我们明确拒绝了，他对我们应该有些怨恨以及忌惮，这才借助生死签将我们逼走，不过最终选择去王侯战场，却不是因为他，而是我们的确有很重要的事需要进入王侯战场。”

“如果不是我们自愿，凭他宫渊，怎么可能强迫我们？”李太玄言语淡淡，却显露出一股难掩的霸气，那位在大夏不论实力还是权势都顶尖的掌权者，在李太玄的嘴里不值一提。

“师父师娘去王侯战场有什么重要的事情？”一旁的姜青娥突然问道。

李太玄与澹台岚闻言，没有直接回答，只是道：“这种事告诉你们也无用，反而会干扰你们的心境。放心，我们在王侯战场很好。”

两人不愿多透露，李洛与姜青娥对视一眼，只能点头。

“此次府祭之后，洛岚府应该会稳定下来，他们既然知道我们还活着，就算是宫渊，也不敢再针对你们了。”

“但你们也不可过于松懈，宫渊此人城府极深，野心极大，而且他似乎另有计划，你们得小心一些，若情况不对，洛岚府可放弃。”李太玄叮嘱道。

李洛与姜青娥闻言，皆认真地点头。

李太玄的目光转向李洛，打量了一下他，笑着问道：“三相的滋味怎么样？”

“还不错。”李洛对自己的三相感到非常满意。

李太玄嘴角浮现出神秘的笑容，道：“告诉你一个好消息和一个坏消息。”

“好消息是你晋入封侯境时，可能还会开辟出一个相宫，而且依然是一个空相宫。”

李洛大喜，空相宫他喜欢啊，这样他就可以继续打造适合自己的后天之相，而且还是一主一辅的双属性，可比天生相好多了！

他又想到李太玄的话，当即心头感到不妙，于是忐忑地问道：“坏消息呢？”

李太玄一拍手。

“坏消息是封侯境的相宫，我之前留给你的小无相神锻术就不起作用了，而且我也没进阶之法了。”

李洛闻言，眼前顿时一黑。

没有进阶的修炼之法，他自然就炼制不出新的后天之相，那空相宫就一点作用都没了！这不完犊子了吗?！

第六百六十九章

家人叙话

此刻，李洛感觉人生都变得黑暗了，小无相神锻术没了后续，一旦他晋入封侯境，岂不是又得看着一个空相宫干瞪眼？！

虽说他已经有三相了，可谁会嫌自己的相多呢？

“行了，你别逗小洛了。”

澹台岚白了李太玄一眼，然后对着李洛说道：“封侯境后，诞生的空相宫的确不是小无相神锻术能够解决的，你需要更神妙的进阶之术，也就是大无相神锻术。”

“大无相神锻术？”李洛一愣，然后急忙问道，“在哪儿？怎么获得？”

“小无相神锻术与大无相神锻术都是自上古传下的奇术，它们出自上古一个叫作‘无相圣宗’的超级势力，如果说这个世界上还有什么地方能够找到大无相神锻术，那就只有在无相圣宗的上古遗迹中了。”澹台岚说道。

说起无相圣宗时，她的语气显得有些感慨。

一旁的李太玄补充道：“你之前修炼的小无相神锻术也是我们在那座上古遗迹中得来的。”

李洛有些蒙，因为澹台岚所说的东西对他来说似乎有些遥远。

什么无相圣宗，什么上古遗迹……那种地方是他一个小小的煞宫境能够接触的吗？

“无相圣宗的上古遗迹是在内神州吗？”虽然有些蒙，但为了以后的修炼，李洛还是老老实实地问道。

“嗯，那里是天元神州，乃四大内神州之一。”

李太玄感叹了一声，然后冲着李洛笑了笑，道：“现在你或许已经知道一些了吧？

没错，我和你娘就是从天元神州而来。”

“未来你应该也会去那里，光是为了大无相神锻术，恐怕就跑不了。”

李洛耸耸肩，道：“再说吧，距离封侯境还很远呢。”

虽然对大无相神锻术很渴望，但这事不急，那是踏入封侯境后才会面对的问题，现在他才煞宫境，如果他没办法在接下来的四年里踏入封侯境，大无相神锻术也无所谓了，命都没了，还要什么修炼之术。

现在他只需要将无相圣宗的信息记在心中就行了。

“老爹，李天王一脉又是什么情况？你得给我解释解释吧？”李洛将话题转向这个他一直都想知道的问题上。

李太玄闻言顿时笑起来，道：“小洛连这个都知道了啊，怎么样？是不是有一种突然发现自己竟然是超级二代的惊喜？”

一旁的澹台岚却冷笑一声，道：“有什么好惊喜的？不过是一个仗着先辈荫庇、腐朽顽固的老破族罢了。”

李洛听到澹台岚的话，感觉有点错愕，似乎老娘对这个李天王一脉没有好感，看来有一些故事呢。

李太玄尴尬地一笑，对着李洛道：“正如这个名字，我们的先祖曾是天王级的巅峰强者，那是位于这个世界顶尖的大能存在，他的血脉传承下来，令我们这一脉长盛了千年。”

“我们李天王一脉在天元神州也是顶尖级别的势力，未来你若是去了那边，也可认祖归宗，不管如何，你与他们血脉相连。”

“听起来似乎是一个超级庞大的势力，不过对我而言，还是洛岚府让我有亲近感。”李洛说道。

虽然他知道李天干一脉必然是一方超级势力，跟它比起来，莫说大夏王庭，恐怕圣玄星学府都不算什么。但李洛从小在洛岚府长大，在他看来，李天王一脉再有底蕴，都不如这个体量虽小却让人感到亲切的洛岚府好。

“还是小洛好，李天王一脉没什么了不起的，等未来小洛你成为王级强者，才不需要理他们这些腐朽的老家伙。”澹台岚听到李洛这么说，很开心，笑眯眯地摸了摸李洛的头发。

“娘似乎对他们很有意见呢？”李洛好奇地问道。

澹台岚轻轻撇嘴，没有回话，显然不想在李洛面前说起这些陈年旧怨。

“小洛你应该清楚，这种大族里关系错综复杂，总会出现令人不喜的事情，不过讨厌的人虽有，但亲近你的人也不会少，你不必对它心生抗拒。”李太玄语重心长地说道。

李洛点点头，笑道：“老爹，我明白。”

李太玄欣慰地点点头，道：“此次我与你娘虽然能够借助本命烛火降临投影分身，但这也是唯一一次了，往后再见，只能等到我们从王侯战场出来，时间暂时还不能确定，以后你要和青娥相互护持走下去。”

澹台岚盯着李洛灰白的头发，眼中掠过一抹心疼，道：“如今你只剩下四年寿命，但娘相信你，一定能在这四年里突破到封侯境，打破桎梏。”

李洛重重点头，笑道：“老爹老娘放心吧，在没见到你们之前，我可不舍得让你们白发人送黑发人。”

澹台岚满意地点点头，然后看向一旁的姜青娥，拉着她的手道：“青娥，你的性格更让人放心，管教小洛的事就交给你了，他如果做了什么不好的事情，千万不要客气，尽管打就行。”

姜青娥闻言，微微偏头看了李洛一眼，然后李洛就察觉到她的眼中似乎掠过了一抹异色，当即心头泛起一股寒意。

接着，他就听见姜青娥声音低落地道：“师父师娘，李洛之前跟我说，他想跟我解除婚约。”

那一瞬，李洛感觉头皮仿佛都要炸开了……青娥姐，你怎么能这样！你可不是会告状的人啊！

与此同时，他见到李太玄与澹台岚寒冷的目光射了过来。

澹台岚幽幽地道：“老李，这样不知好歹的不孝子，还是不要了吧？”

李太玄沉重地点点头，道：“算了，这个就不要了，再生一个吧！”

李洛哭笑不得，只能无奈地道：“老爹老娘，我们年轻人的事你们就不要瞎掺和了，我们会搞定的。”

澹台岚冷哼一声，剜了李洛一眼，然后对着姜青娥说道：“青娥，不要太宠他了，有时候该打就直接打吧。”

姜青娥浅笑着点点头。

经过这么一打岔，气氛变得轻松许多，李太玄与澹台岚的投影渐渐虚幻，他们盯着李洛、姜青娥两人，道：“原本还有很多事情要和你们说，但时间不够了，不过我们相信你们，切记，不管发生什么，你们两人的性命是最重要的，为此，你们可以放弃任何东西，即便是洛岚府……以及我们留下的神蕴物质。”

“等着我们回来。”

当最后一句话落下时，烛火摇曳，李太玄与澹台岚的身影终于完全散去。李洛与姜青娥立于原地，望着两人消散的身影，久久未言。

第六百七十章

大战结束

当李洛与姜青娥从地宫走出来时，洛岚府总部依旧处于一片沸腾中，在蔡薇的吩咐下，大家一起清理收拾着破损的房屋，而他们在见到李洛二人时，皆驻步而立。

“见过两位府主！”

听着新鲜的称呼，李洛微微失神。

“你在府祭上打败了裴昊，从名义上说，你已经是洛岚府的府主了。”姜青娥在一旁微微一笑，说道。

李洛笑了笑，是不是府主他并不在意，严格来说，跟之前的少府主也没什么区别。他环顾四周，虽说今夜经过大战，整个总部极为混乱，可洛岚府众人的情绪却是前所未有的高涨，他们的脸上再度浮现出信心与自豪。

李洛知道，这不是因为他，而是因为李太玄与澹台岚的露面。

两名强大封侯强者的存在，这才是洛岚府曾经辉煌显赫的底气。以前李太玄与澹台岚数年不显，当有他们陨落于王侯战场的消息扩散出来时，连洛岚府的很多人都相信了，否则裴昊也不可能招揽到那么多的人。

可如今两人以投影分身出现，打破了这个谣言，虽说这不代表他们最终能从王侯战场安全地出来，但可能性已是非常大了。

特别是澹台岚强势出手，击退了在大夏声势极盛的摄政王，这份实力更是让人心潮澎湃。

虽然李洛在府祭的表现令人惊艳，但论起影响力，他无论如何都比不上一名封侯强者。

即便如此，李洛的心情也颇为舒坦，裴昊已除，而且随着老爹老娘现身震慑，洛岚府的劫难算是真正化解，往后摄政王即便还对洛岚府有所觊觎，也会收敛一些，不至于撕破脸皮。最起码，在没有确定老爹老娘陨落前，他不会再次动手。

“以后总算可以安心修炼了。”

李洛感叹一声。洛岚府的麻烦解决后，他就能将重心投入修炼之上，如今他只剩下四年的寿命，真是半点都不敢耽误了。

此时，一道人影飘下，落在李洛与姜青娥面前。

魁梧的身形、满脸的横肉，正是牛彪彪。

“彪叔，您没事吧？”李洛赶紧上前，关心地问道。

牛彪彪笑着摇摇头，目光看了一眼地宫的方向，道：“他们走了？”

姜青娥颔首，道：“彪叔刚才也该进去和师父师娘见个面呢。”

“嗨，他们才不敢见我，因为他们知道，我一定会骂他们个狗血淋头。这两个家伙自己跑出去逍遥自在，把我留在这里看娃，这是人干的事吗？”牛彪彪不满地说道。

李洛与姜青娥莞尔。

想来牛彪彪应该是知晓老爹老娘留下的投影分身的，地宫一直由他看管，老爹老娘既然留下了一些手段，定然没有瞒着他。

“彪叔如果早知道他们留下了后手，应该跟我说一下啊，害我提心吊胆这么久。”李洛抱怨道。

天知道他这一年为了今日，担惊受怕地付出了多大的努力。

“是他们不让说的，因为对你们两人来说，这次是一场历练，不论修行还是心境。”牛彪彪笑道。

李洛张了张嘴，无法反驳。的确，这一年，如果不是有裴昊这个因素，或许他与姜青娥都不会如此紧迫地提升自己，裴昊之乱虽然给洛岚府带来了许多麻烦，可从另外一个角度来说，这未必不是洛岚府排毒的好机会。将隐患除掉后，未来的洛岚府才会更加团结，蒸蒸日上。

有时候，李洛甚至都怀疑，裴昊之乱会不会就是老爹老娘故意纵容的。

如果真是如此，那裴昊的确有点可怜。

此时蔡薇、颜灵卿、袁青匆匆而来。

"恭喜少府主升任府主。"

蔡薇先是笑吟吟地贺喜，然后正色问道："现在有个问题，还得两位府主拿主意。投靠裴昊的人马已被擒住，包括徐天陵、墨辰两位供奉，还有两位一直中立的阁主。这些人应该怎么处理？"

这些人几乎占了洛岚府高层一大半，如果要处置，洛岚府的整体实力会在短时间内受到不小的削弱。

李洛自然明白这一点，他面露沉思，然后看向姜青娥。

"你来决定。"姜青娥却摇摇头，让他自己做主。

李洛沉默了数息，最终缓缓道："徐天陵、墨辰罪无可赦，不可因为实力就对他们留情，直接按照府内规矩以反叛罪处置。投靠裴昊的阁主革除阁主之位，察看一年，若是立下大功，即可恢复原职。保持中立的阁主则暂且给予训诫，由阁主降为副阁主，此后表现突出，再恢复原职。"

姜青娥微微颔首，道："可行。"

蔡薇肃然应下，李洛一言之下判了两位天相境强者的死刑，在洛岚府内传开的话，必然会引起震动，当然，也能提升李洛的威严。

"之后招揽人手的事情还得麻烦蔡薇姐了。"李洛说道。此次大清除后，洛岚府的整体实力会有所下降，但声望反而会有极大的提升，如果抓住这个机会，应该能招揽到更多的高强人才。

"有两位老府主的威势加持，这事应该不难。"蔡薇娇媚地笑道。

李洛点点头，洛岚府渡过了此次劫难，他相信，等消息彻底传开后，洛岚府的名字会再度传遍大夏的每一个角落，任何势力都会重新审视他们，往后的洛岚府将迎来新生。

当洛岚府的局势平定下来时，大夏城西南边的深山里。

山林间，磅礴恐怖的相力如风暴般冲击开来，连绵的林海被撕裂出一道道巨大的沟壑。

阴影中，有不少兰陵府的杀手躲藏着，但此时他们不敢肆意出手，忌惮惊惧的目光皆望着群山深处，在那里，两道人影正在进行着恐怖的交锋。

一人是他们兰陵府的府主，而与府主对峙的，竟然是一位来自圣玄星学府的紫辉导师。

从情报来看，名为郗婵。

这位来自圣玄星学府的紫辉导师，此前突然找到他们兰陵府的总部，二话不说直接劈门砸山，然后就将原本准备进行大行动的他们砸晕了。若不是府主及时出手，恐怕连山门都会被这位看似优雅美丽的女导师砸得稀碎。

群山间，两人的战斗已持续了好一段时间。

直到某一刻，兰陵府府主停手了。

他一身黑袍，仿佛全身都笼罩在阴影中，此时，他收到了从大夏城传来的消息，让他忍不住为之震撼。

“郗婵导师，您没必要再出手了，洛岚府的府祭已经有结果了。”阴影中，兰陵府府主沙哑的声音传出来。

郗婵导师闻言，眼眸微眯，心头却忍不住一沉。

结果已经出来了吗……李洛成功还是失败了？郗婵导师身后，蔚蓝色相力所化的大海停止翻涌，立于海面的蓝色巨虎渐渐融入海水。正如兰陵府府主所说，不论成功还是失败，她都没有继续出手的意义了。

“郗婵导师，您是小儿的导师，我是真不明白，您今天怎么会破坏学府的规矩？”兰陵府府主缓缓地道。

“我已经不是学府的导师了。”郗婵淡淡地道。

“那就更让我不可思议了，您与李洛不过是正常的师生关系，为何会帮他到这种地步？”兰陵府府主问道。

“我身为导师，只是单纯不想见到这么有天赋的学生中途夭折而已。”郗婵平静地道。

“您太感性了。”兰陵府府主摇摇头，作为一个冷漠的杀手组织首领，他对郗婵的这种情感感到不可思议。

郗婵导师也没兴趣与他辩解，转身打算离去。

望着她纤细的背影，兰陵府府主还是说道：“郗婵导师，李洛赢了，洛岚府以后都不会有什么麻烦了，因为李太玄与澹台岚降下了投影分身，他们还没有死。”

郗婵导师身影一顿，看得出来，她紧绷的娇躯松缓了下来，兰陵府府主的这个消息让她放下了担心。

“多谢了。”

郗婵导师偏头说了一声，然后身影便化为流光远遁而去。

第六百七十一章

宫渊受挫

夜色笼罩的圣玄星学府，金殿的一座亭阁内。

素心副院长盘坐，她望着眼前面带微笑的沈金霄，此时对方正从容不迫地品着茶。

“沈金霄导师，此前洛岚府的裴昊突然实力暴涨，达到了虚侯境，这个事情你可知晓？”素心副院长凝视着沈金霄，没有拐弯抹角。

沈金霄闻言，脸上浮现出一抹讶异，道：“虚侯境？裴昊还有这般本事？”

“裴昊的天赋只能说是尚可，借助某些机缘突破到天珠境已是极限。

“正常来说，他即便借助秘法，也很难达到虚侯境，可他偏偏做到了。

“我感觉应该是某位封侯强者强行插手所致。”素心副院长平静地道。

沈金霄笑道：“副院长将我找来，不会是怀疑我吧？”

素心副院长道：“虽说你与裴昊之间不太可能有什么牵扯，但你这一年来针对姜青娥、李洛的举动不少，坦白说，你的确有一分嫌疑。”

沈金霄摇摇头，道：“我针对李洛是因为姜青娥，至于原因，我没有隐瞒。”

“我的确对姜青娥有倾慕之心，她曾经还是我的学生，可正因为我这份心思，反而令她另投别处。

“身为一个男人，我因此对李洛看不顺眼，很合理吧？”

素心副院长眉头微蹙，盯着沈金霄，道：“真的是这样吗？”

“虽说我的心思并不龌龊，但老师喜欢学生，终归容易惹人非议，我何必用这种事情来开脱呢？”沈金霄无奈地道。

素心副院长缓缓道：“我记得，你的第二相是相当罕见的心兽相吧？”

所谓心兽相，乃万兽相的一种，心兽是一种奇特的精兽，据说有操纵心灵的奇异能力。

沈金霄笑着点点头，心念一动，身后便有一道虚影浮现出来。

那是一只如巨鼠般的生物，通体雪白，却无嘴鼻，面孔处唯有一只硕大的眼球，滴溜溜地旋转着。

素心副院长看了一眼，心兽相散发的波动十分温和，于是她点点头，道：“很少见到你动用这第二相的能力。”

沈金霄笑了笑，道：“我觉得副院长与其在这里盘问我，不如多考虑一下郗婵导师的问题。”

“等明日之后，她与兰陵府动手的消息就会传开，到时候大夏其他顶尖势力恐怕会找我们学府要个说法，毕竟学府的中立立场是不容改变的。”

素心副院长面容平静地点点头，表示赞同。

而后两人再度说了一些话，沈金霄就起身离去了。

沈金霄离开后，素心副院长从袖中取出一个罗盘，罗盘转动，吞吐着一缕缕气机。片刻后，她柳眉微蹙地自语道：“沈金霄的第二相没有查探出异常，波动平和稳定，也无杀机。”

“难道真的不是他？”

在素心副院长疑惑间，离去的沈金霄沿着学府小路而行，当他走入一片阴影时，他身后心兽相的虚影再度浮现出来。

只不过这一次，雪白之色却迅速变得漆黑如墨，一股阴冷诡异的波动随之散发。

当沈金霄走出阴影的时候，一切又消失得干干净净。

沈金霄的嘴角掀起一抹诡异的笑意。

喧嚣了一夜的大夏城渐渐归于寂静。

摄政王府。

摄政王宫渊站在王府的湖泊亭子边，面无表情地凝视着夜色下的湖面。

金银重瞳男子从他身后走了出来，笑道：“真是没想到，李太玄与澹台岚还留下了这般手段。”

“他们的实力为何精进得如此之猛？”摄政王缓缓问道。

此前与澹台岚短暂交手，对方的实力远远超出了他的意料。

“不用过高估计他们的实力，他们的投影分身有可能借助了神蕴物质的力量，所以才轻松击退你，但我想这应该是他们最后的手段了，恐怕用不了第二次。”金银重瞳男子说道。

“一次就足够了，李太玄修复了洛岚府的守护奇阵，最起码短时间内是无法再有今日的机会了。”摄政王冷漠地道。

“三天后就是登基大典了，我显然等不到第二次机会了。”

金银重瞳男子笑着点点头，道：“而且你此次彻底得罪了李太玄与澹台岚，等他们从王侯战场归来，你的情况可能会不太妙。”

摄政王眼中掠过一抹阴沉之色。

李太玄与澹台岚还活着的消息让他寝食难安，两人手段非凡，真不知道当他们归来时，实力会达到什么程度。

摄政王心里满是忌惮。

“呼。”

摄政王深吸了一口气，道：“说这些都没用了，既然神蕴物质没有到手，就只能采取另外的手段了。”

“我需要掌控护国奇阵，只要那座奇阵由我控制，那么在大夏城，即便是王级强者也杀不得我。”

金银重瞳男子说道：“护国奇阵只有完成登基大典的人才有权掌控，这也是那位长公主的期盼，只要等小皇帝顺利登基，掌握了护国奇阵，那么在大夏城她将再无畏惧。”

摄政王漠然地道：“哪有那么容易。”

“原本我想借助洛岚府的神蕴物质强行夺取护国奇阵，既然这条路行不通，那我就换一条。

“只不过这样一来，庞千源就是个大麻烦，我不能让他从暗窟出来参加登基大典。”

摄政王的目光转向金银重瞳男子，道：“我没有这个手段，只能靠你们了。你们应该跟我立场相同，庞千源出来对我们都没好处。”

金银重瞳男子闻言，脸上露出了温和的笑容，他微微颔首。

“放心吧，我们谋划多年，又怎会让庞千源逃出我们的手心。

“你尽管施展你的计划，我会让他出不来的。”

第六百七十二章

不同选择

当夜幕散去，晨辉洒向大夏城时，这个繁华的城市再度变得喧嚣起来。

只不过所有人都明白，看似什么都未发生的大夏城，经过这一夜后，已经有了极大的变化。

洛岚府总部大门开启。

一架车辇驶出，李洛与姜青娥坐于其中，在不少有心人的注视下，不急不缓地沿着街道向前行去。

望着洛岚府大门处连精气神都与昨日天差地别的守卫，不少势力的眼线忍不住感叹，昨天的洛岚府看似稳固，实则人心惶惶，谁也不知道能否渡过这场劫难，可今日的洛岚府，连侍卫都信心满满，再没有一丝担忧。

显然，昨天的斗法改变了太多东西。

所有人都清楚，往后的洛岚府不会再是以前那个风雨飘摇的洛岚府了。在内，有李洛与姜青娥两个惊艳的后辈稳住局势；在外，李太玄与澹台岚并未陨落，谁也不知道他们归来时其实力会达到何种程度。

现在的洛岚府无疑充满了希望。

“没想到都泽府府主昨天竟然会选择帮助洛岚府。”车辇里，早已得知昨夜诸多信息的李洛感叹了一声，他没想到都泽阁会出手，因为这些年除了极炎府，就属都泽府与他们洛岚府竞争得最激烈，双方敌意甚重，昨天他都做好了都泽阁也会出现在洛岚府的心理准备。

可是，谁能想到……都泽阁不仅没有落井下石，反而施以援手，挡住了司擎。

姜青娥微微颔首，恐怕很多人都没想到都泽府府主会帮洛岚府，而且还挡住了一位封侯强者，不管怎么说，这是来自都泽府的一份善意。

“我已经差人备了一份礼送往都泽府，虽说礼不重，但代表我们的谢意。”她说道。

李洛点点头，微微沉默了一下，道：“往后该与金雀府断开联系了，既然司擎府主做了选择，两府之间就没必要再来往下去了。”

“你是府主，你做主即可。”姜青娥笑了笑。以前洛岚府需要金雀府这个盟友，今日之后局势稳定，与金雀府的联系可有可无。

那份在利益面前脆弱不堪的虚伪友谊也没有存在的必要了。

李洛点点头，目光投向窗外，现在他们正前往金龙宝行。昨夜之事，金龙宝行没有任何人插手干预，显然是鱼红溪的手段，所以他们要登门感谢。

当李洛、姜青娥亲自前往金龙宝行时，他们准备的礼物也送到了都泽府。

“爹，你究竟是怎么想的？你怎么会突然跑去帮洛岚府？如果你和金雀府的司擎府主联手，洛岚府必败无疑！”都泽府的大厅，都泽北轩不可思议地盯着坐在首位面无表情的都泽阎，大声地质疑着。

接到这个消息时已经过了大半夜，他直到现在还是满脑子的问号。

都泽府跟洛岚府以往打得不可开交，眼下正是消灭洛岚府的最好时机，但他老爹不仅没有趁势推一把，竟然还选择帮洛岚府。

要知道，他甚至连嘲笑李洛的词都想好了。

结果呢？

回头遇见李洛，这家伙一脸感激地来一句：“北轩啊，这次真是谢谢你爹了，以后我们就是好朋友了。”他该怎么回应？

“你可闭嘴吧，就你那脑子，如果未来都泽府交到你的手中，恐怕不出一年就得衰落。”都泽红莲冷冷地瞥了一眼自家愚蠢的弟弟，说道。

都泽北轩一脸气愤。

“洛岚府府祭，最后连摄政王都铩羽而归，如果父亲选择对洛岚府动手，即便洛岚府保不住，等李太玄、澹台岚归来，我们都泽府没什么好下场。

“而且最重要的是，此次出手解决不了李洛与姜青娥，他们可以随时放弃洛岚府，加入圣玄星学府，到时候他们会获得学府的庇护。

“以两人的天赋，数年之后又是一个李太玄与一个澹台岚。”都泽红莲冷静地说道。

“父亲的选择反而是最好的，最起码，我们现在不用因为李太玄与澹台岚的存在而寝食难安，反观金雀府的司擎府主，我想，他恐怕昨天回去后连觉都睡不好了。”

都泽阎微微点头，看向都泽红莲的眼神有些欣慰，道：“红莲，你的确比你弟弟看得更远。”

都泽北轩有些不满，但面对从小到大都压制自己的姐姐，他也不敢反抗，只能认了。

此时有侍女来报，说洛岚府送来了礼物。

“洛岚府这两个小家伙倒是会做事。”都泽阎闻言，淡淡地道。

他挥了挥手，道：“东西收下吧，回告送礼的人，都泽府与洛岚府不会因此就变成盟友，以往的竞争还是会继续，并且不会有半点留手。”

都泽红莲见状，有点无奈，父亲明明已经选择了帮助洛岚府，但还是放不下面子，或许他是不愿意轻易对李太玄低头。

无所谓了，虽然竞争会持续，但都泽阎昨日的出手已经从根本上改变了许多东西。

“爹，您为什么会这么做啊？我们金雀府与洛岚府不是友好的关系吗？！”金雀府，司天命与司秋颖皆震惊地望着司擎，难以置信地问道。

司擎淡淡地道：“大府之间谈什么友谊？以往与洛岚府交好，不过是需要他们为我们吸引火力，分担极炎府与都泽府的压力罢了。”

“那您也不该这个时候选择落井下石啊！”

司天命急得满头冒汗：“您就算袖手旁观，也比捅刀子好啊！您这样的行为不仅让其他人看不起我们金雀府，如今还得罪了洛岚府，里外不是人！”

司擎面色铁青，一拍桌子，怒道：“你说什么？！”

司秋颖咬着牙支持司天命：“大哥说得没错啊，爹，您这次的选择完全是个错误！”

“爹，我们备一份礼送往洛岚府，稍微缓和下关系吧！”司天命说道。

“混账！”

司擎怒极，骂道：“你真想让你爹成为大夏的笑柄不成？”

“李太玄跟澹台岚虽然还活着，但不代表他们就能从王侯战场活着回来，几年后，一旦他们还是没有音信，你以为摄政王会放过洛岚府?!

“现在他们得意只是暂时的。还有都泽阁，此次他帮了洛岚府，就基本与摄政王交恶了，等以后有机会，摄政王也不会放过他!

“你们这点火候，也想来教训我吗？”

司天命与司秋颖闻言急得直跺脚，他们不明白为何以往睿智的父亲这次会如此愚蠢。

“滚出去！”

司擎不想与他们多说，挥袖怒喝。

司天命与司秋颖只能面色颓丧地退走。

两人离去后，司擎面庞依然阴沉愤怒，他猛地一巴掌拍在桌子上，青岩铸就的桌子瞬间爆碎成了满地粉末。

他眼神阴鸷。

“李太玄、澹台岚，我就不信，你们真能活着从王侯战场归来！”

第六百七十三章

都是人情

金龙宝行。

鱼红溪带着吕清儿接待了李洛与姜青娥。

“往后你们洛岚府可要不一样了，恐怕没有什么势力会继续不开眼地针对你们，恭喜你们渡过了这场劫难。”鱼红溪望着眼前出色的年轻男女，不吝啬地赞赏道。

她很清楚，虽说此次府祭李太玄与澹台岚的投影分身是决定性的因素，可如果没有李洛与姜青娥稳住局势，恐怕也难以挽回颓势。

鱼红溪知道这两年洛岚府是何等摇摇欲坠，李洛与姜青娥却偏偏稳住了它，两人的能力可见一斑。

“此次多亏了鱼姨相助。”李洛感激地说道。

府祭没有出现来自金龙宝行的搅局者，不是没有人想出手，而是被鱼红溪强势地按住了，没有让局势进一步失控。

“我只是维持金龙宝行的规矩而已，我们是做生意的，讲究和气生财，其他势力间的竞争我们不想参与。”鱼红溪淡笑道。

“鱼姨的这份人情我会记在心中。”虽然鱼红溪这么说，李洛却依旧诚恳地说道。

鱼红溪闻言，似笑非笑地道：“你欠我的人情可不少。”

她眸光若有若无地看了一旁的姜青娥一眼，道：“你要知道，人情债是最难还的。”

李洛拍着胸脯道：“没关系，我现在虽然还不起，未来等我封侯、称王了，我的人情就值钱了，如果那时候鱼姨有什么需要，尽管找我提。”

鱼红溪忍不住白了他一眼，道：“你还真是狂妄，封侯、称王在你嘴里就这么容易？”

李洛咧嘴一笑，而后似是随意地道：“鱼姨，此次可以看出摄政王是个野心深重之辈，你们金龙宝行以后可得多注意他，我感觉他颇有一种唯我独尊的枭雄之气，未来说不定也会觊觎金龙宝行。金龙宝行富可敌国，财富底蕴怕是比他们王室还要强。”

鱼红溪眸光一抬，道：“李洛，你这挑拨的意味未免太明显了。”

李洛道：“我只是实话实说而已，摄政王谋夺我洛岚府的神蕴物质，必有极大的图谋。”

鱼红溪淡淡地道：“还有两天就是大夏的登基大典了，到时候小皇帝正式上位，王庭重臣就会要求摄政王交出权柄。如果摄政王退下去，他的权势会被小皇帝以及长公主不断削弱，如果他真有什么心思，也是首先冲着他们去的。”

她看了李洛一眼，道：“你们洛岚府应该是上了长公主的船吧。”

金龙宝行有着超强的情报来源与渠道，她早就知晓，昨天夜里长公主派出了一位封侯强者前往洛岚府相助，可惜的是，这位封侯强者刚刚走出王宫就被阻拦了。

虽说如此，长公主对洛岚府的援助与善意是毋庸置疑的，再对比摄政王对洛岚府的所作所为，登基大典上洛岚府选择不帮助长公主，显然说不过去。

姜青娥此时出声说道：“鱼会长，摄政王不是善类，如果他的目的是成为王庭之主，最终掌控大夏，对金龙宝行而言，恐怕也不是什么好事情。”

鱼红溪淡笑道：“你们这两个小家伙竟然想把我金龙宝行也拖进这趟浑水。”

她摆了摆手，道：“金龙宝行的立场不容改变，不管是小皇帝还是摄政王上位，我们都不会插手，如果摄政王真有这个胆子觊觎金龙宝行，那就让他试试便是。”

李洛与姜青娥见状，知晓游说失败。这是预料中的事情，金龙宝行与圣玄星学府一样都是中立势力，这是他们的立身之本，只要摄政王没有下令来抄金龙宝行，金龙宝行就不会与他对抗。

于是李洛放弃了游说，又与鱼红溪随意地聊了一会儿天，才告辞离去。

鱼红溪则吩咐吕清儿相送。

三人出了宝行，在门口处，吕清儿拉住李洛，问道：“你知道郗婵导师的事吗？”

李洛点了点头，神色有些复杂：“郗婵导师这份人情，真的让我不知道怎么还。”

他早就收到了有关郗婵导师的情报，对此相当吃惊，他没想到，郗婵导师竟然会选择从学府辞职，独身前往兰陵府总部，拦下了他们的行动。

他知道，这个人情欠得太大了。

与鱼红溪的按兵不动、震慑宝行内的宵小不同，郗婵导师付出了很大的代价，甚至舍弃了学府导师的身份，这份付出让现在的李洛无以为报。

“你知道郗婵导师的行踪吗？”李洛问道。

吕清儿摇摇头，道：“从兰陵府离开后，郗婵导师就没出现过了。”

李洛暗叹一声，道：“清儿，麻烦你动用金龙宝行的渠道，帮我找找郗婵导师，她离开了学府，终归得有个去处。”

吕清儿很爽快地道：“你放心吧，有郗婵导师的情报，我会第一时间通知你的。”

李洛点点头，再度与吕清儿交谈了几句，就与姜青娥离去。

他们的第二个目的地是王宫，去拜见长公主。

王宫，偏殿。

长公主对于两人的到来感到颇为欣喜，热情地招待着。

在长公主与姜青娥聊天的时候，李洛则帮等待在此的小皇帝治疗。

床榻上，小皇帝褪去上身的衣衫，露出了白皙瘦弱的后背，黑色的莲花印记再度映入李洛眼帘。他看了几眼，一些漆黑的莲瓣已经转为洁白色，黑白两色交杂，显得有点诡异。

“李洛，我的毒是不是快要解了？我感觉最近身子越来越轻松了。”小皇帝偏过头，有些欣喜地对着李洛说道。

李洛笑着点点头，看着小皇帝的脸颊，发现他似乎变得越来越清秀了，细细的眉下，双眸犹如泛着水光一般，带着一丝异样的清纯之意。

一念至此，李洛顿时打了一个寒战，赶紧收敛心神，手掌贴上小皇帝的后背，体内雄厚的相力运转起来，开始解毒。

第六百七十四章

贵客上门

随着李洛实力提升到煞宫境，他给小皇帝的治疗变得愈发轻松，短短一个时辰就完成了，小皇帝后背的漆黑莲花印记再度有一片花瓣变为洁白色。

至此，小皇帝后背的如墨黑莲已化解了近一半。

此次治疗后，小皇帝似乎有些疲乏，与李洛招呼了一声后，便在一旁宫女的服侍下沉沉睡去。

李洛出了内殿，找到正在外面聊天的长公主与姜青娥。

长公主见到走出来的李洛，笑吟吟道："李洛，恭喜你呀，以后就是洛岚府名正言顺的府主了。"

"还得多谢殿下援助，这份情谊，我洛岚府铭记在心。"李洛笑道。

长公主明眸善睐，眼波流转："以后洛岚府的人情可是很值钱呢，看来我这份投资非常成功。"

这话没错，如果两位老府主能够安全归来，那时候的洛岚府必然会一跃成为大夏的超级势力，凌驾于其他四府之上，连王庭都得给予足够重视。

李洛笑了笑，道："殿下是不是早就猜到觊觎我洛岚府的幕后黑手就是摄政王？"

长公主道："发现了一些端倪，我也有情报来源，但不能完全确定。现在看来，我那位王叔应该很想要你们洛岚府的神蕴物质，不知道他究竟想做什么，他如今虽然突破到了五品侯，但距离王级还很遥远。"

说着，她又自嘲地一笑，道："如果他真的能达到王级，一切反而简单了，我会主动让弟弟退位，将大夏交给他掌管。"

长公主看向李洛与姜青娥，不禁叹道："你们洛岚府此次安然渡过了劫难，可两天后我也得面对另一场劫难，不知道我有没有你们这样的好运气。”

“殿下说的是登基大典吗？你怀疑摄政王会在那一天发难？”李洛问道。

长公主淡淡地道：“王叔野心极重，他把持大夏的权力这么多年，不太可能轻易将这一切交出来，所以，我猜他应该会有一些行动。”

李洛与姜青娥对视一眼，如今洛岚府与摄政王已交恶，说是死敌也不为过，所以他们当然不愿意见到摄政王在登基大典即位，那样的话，未来他们需要时刻防备着摄政王的手段，洛岚府的局势会变得愈发艰难。

“殿下的胜算如何？王庭内的支持者多吗？”姜青娥问道。

“皇上毕竟有正统在身，大夏不少老臣都支持他，这份力量汇聚在一起，即便是王叔也不敢小觑。总体来说，我们还是有些把握的。”长公主沉吟道。

“我们洛岚府一定会支持殿下，就是洛岚府现在只有我们小猫两三只，可能帮不了殿下多大的忙。”李洛旗帜鲜明地表达了洛岚府的立场，摄政王昨日的举动已将他们逼到了对立面。

“有点可惜，如果洛岚府两位老府主已经归来，我想王叔也不敢生出什么心思了。”长公主叹息道。

姜青娥眸光微动，道：“我记得学府的庞院长当年曾表态支持老皇帝，而他对摄政王的评价是野心过重，我想，如果庞院长能够现身，应该就没有问题了。”

李洛若有所思，庞院长被暗窟深处的变故牵扯得无法脱身，但他们带回了龙骨圣杯，甚至院长还取了几滴他的精血，虽然李洛不知道院长大人究竟想做什么，但应该有所谋划。

“庞院长是否现身还不确定，暗窟太重要了，在没有真正化解暗窟深处的危机前，任何外界的变动都无法让他现身，即便是登基大典。”长公主轻轻叹了一口气，道。

“龙骨圣杯已经交到院长的手里，我想暗窟的问题会得到解决的。”姜青娥安慰道。

“那当然最好。”长公主颔首。如果庞院长能够现身登基大典，对她而言是最好的消息，有了庞院长的支持，弟弟就可以顺利上位，执掌大夏权柄以及那座护国奇阵。

最后一个是最重要的，只要护国奇阵在手，摄政王就不足为虑。

“两天后的登基大典我会给你们发邀请帖，到时候可不要缺席哟。”长公主冲着李洛与姜青娥笑道。

李洛与姜青娥点头，这场登基大典的影响力远比他们洛岚府府祭更强、更深远，其结果会真正决定大夏未来的局势，身处其中的洛岚府自然无法避免，甚至连学府以及金龙宝行这种素来中立的势力都会前来观礼。

而后两人与长公主告辞，出了王宫，朝着洛岚府总部而去。

“最近的大事真是接连不断，让人有点喘不过气。这次的登基大典，我有种莫名的预感，整个大夏都会因此而发生剧变。”车辇上，李洛揉了揉眉心，冲着姜青娥说道。

姜青娥微微沉默，摄政王的确很强势，这些年身处大夏的每一个人都能清晰地感觉到，如今登基大典将至，他如果要反抗，必然会撕裂朝廷。

而整个大夏都会为之动荡。

姜青娥伸出冰凉娇嫩的手掌握住了李洛的一只手，道：“不管发生什么事情，即便是洛岚府甚至大夏没了，只要你还有师父师娘没事，对我而言就是最好的结果。”

李洛闻言，心中一阵暖流淌过，他五指紧扣，抓住了姜青娥的手，刚要说什么，车辇却停了下来。车帘被风掀起，李洛见到一道纤细的人影站在洛岚府总部外。

瞧见那道人影，李洛心头顿时一震，急忙翻身下车，激动地道：“郗婵导师？！”

原来，站在洛岚府门口却没有进入的纤细人影，赫然便是郗婵！

郗婵听到李洛的声音，转头看向他，轻风吹动着覆面的轻薄面纱，她眼眸微微弯了一下，似是笑了笑。

“李洛，我暂时没地方去了，你这洛岚府还要人吗？”

第六百七十五章

人格魅力

“什么？您想要加入洛岚府？！”

当李洛听见郗婵这句话时，一时间忍不住揉了揉耳朵，怀疑自己是不是听错了，于是他重复问了一遍。

郗婵微微颔首，道：“离开了学府，我暂时没什么地方可去，只能来洛岚府暂住了。怎么，你觉得不合适吗？”

李洛顿时激动得热泪盈眶，他感动无比地看着郗婵，道：“郗婵导师，您以往是不是和我爹有什么故事啊？您对我太好了，好到我都找不到理由了。”

“……”

郗婵导师被噎了一下，旋即没好气地道：“我被派到圣玄星学府后，与外界没有联系，所以我和你爹不熟，而且我至今单身，你不要说这些话来污我名声。”

“我做的那些，只是单纯觉得你这个学生很优秀，而且你这一年让我大长面子，我不想看见这么难得的学生因为额外因素而过早夭折。

“至于来你洛岚府，只是权宜之计而已。”

李洛尴尬地摸了摸脸：“是这样啊。”

旋即他又像没事人一样露出热情的笑容：“欢迎欢迎，只要您愿意，洛岚府永远为您敞开大门，您想待多久就待多久！”

此时姜青娥走了过来，绝美的容颜上浮现出浅笑：“郗婵导师能来洛岚府，这是洛岚府的荣幸，我们欢迎至极。”

即便她速来冷静，此时内心都充满震惊，没想到郗婵导师竟然打算暂时在洛岚府住下，虽然不知道待多久，但不管如何，这绝对是令人震撼的消息。

因为这表示洛岚府在李太玄与澹台岚尚未归来时，就有两位封侯强者坐镇了！

消息一旦传出去，必然会在大夏引起一阵轰动。

郗婵导师对李洛未免太好了，她可是封侯强者，以这般实力，不管在大夏哪个地方都可以留下。只要她愿意，她甚至可以开阁立府。

她刚才说的没地方去，无疑是句玩笑话。

姜青娥与郗婵之间交集不多，这位从学府出来的导师会到洛岚府，显然全是因为李洛。

李洛的话虽然让人哭笑不得，但也从侧面说明郗婵导师的确对他极好。

远远超越了一般的师生情谊。

可如果说郗婵导师别有目的，又实在让人想不明白，洛岚府也没什么东西能吸引封侯强者。难道是神蕴物质？但这个东西她拿了也用不了，就是个烫手山芋。

左思右想无果后，姜青娥只能认为，可能李洛这家伙确实有人格魅力吧。

毕竟他除了天赋惊人，长得也很好看。

姜青娥上前挽住郗婵导师的手臂，难得地显露出亲近之意，拉着她往洛岚府内走去。

李洛得意扬扬地跟在后面，想着自己竟然为洛岚府拉来了一位封侯强者，这可是连他老爹老娘都没做到的事情。可见在人格魅力这方面，他已经青出于蓝了。

在走入洛岚府总部的那一瞬，郗婵导师的脚步顿了顿，她能清晰地感受到一股无形而强大的力量自四面八方涌来，在这股压制下，她体内的力量受到了极大削弱。

“这就是洛岚府的守护奇阵吗？果然玄妙无双，在这里封侯强者连封侯台都难以祭出。”郗婵导师感叹着说道。

难怪以往许多封侯强者即便觊觎洛岚府的至宝，却始终不敢轻易出手。

“郗婵导师不要见怪，守护奇阵我们也无法掌控，只能委屈一下您了。”姜青娥歉然道，她知道封侯强者都不喜欢来总部，因为被压制的感觉实在不好受。

郗婵闻言，摆了摆手，并不在意。

三人进了总部，来到议事厅。

“李洛，我只是暂住洛岚府，等这段特殊时期过去，我还是会回到圣玄星学府。”落座后，郗婵导师望着兴奋不已的李洛，再度提醒道。

“导师您还能回学府？”李洛惊讶地道。

虽然这话不太礼貌，但郗婵导师主动辞职帮助洛岚府，虽说没有直接参与，但无疑会给学府带来麻烦，这样郗婵导师还能再回去吗？

听到李洛的话，郗婵导师澄澈的星眸瞪了他一眼：“看来你是巴不得我回不去。”

李洛不否认，“含情脉脉”地道：“洛岚府想养导师您一辈子。”

郗婵导师无奈地道：“此次我能出手，你还得感谢素心副院长，没有她的默许，你以为我能顺利辞职，帮你们拦住兰陵府？”

李洛一怔：“素心副院长？”

郗婵导师微微颔首，声音轻柔地道：“素心副院长一直坚持中立，不掺和其他势力之争，对于我在这个时间点的辞职，她有足够的理由驳回。而且我离开学府前往兰陵府，必然会被学府察觉，她如果真要维持绝对的中立，一定会派出学府强者阻拦我。因为一旦我去了兰陵府，就会让外界对学府的立场产生怀疑。”

“但最终她什么都没有做，算是对你和姜青娥隐晦的帮助了。

“素心副院长素来公正，能让她做出让步，不仅因为你和姜青娥是学府百年难得一遇的好苗子，还因为你们为学府取得了龙骨圣杯，她是在回报你们立下的功劳。

“我在辞职前暗中与素心副院长沟通过，她给我的答复是，等这阵风头过去，我再找个机会回学府，到时候受到的阻力就会小许多。”

李洛感叹了一声，道：“素心副院长人真好呢。”

原来，在郗婵导师辞职背后，还有这么复杂的一面。

对于素心副院长这番暗中相助，李洛有些感动，虽然之前她口口声声说学府的中立立场不容改变，但她还是尽可能地给予了帮助，不枉他辛辛苦苦为学府赢得龙骨圣杯啊。

“导师什么时候想离去，只需说一声就行。您放心，我虽然不舍，但绝不会阻拦的。”李洛诚恳地笑道。

郗婵导师显然更喜欢留在学府，他当然不可能为了增强洛岚府的实力就以各种手段挽留她，那样只是在消耗他们之间的情谊。

郗婵导师微笑着点点头。

而后李洛又将蔡薇、袁青等洛岚府的高层找来，将郗婵导师暂时加入洛岚府的消息告知了他们。

这个令人震撼的消息无疑让蔡薇、袁青等人瞬间呆滞，继而欣喜若狂。

他们都很清楚，一名封侯强者的加入，对洛岚府而言是何等幸事。

所有人都对李洛投去钦佩无比的目光。

他们这位新府主，本事真是没话说，才上任一天，就为洛岚府拉来了一位货真价实的封侯强者。即便是以前两位老府主在的时候，洛岚府都没有迎来过封侯强者。

不是说两位老府主没这个魅力，而是他们根本不需要其他封侯强者，洛岚府有他们两人，足以长盛不衰。

但现在的洛岚府可不比从前，虽说府祭风波已经过去，可有一位真正的封侯强者坐镇总部，无疑会极大提升洛岚府的实力以及名气，而接下来洛岚府的扩张步伐也能随之加快。

可以说，郗婵的加入为洛岚府补上了最后一块短板。

洛岚府，未来可期。

……

当洛岚府迎来了一位新的封侯强者坐镇时，暗窟深处也传来了异样动静。

第六百七十六章

龙象之阵

暗无天日的暗窟深处。

这里的天地能量呈现一种无秩序的形态，地风水火四种元素随意涌动，时而天际有无边之火席卷，可转眼又化为能量海水自虚空奔腾而过，仿佛混沌未开一般。

风雷闪烁，宛如巨兽于四方虚空肆虐。

混沌的虚空间，有一道巨大的裂痕将两个世界割裂开来。

裂痕的外侧，一朵金莲于紊乱的天地能量中浮沉不定。金莲上，一道人影静静地盘坐，给人一种难以言喻的威压，他只是盘坐在那里，却仿佛凌驾于天地之上。

正是圣玄星学府的院长，庞千源。

此时他正漠然地盯着裂痕深处，那里匍匐着一条如黑龙般的大河，河水颜色漆黑至极。令人感到不安的黑色河水不断流动，偶尔有水浪卷起，浪潮中竟能看见无数狰狞而扭曲的人脸，充满各种负面情绪，贪婪、欲望、愤怒、仇恨……令人望而生畏。

“哗啦啦。”

无数恶念所化的黑河突然剧烈翻涌起来，只见一条巨大无比的黑鱼正在兴风作浪。黑鱼散发着极为诡异的气息，它身上的每一片鱼鳞都铭刻着一张扭曲而痛苦的人脸，仿佛在绝望地尖啸着，光是看去，就足以让一个正常人精神错乱。

“嘻嘻。”

如幼童般稚嫩的嬉笑声从黑鱼的嘴里传出，穿透两界的裂缝传到庞千源耳中，嬉笑声中蕴含着一种特殊的力量，哪怕是封侯强者都会被诱惑，继而失去自我被它操控。

但庞千源神色漠然，不为所动，他只是静静感受着混沌天地间的能量流动。

他在等待一个机会。

而这个机会，他已经为之准备了许多年。

时间流淌，似过了许久，又好像只是一刹那。

庞千源的眼神忽地微微一动，他感知到混沌无序的天地能量出现了某种波动，他的眼中闪过异光。

“啵！”

就在同一时间，混沌天地间仿佛有一个奇特的声音响起，那一瞬，原本无序而混沌的天地能量竟然凝滞了几秒，然后似是被重新规划了一般，开始有规则地流动。

庞千源自金莲上站起，然后大袖一挥。

随着他袍袖挥下，四方天地忽然剧烈震动起来，风火雷水土自四方虚空升腾而起，浩瀚的五道天地能量凝聚成形，渐渐化为看不见尽头的龙象巨影，盘踞虚空。

一股恐怖的威压笼罩了此处。

“开辟混沌，五行龙象阵！”

庞千源淡淡的声音响起，五头巨大的能量龙象体内似有古老斑驳的锁链延伸出来，彼此交叉，封锁了这方天地。

原本无序的混沌犹如被重新开辟，一切规则再度显化。

虚空裂缝深处的恶念黑河中，巨大的黑鱼轻摆巨尾，掀起巨浪，发出空灵诡异的笑声：“庞千源，你倒是好手段，原来这就是你这些年一直在准备的东西，你想重新开辟此处的无序混沌，然后借助奇阵修复这道虚空裂痕？”

“哪有这般容易？真当本座是吃素的？”

鱼魑王笑着，然后它隔着虚空裂痕张开了如深渊的巨嘴，下一刻，黏稠的黑水喷薄而出，散发着滔天恶念，光是沾染上一滴，即便是大天相境的强者都会瞬间化为恶念傀儡。

黑水在穿过虚空裂痕的一瞬，竟从中伸出了一只黑色的人手。人手略显诡异，上面有八根手指，皮肤异常斑驳，一道道阴诡的符文时而浮现，黏稠的黑色液体自毛孔中不断滴落，犹如冥神之掌。

八指黑手一出现，便引得虚空崩塌，然后直接拍向庞千源祭出的五行龙象阵，试图破坏。

庞千源见状，不急不缓地从袖中抛出一物。那是一座古老的圣杯，看模样，赫然便是李洛他们在圣杯战赢得的龙骨圣杯。

圣杯化为一道玄光破空而出，迎风暴涨，犹如化为了一座擎天山岳。

而后圣杯绽放出亿万道玄光，每一道似乎都散发着一种特殊的镇压之力，玄光扫过，八指黑手之上顿时升腾起浓烈的黑烟，同时似乎传出了凄厉的惨叫声。

圣杯镇下，八指黑手逐渐破碎。

“龙骨圣杯?！”黑河里传来了鱼魑王阴冷的声音，“难怪你这次敢当着我的面布置大阵，原来是有了此物！”

龙骨圣杯对它们异类有着特殊的镇压之效，怪不得庞千源有恃无恐。

庞千源面庞漠然，不理会鱼魑王，只是盯着成形的巨阵。此处位于两个世界的交会点，天地能量原本处于无序状态，令他许多手段难以施展，而借助此阵，他可以暂时重新开辟混沌，从而修复虚空裂缝，彻底化解这座暗窟的危机。

他盯着位于四方的古老龙象虚影，然后目光又投向奇阵中央的巨龙虚影，这里是大阵的中枢。

此时，随着古老龙象虚影的推动，一股无法形容的伟力降临，那道虚空裂痕在这种伟力的作用下渐渐震动起来。

但是，虚空裂痕却始终抵御着来自古老龙象的推力。

“即便推衍了这么多年，还是有些不足吗？推动虚空裂痕果然不是简单的事情。”庞千源见到这一幕，目光微闪，低声自语。

“嘻，庞千源，你还真是不自量力，竟然妄想强行闭合虚空裂痕！”裂痕深处，恶念黑河里，鱼魑王森冷出声。

庞千源冷漠地一瞥，依旧不加理会。虽说他推衍的奇阵没有达到想象中的效果，但这不在意料之外，想要做成这种事，没有多重准备，他又怎么敢轻易出手？

一念至此，他对着变得犹如擎天山岳般巨大的龙骨圣杯轻轻一招手，下一刻，一些精血从中飞出，一滴滴悬浮在庞千源面前。

这些精血浑圆晶莹，旁人或许看不出门道，庞千源这等强者却能洞察这些精血最深处蕴含的一丝特殊血脉。

这些精血正是来自李洛。

“天龙之气……”

庞千源注视着精血，微微一笑，双手缓缓合拢，掌心间浩瀚能量涌动，形成了一座洪炉，那些精血在洪炉里疯狂地翻滚，然后迅速融合，最后留下了数缕肉眼难以察觉的金黄气息。

这股金黄气息便是庞千源的后手。

将天龙之气加注于五行龙象，能令其在一段时间内具备撼天之力，想必有它的加持，推动虚空裂痕闭合就有把握了。

庞千源屈指一弹，天龙之气飞射而出，迅速融入巨大无比的古老龙象体内。顿时，龙象犹如获得了助力，本就庞大的身躯再度膨胀，连咆哮声都带上了一丝莫名的神圣威压。

“轰轰！”

古老的龙象奔腾起来，犹如拉船的纤夫，只不过它们拉动的是这一片混沌的天地。

天地剧烈震动，而这一次，虚空裂痕终于不再纹丝不动，随着四头古老龙象卖力奔腾，巨大无比的裂缝终于被缓缓拉动了。

见到这一幕，庞千源心里悄然松了一口气。

多年的准备没有白费。

只要他修复了虚空裂痕，圣玄星学府镇压的这座暗窟就将永久归于平静。

虚空裂痕震动，掀起的能量潮汐不断扩散开来，即便是对面的恶念黑河都被掀起了浪涛。一条黑色的巨鱼藏于黑水之下，那对令人心悸的发白鱼瞳，透过黑水静静地注视着这一幕。

第六百七十七章

突发变故

摄政王府。

书房里的摄政王正处理着政务，他的神色突然一凝，只见一旁的阴影扭曲着，金银重瞳的男子自其中走了出来，对方一直从容的神色有了一丝罕见的凝重。

“发生什么事了？”见到这一幕，摄政王立即放下手中的文件，凝声问道。

“庞千源动手了，他正借助龙骨圣杯的力量镇压鱼魑王，而且还试图修复虚空裂痕。如果他成功，暗窟危机就会被化解，他也能脱离束缚。”金银重瞳男子缓缓说道。

摄政王瞳孔微微一缩，果然是庞千源，在大夏国，也只有这位王级强者才能让眼前之人如此忌惮。

这对摄政王而言不是好消息，一旦庞千源解决了暗窟的问题，他就能回到大夏，后天的登基大典，这位王级强者定然会出现。

虽说圣玄星学府有中立的立场，但作为大夏唯一的王级强者，庞千源自然可以做出任何选择。

而且庞千源根本不需要插手做什么，到时候他只需要站在小皇帝身后，自己所有的谋划都会不攻自破。

“你打算怎么做？”摄政王看向金银重瞳男子，他知道对方与他立场相同，是绝对不会让庞千源出来的。

金银重瞳男子笑了笑，道：“不必惊慌，我们准备了这么多年，怎么可能让他轻易逃出那个牢笼？一个圣学府罢了，这些年来，我们覆灭的又不止一个。”

说着，他摸了摸手腕上的空间球，取出一座巴掌大小的黑色泥像。泥像模样有些模糊，身躯表面有一道如同黑鱼一般的符文，不断地钻来钻去。

金银重瞳男子看了一眼，随手将其捏碎。

就在金银重瞳男子捏碎黑色泥像时，圣玄星学府那棵伟岸的相力树树顶处有了异动。

这里是相力树的最顶端，常年有一位紫辉导师镇守，此时，在中央青木盘结的木台上正坐着一人。

突然间，他的身体微微一颤，面庞上浮现出一抹挣扎、扭曲之色，他的皮肤蠕动着，仿佛有一条鱼儿在血肉里游动。

下一刻，这名紫辉导师睁开了双目，双瞳变得漆黑一片，显得异常阴诡。

他伸出手掌，扯开上衣，手指在胸前划过，胸膛上竟出现了一团酷似心脏的漆黑能量。

他一把握住这团能量，手指用力挤压，竟从中提炼出一滴黑色的液体。

随着跳动得越来越剧烈，一滴黑色的液体竟从心脏深处被一点点地挤了出来。

那滴黑色液体散发着极致的邪恶之气，仿佛是无尽恶念的凝聚体，就是这么简简单单的一滴，却具备着连封侯强者都无法抵御的强大污染之力。

这滴黑色液体径直落到下方的青木中，然后迅速融入进去，犹如滴入湖泊里的一滴墨水，转眼就消散不见。

做完这些，这名紫辉导师又将手中的能量塞进胸膛，没有留下任何痕迹。

冷风吹拂而来，这名紫辉导师眼中划过一抹迷茫，他疑惑地看了看四周，刚才那一瞬，他似乎做了什么，但又完全记不起来。

最终，没有任何发现的他只能摇摇头，将它当作错觉，继续闭目修行了。

暗窟的深处。

古老龙象缓缓地推动着天地，修复着虚空裂痕。

某一刻，庞千源突然抬头，锐利的目光望着后方虚空，这一霎，他敏锐地感觉到天地间有一丝极隐晦的异动，令他与这方天地的连接削弱了一些。

在这种影响下，他感觉虚空裂痕的闭合也受到影响，变得更缓慢。

"这种剥离感……是相力树？"

庞千源眉头微皱，圣玄星学府的相力树镇压着暗窟，他身为院长，自然同样借助了相力树的力量，这也是此前他在与鱼魑王的博弈中，能将它一直封锁在此处的重要原因。

可现在，他与相力树的连接变得模糊了许多。

“相力树出了问题？”

庞千源心中微微一惊，在这个关键节点，相力树出现问题显然不是巧合。

可是相力树处于学府严格的保护中，时刻有紫辉导师守护，怎么会出问题？

庞千源目光闪烁，然后他突然看向虚空裂痕内。鱼魑王静静地漂浮在恶念黑河中，令人心头发悸的惨白鱼瞳似乎带着一丝嘲弄。

“庞千源，你以为这些年只有你在做准备吗？”鱼魑王阴冷而空洞的声音徐徐传来。

庞千源眼神森冷地望着鱼魑王，只有亲自与这些达到王级的异类交锋过后，才能明白它们究竟有多可怕。这些年来，他与鱼魑王在各个层面都进行过博弈，即便他慎之又慎，也有好几次险些落入对方的算计之中。

这些异类本就是恶念的集合体，它们清楚人性的弱点，也知晓如何蛊惑人心。

在与它们的交锋中，只要稍稍露出破绽，内心出现动摇，就会被它们如附骨之疽般缠上，悄然间进行污染。

如今相力树出现变故，却没有消息传来，必定是学府内部出了问题。

庞千源面庞阴沉，缓缓道：“看来这些年的暗窟净化任务，你已经不知不觉在学府埋下了不少种子。”

鱼魑王道：“庞千源，这一次的斗法你是赢不了我的，放弃吧。你想变得更强吗？虽然你已是王级强者，可如果加入暗世界，你将获得更强的力量！”

“你的蛊惑变得越来越低级了。”

庞千源摇摇头，道：“你动用潜藏的手段来阻挠我，看来是对我的行为感到了害怕。既然如此，我就更要这么做了。”

“你这样做只是延缓了一点时间而已，又有什么用？

“你拖延时间想做什么？”

庞千源目光一闪，道：“这两日外界有大事发生吗？哦，是登基大典？”

“你不想让我出去参加登基大典？可这与你又有什么干系？我若是不现身登基大典，最大的获利者……是宫渊那个野心勃勃的小子吗？”

庞千源的眼神一点点冷了下来。

“宫渊与你也有牵扯？”

面对庞千源的质问，鱼魑王只发出了低低的嬉笑声，庞大的身躯再度没入黑暗的河水之中。

第六百七十八章

大典前夕

这几日的大夏城尤为沸腾与喧嚣，随着时间推移，越来越多王庭封疆大吏和各方势力首领，陆陆续续拥入这个大夏的中心。

大夏城内张灯结彩，气氛热闹至极。

寻常人或许觉得登基大典只是一场热闹的盛事，唯有大夏的高层和核心势力才能嗅到盛事之下凶险的暗流。他们都明白，这将决定大夏未来的走向。

身处这片辽阔疆域的所有势力都无法避免被它影响。

洛岚府。

忙里偷闲的李洛迎来了学府的一众好友，虞浪、白萌萌、白豆豆、赵阔等人得知府祭的结果后，皆欢喜来贺。

“恭喜李洛府主，府主从此名震大夏，洛岚府必将重现辉煌，还望洛哥看在以往的一点情分上，得势后不要忘记提携旧友啊。”当熟悉的吊儿郎当的声音响起时，李洛脸上浮现出一抹笑意。

虞浪率先走入府内，嬉皮笑脸地对着李洛招手。

“洛哥会成为洛岚府府主我其实不意外，可你接下来的惊艳手笔，让学府所有人都在讨论你，对你钦佩不已。”虞浪笑嘻嘻地道。

“什么？”李洛愕然地问道。

虞浪挤眉弄眼，道：“因为你是自圣玄星学府创立至今第一个将学府紫辉导师拐到自己家里的学员，这件事足以铭记在学府的史书上，让所有学员膜拜。”

李洛哭笑不得，原来是郗婵导师。虽说他没有刻意宣扬，但这件事肯定瞒不了消息灵通之辈，学府的很多人自然能在第一时间知道。

而这件事对学员来说，简直比李洛成为洛岚府府主还要令人震惊。

“队长，你把郗婵导师拐走了，咱们正义小队以后可怎么办？”白萌萌忍不住说道，水汪汪的大眼睛幽怨地盯着李洛。

听到这个消息后，她和辛符都傻眼了，他们才刚入学一年，突然间连导师都没了……往后难道要等学府重新指派导师吗？那岂不是又得从头开始培养感情？

李洛耸耸肩膀，无奈道：“没办法啊，这是郗婵导师的要求，我总不能拒绝吧？”

“你这话可真欠打。”白豆豆撇嘴说道，这家伙简直得了便宜还卖乖。

李洛看了一下众人，这才发现没有辛符的身影，于是问道：“辛符呢？”

白萌萌小声道：“他不想来，他说自己是兰陵府的人，而且此次郗婵导师还与兰陵府激战了一场。”

李洛沉默了一下，笑道：“这家伙，搞得这么别扭……在我看来，兰陵府是兰陵府，辛符是辛符，他可是我们正义小队的一员，这一点只要他不否认，就永远不会改变。”

他已经知道前天府祭时，虞浪、白萌萌、辛符他们在圣玄星学府出手拦住了兰陵府接到任务的夜承影。

虽说以夜承影的实力，即便到了洛岚府总部也影响不了大局，但这群朋友的心意不能忽视。

特别是辛符，他也是兰陵府的人，他不仅没有接下任务，反而主动拦住夜承影，光是这份情谊，就值得李洛铭记在心。

“秦逐鹿呢？”李洛又问道。

“他说他爹今天到大夏城，就不一起来了。”虞浪说道。

李洛闻言眼神微微一动，秦逐鹿的父亲……镇守边境的大将军秦镇疆？

他是大夏最顶尖的强者，赶在今日来大夏域，显然是为了明日的登基大典。

只是不知道这位大将军究竟会支持谁？他的身份与资历绝对是重量级的。

李洛招待着朋友，然后提醒道：“明天你们最好都留在学府里，不要轻易外出。”

“是因为登基大典吗？”白萌萌很聪慧，而且他们白家也是大夏顶尖望族，自然知晓这场盛事背后的暗流。

李洛点点头，眼神变得深邃。

“虽然学府不至于受到什么影响，但还是要小心一点，大夏未来的方向得等明天的登基大典结束才知道。”

李洛望着眼前少男少女尚有几分青涩的脸庞，现在的他们还需要在学府的庇佑下成长，希望登基大典能够顺利完成吧。

大将军府。

秦逐鹿面无表情地坐在桌子前，看着面前大快朵颐的魁梧中年男子。男子赤着胳膊，上面是各种各样狰狞的伤痕，一股磅礴的铁血之气蔓延，令人喘不过气。

这是秦逐鹿的父亲，即名震大夏的大将军秦镇疆。

一通狼吞虎咽后，秦镇疆终于拍了拍肚子，感叹道：“大夏城的东西就是比边疆的好吃。”

然后他抬起头看着秦逐鹿，面色渐渐变得严肃，声音低沉地道：“小鹿，你来圣玄星学府也有一年了，我想知道，你这段时间究竟得到了什么？”

秦逐鹿道：“我没有荒废修炼，如今在冲刺地煞将阶，但我不是一星院最强的学员。”

秦镇疆皱了皱眉，一股压迫感散发出来，他手掌猛地拍在桌上，发出巨响。

“我问的是这个吗？”

“我问的是你在圣玄星学府有没有遇到喜欢的女孩子？！”秦镇疆肃然问道。

秦逐鹿面庞一僵。

秦镇疆见状，顿时满脸失望：“我把你从艰苦的边疆送到学府，不就是为了让你找女孩子吗？你成天就知道修炼，再这么下去，我秦家就要绝后了！”

秦逐鹿眼角抽搐，懒得再理会父亲，径直起身离开了。

秦镇疆望着秦逐鹿的背影，发出一阵不满的声音，然后找来管家，问道：“小鹿在学府怎么样？有认识女孩子吗？”

管家回道：“少爷有两个女生队友，可惜他还是很抗拒，这一年他就跟李洛走得比较近，关系还不错。”

“李洛？洛岚府少府主？哦，不对，应该是府主了，前天洛岚府府祭上发生的事我也听说了。”

秦镇疆摸了摸满是扎手胡须的下巴，无奈地道：“这个棒槌，不去跟女孩子亲近，老跟一个男生玩什么？”

他面色忽地一变：“难不成小鹿喜欢的是男生？”

一旁的管家尴尬地一笑，这个话题不好接。

秦镇疆面色痛苦地想了好一会儿，最终一咬牙，对着管家说：“回头你跟小鹿说，他爹我还是很开明的，如果他真的喜欢男生，也不是不行……”

管家缩了缩脑袋，这话他敢去说吗？

好在秦镇疆自己嘀咕了一会儿后，就将这件事放在了一边，问道：“此前是谁派人来了？”

管家点点头，道：“摄政王和长公主都派人来过，请将军您前去一聚。”

秦镇疆摆了摆手。

“都拒了吧。

“他们总是喜欢搞这些没意义的东西，既然想争，那就得看真本事，而非口舌。

“我不奉谁，只奉大夏的太平，因为这是我边疆无数弟兄牺牲了性命换来的。”

第六百七十九章

登基大典

今日大夏城处处张灯结彩，欢庆仪式层出不穷，城内气氛如烈火烹油。

洛岚府。

李洛与姜青娥做好出门的准备，登基大典关系大夏未来的格局，他们自然不能错过。

清晨的阳光落下，站在台阶前的少年身躯挺拔，灰白头发在阳光下熠熠生辉，俊朗的面庞有着如雕像般的线条，脸上挂着微笑，令人生出好感。

一旁的女孩身材纤细玲珑，战裙下的长腿笔直，犹如玉石般泛着光彩。她的容颜十分精致，与和煦少年不同的是，她的气质更清冷，那对深邃而清澈的金色眼眸宛如世间最璀璨的宝石，仿佛是神女下凡。

一男一女站在一起，当真是养眼至极。

这幅美好的画面，让不急不缓走来的郗婵都驻步欣赏了一会儿。

“府主，老牛我不能陪你们去了，好在有郗婵导师，我倒是能放心些。”

牛彪彪走了过来，冲李洛、姜青娥笑了笑，然后摸了摸光溜溜的脑袋，又对着郗婵笑道：“郗婵导师，府主他们就麻烦你了。”

面对这位隐藏在洛岚府的封侯强者，郗婵也很客气，她微笑道：“牛兄客气了，但今日的主角不是我们洛岚府，我们大概就是个看客，应该比较安全。”

牛彪彪感叹一声，道：“希望如此吧，我总感觉今日的凶险程度恐怕不亚于前几天的府祭。”

郗婵眼神微凝，道：“牛兄是觉得登基大典会有变故？”

“摄政王不是善类，我不觉得他会心甘情愿交出权柄，到时候双方定然会有冲突。

一旦冲突扩大，说不定就是一场撕裂大夏的争斗，这里的太平日子就要到此为止了。”牛彪彪缓缓道。

李洛与姜青娥闻言，神色变得凝重，身为大夏一员，如果大夏不复太平，他们必然会受到极大的影响。

“我明白了。”郗婵颔首。

“到时候如果情况不对，就立即回到总部，这里有奇阵守护，是安全之地。”牛彪彪提醒道。

李洛三人应下，而后他们便不再拖沓，径直出了洛岚府，登上车辇，直奔王宫而去。

一路而行，所见皆是繁盛、欢庆之景。

李洛瞥了一眼窗外，想起牛彪彪的提醒。他于大夏出生，在这里生活了十多年，虽说按老爹所说，他的祖地是内神州的天元神州，可他对那里没什么感情，他不希望大夏如今的和平繁盛景象被打破。

“摄政王真是个祸害。”

李洛眼中掠过阴鸷，抛开其他不谈，光是摄政王设计爹娘、觊觎洛岚府的神蕴物质这件事，李洛与他之间就有不可调和的矛盾，恨不得他当场暴毙。

如果让这家伙夺了权位，成为大夏的掌控者，往后洛岚府的日子恐怕就没那么好过了。

李洛内心盘算的时候，车辇已至王宫门前，三人下了车辇，取出长公主送的请帖，交给王宫前的护卫，顿时有人恭敬地引他们入内。

进入王宫，李洛目光一扫，只见沿途防卫森严，暗处还隐藏着许多锋锐的气息，看来今日王宫将防卫力量用到了极致。

一路前行，时不时还能遇见其他宾客，均是来自大夏各大势力的首领。登基大典乃大夏的最高权力交接仪式，普通人是没资格到场观礼的。

沿着恢宏大气的廊道行走了一段时间，李洛三人的视野陡然开阔，映入眼帘的是一片极宽敞的白玉石广场，四周的台阶上皆有白玉石座，此时已坐了不少人。

李洛扫了一眼广场的中央位置，那里有一座约莫百米的高台，犹如祭天之台一般，数百台阶逐级而下，铺满了文着龙形的金毯。

这就是今日登基大典的举行地了。

三人随着前方的宫女去往右侧最上层的白玉石座，在这里，李洛看见了不少熟悉的身影。

他们进场的时候，刚好迎面走来三道人影，居中面无表情的中年男子赫然是都泽府的都泽阎，他身后便是都泽红莲、都泽北轩姐弟。

双方在廊道碰面，目光接触。

李洛露出笑容，朝都泽阎抱了抱拳，笑道："都泽府主。"

周围投来一些若有若无的目光。

都泽阎看了李洛一眼，没有搭理的意思，而是直接转身去了一旁的白玉石座。

面对都泽阎的冷淡，李洛不以为意，因为表面的东西不重要。以往金雀府的司擎府主看见自己时，总是亲热地叫贤侄，结果呢？落井下石的时候恨不得把井口都给你堵住。

见都泽阎没有搭理自己，李洛又看向后面的都泽北轩："北轩啊……"

都泽北轩眼神一寒，恨恨地看了李洛一眼："你给我闭嘴！"

"呃……"

李洛一愣，这人的态度怎么如此恶劣？

姜青娥看向神色复杂的都泽红莲，虽然没有开口，却冲她轻轻点头，算是打过招呼。

姜青娥这番举动落在都泽红莲眼里，却让她心跳都加快了，以前的姜青娥对她可是相当冷淡，每次见面都视若无物，哪会像今天这样主动朝她点头示意。

姜青娥这样的转变一时间竟让都泽红莲有点受宠若惊，旋即她又因自己生出这般心态感到羞恼，暗骂自己不淡定：别人只是对你点点头，你就这般激动……

于是，她也微微颔首，然后加快脚步跟上了都泽阎。

与都泽府一行人打过招呼后，李洛三人往洛岚府的座位走去。

还没走几步，李洛的脚步再次一顿，因为他见到了金雀府一行。

司擎和司天命、司秋颖兄妹。

对方也看到了他们，一时间神情各异。

第六百八十章

序幕拉开

再次见到金雀府一家子，李洛的眼神微动，然后脸上浮现出比之前更和煦的笑容。他率先走过去，对着司擎笑道："司擎府主真是越来越有精神了呢。"

见到李洛主动上前，司擎脸上现出笑容，含笑道："李洛贤侄才是愈发出彩，才一星院就已晋入煞宫境，看来要不了几年，洛岚府又要出一个封侯强者。"

"哪里哪里，也不用多久，三年之内，如果我和青娥姐能够顺利封侯，到时候我爹娘再回来，我们洛岚府就有四个封侯强者了。"

"不对……"李洛想到什么，又指了指身后的郗婵导师，笑道，"还有郗婵导师呢，她最近加入我们洛岚府了。还有彪叔，他虽然有伤，但情况已越来越好，三年后如果顺利恢复……"

李洛伸出手指算了算，然后对着司擎扬了扬手，认真道："届时我们洛岚府岂不是要有六位封侯强者？！"

望着李洛伸出来的六根手指，司擎脸上的笑容僵了一下。

六位封侯强者？这是何等庞大而恐怖的实力。

虽然明知道李洛是在故意恐吓，司擎内心还是波动了一下，但他很快冷静下来。姜青娥有可能三年封侯，但李洛只是煞宫境，凭什么？至于李太玄与澹台岚能否回来，更是未知数。另外，牛彪彪的伤势如果能轻易养好，也不会在洛岚府总部蹉跎这么多年。

所以，司擎不咸不淡地道："那就希望李洛贤侄的期望能够实现吧。"

如果今日摄政王得势，以他跟洛岚府的恩怨，他们能熬到李太玄、澹台岚归来吗？他觉得未必。

李洛笑着应下，没有继续以言语刺激司擎，而是看了看他身后脸色复杂的司天命与司秋颖，冲他们点点头，然后便越过了三人。

姜青娥自始至终站在一旁，眸光都没有朝司擎他们扫去。由于司擎的选择，姜青娥已将他列入敌人行列。她的性格与李洛不同，李洛还能如无事发生般去打招呼，而她下次与司擎打招呼的时候，可能就是彼此的最后一面了。

这令一直看着她的司天命与司秋颖的神色更加黯然。

有些事情一旦做了，裂痕就难以弥合了。

他们是金雀府的人，司擎是他们的父亲，这份关系没办法割裂，往后他们与姜青娥、李洛之间必然会渐行渐远，甚至还会兵戎相见。

越过金雀府三人，李洛他们终于来到王宫为洛岚府安排的位置。

在铺着软垫的白玉石座上坐下，李洛目光四望，又在这一排的最右侧见到了鱼红溪、吕清儿以及一众金龙宝行的高层。登基大典乃大夏盛事，影响深远，连金龙宝行这种中立势力都不会错过。

李洛想着这些的时候，突然听见一旁的郗婵导师轻声说道："副院长来了。"

李洛连忙转头，便见到一队声势颇为浩大的人群拥入看台，领头的正是素心副院长。

以素心副院长为首，圣玄星学府这次来了好几位紫辉导师，这个阵仗气势非凡，沿途各方势力的首领连忙起身，笑着与素心副院长打招呼，而她也带着令人如沐春风的笑容一一回应。

当素心副院长走到李洛他们身旁时，脸上的笑容却突然收敛，冷淡地看了李洛与郗婵一眼，道："李洛，你在我们学府创造的纪录会不会太多了？"

她意有所指，说的正是他拐了学府的紫辉导师加入洛岚府一事。

李洛一脸诚恳的笑容，道："副院长客气了，身为学府一员，为学府创造纪录是我的义务和责任！"

素心副院长冷哼一声，道："你可不要太过分，虽然你很出色，但圣玄星学府未必缺你不可。郗婵之事学府内尚无定论，之后的调查你俩都得全力配合。"

李洛连连点头，道："我一定会的！"

周围诸多势力都在看着他们，最近圣玄星学府的郗婵导师在关键时刻辞职、拦截兰陵府的事已经传得沸沸扬扬，特别是之后她竟然还加入了洛岚府，让众人惊疑不已，他们不知道这是不是圣玄星学府对洛岚府的变相支持。如果真是这样，圣玄星学府的立场岂不是会随意变化？

但眼下素心副院长这副兴师问罪的模样，似乎表明那并非学府的意思……

虽然不知道这番问罪是真是假，但至少表面如此。

素心副院长训诫了李洛一通后，便面无表情地离去，她身后数位紫辉导师眼神奇特地看了一眼李洛与郗婵，这件事可是这几天学府最热门的话题，甚至有人传谣，说郗婵导师对李洛有特殊的感情。虽说许多人听了后都嗤之以鼻，但这种故事偏偏最让人感兴趣。

“这些导师看我的眼神有点怪怪的。”

随着圣玄星学府的队伍离去，李洛纳闷地说了一句。

“副院长只是做个样子、表个态，不要觉得她是在生气或者针对你。”一旁的郗婵导师淡笑道。

“我知道，她帮了我这么大的忙，不要说生气了，就算是打我，我也心甘情愿。”

李洛嘟囔道：“只是明明导师跟青娥姐也参与了，为啥她就盯着我训话？真是不公平。”

这番话得到了姜青娥与郗婵导师的白眼，这小子得了便宜还卖乖的模样真是讨打。

在李洛三人说话间，这方看台又传来更大的喧哗声，两支队伍自廊道走来。

一支以摄政王宫渊为首，另一支则以长公主宫鸾羽为首。

两支队伍看似走得很近，实则泾渭分明，目光闪动间有着对对方的戒备。

随着他们出现，看台上几乎所有目光都投射而去。

众人知道，摄政王与长公主才是今日主角。

虽说今天是小皇帝的登基大典，但小皇帝年龄小，他的力量几乎全部掌控在长公主手里，她代表着小皇帝的意志。

不过即便今日暗流涌动，摄政王与长公主依旧谈笑风生，一副叔慈侄孝的模样。

在众人的注视下，摄政王与长公主登上最高看台，那里有三把金色石椅，两人分坐左右。

此时，白玉广场上响起隆重的乐曲前奏，响亮的鼓声直冲云霄，回荡在王宫每一个角落。

然而听起来欢庆的鼓声，却仿佛带着金戈铁马之气。

各方势力目不斜视，眼观鼻鼻观口口观心，等待着大典正式开启的那一刻。

时间便在冗长的仪式中缓缓流逝。

直到艳阳高照时——

一阵急促的鼓声突然如惊雷般响起，所有人心头猛地一震，瞬间凝聚心神，一道道目光投向白玉广场一角，伴随着盛大的仪仗队，由上百人抬着的金色龙辇慢慢出现在众人视线里。

龙辇之上，盛装的小皇帝看起来异常瘦弱。

他紧绷着小脸，面色严肃。

这一刻，这场将影响大夏未来格局的大典终于要拉开序幕了。

第六百八十一章

护国奇阵

“咚！咚！”

低沉而有节奏的鼓声响彻广场，广场四周金色旗帜舞动，军士重戟顿地，大地随之颤动，生出一股恢宏浩大的气势。

一位身着盛装的王庭老臣走出，洋洋洒洒的长篇大论念得许多人脑袋昏昏沉沉。

待老臣走完这些繁杂的流程，龙辇之上瘦弱的小皇帝站起身来，走下龙辇，沿着白玉石梯一步步往上。

全场所有目光都汇聚而来。

小皇帝白皙清秀的面庞上满是肃然，他登上的是祭天台，需要在台上完成仪式。据说这个仪式关系到大夏的护国奇阵，那是大夏最强的阵法，一旦仪式完成，小皇帝就会成为它唯一的掌控者。

持有护国奇阵，在大夏城，即便是王级强者都奈何不了他。

届时，小皇帝会成为大夏城最强之人，在绝对力量面前，任何势力都不会对他心生不敬，他的位子就算彻底坐稳了。

因此，所谓登基大典，就是一场掌握护国奇阵的仪式而已。

在场各方强者双目眨也不眨地注视着，他们封侯强者对护国奇阵的力量充满忌惮，可以说它就是大夏王朝最具震慑性的武器。

只要护国奇阵在手，大夏就不会灭亡。

在万众瞩目之下，小皇帝终于登上了白玉台顶。

石台顶上有一座白玉雕像，是大夏的开国先祖，小皇帝于雕像前虔诚跪拜，下一刻，一道道光纹于石台之上蔓延，无数道流光冲天而起，天地间风云涌动，一股无形的力量散发出来，似乎整个大夏城都震动了起来。

所有人都抬头望着王宫上空。

只见一座巨大、玄奥的光阵正在缓缓成形，随着它的出现，天地间能量都仿佛沸腾了，然后被光阵吸入。

一股浩瀚、沉重的威压降临。

诸多封侯强者面色凝重，这就是大夏的护国奇阵。

此阵连通了大夏疆域内上百座郡地，可以说，大夏国力越鼎盛，护国奇阵的威力就越大。从原理来说，洛岚府的守护奇阵与它类似，只不过不论规模还是力量，这座护国奇阵都更强。毕竟护国奇阵是大夏诸多先祖耗费了百年岁月才打造而出的，消耗的资源远非洛岚府的奇阵可比。

李洛盯着天上的恐怖大阵，然后视线扫了一眼摄政王所在的方向，那家伙此时正瞧着大阵，平静的面色看不出波澜。

“这老家伙究竟想做什么？”李洛皱了皱眉，眼下小皇帝已经召唤出了护国奇阵，接下来只要完成仪式，他就能掌控它，可摄政王怎么一点都不急？

一旦护国奇阵被小皇帝掌控，摄政王就再也翻不起浪了。

不仅李洛疑惑，其他势力首领的眼睛也在偷偷瞧着摄政王，心里同样充满着疑问。

难不成摄政王放弃了吗？这不符合他的性格啊。

长公主凤目凝视着小皇帝瘦小的身影，修长玉指缓缓紧握，在这个关键时刻，她忍不住心跳加速，多年的等待就为了这一刻。

只是，摄政王的平静让她内心泛起了莫名的不安。

她太了解这位王叔了，若说他会平静地交出权力，那一定是天方夜谭。

如果不是要放弃，那他现在的安静就是暴风雨即将来临的前奏。

那更值得警惕。

长公主一只手藏在袖中，掌心握着一枚玉简，一旦发生变故，她就会直接捏碎玉简，早早安排在大夏城的兵马会即刻对摄政王府进行围剿。

此时的长公主表情冷漠，凤目凛冽，眼中杀机涌动。当年父王驾崩前，曾嘱托她扶持弟弟，只是当时年幼，面对强势的摄政王，她做了诸多让步。可如今小皇帝已经满十岁，大夏的权柄到了交还的时候，如果摄政王不愿，就只能来一场王庭内斗了。

在场众多势力心思各异，护国奇阵散发出来的威压愈发恐怖，整个天地都变得黯淡许多，唯有巨大的奇阵在缓缓运转。

小皇帝跪伏在白玉石台顶部的先祖雕像之前，在众目睽睽之下取出一柄金色小刀，割破手掌，但流出的鲜血却没有滴下，反而迅速升空，融入庞大的护国奇阵之中。

“嗡嗡！”

鲜血融进，护国奇阵顿时爆发出一圈圈巨大的能量涟漪，仿佛在辨析小皇帝是否是纯净的皇家血脉。

所有人都紧张地看着这一幕。

这是最后的步骤，只要完成认证，护国奇阵就会降下掌控之权，到时候小皇帝一念之间就可催动一股足以抗衡王级强者的恐怖力量。

“轰轰！”

恐怖的能量波动不断自护国奇阵散发，如同惊雷一般，发出的巨声回荡在整个大夏城。

护国奇阵如庞然大物般运转，下一瞬，一道光柱从天而降，将小皇帝的身影笼罩。

光柱内充斥着磅礴浩瀚的能量，小皇帝的头发、衣袍纷纷舞动起来，一股庞大的力量涌入他的体内，在它的加持下，他感觉整个身体都变得强大起来。

这股力量能够淬炼他的身体，改善他的身体素质。

小皇帝内心欢喜无比，这些年后背的黑莲之毒令他十分虚弱，这还是他第一次感到浑身充满力量。

这一刻，他清晰地感觉到，后背的黑莲之毒竟然在护国奇阵力量的淬炼下迅速变淡，继而被净化。

原来，掌控护国奇阵还有这种禅益！

小皇帝伸出手掌，只见掌心有一道玄妙的符文正在渐渐成形，他在王家秘典上见过，这就是掌控护国奇阵的钥匙。符文彻底凝成的那一刻，他就能掌控这座护国奇阵了。

一切都在朝好的方向进行着。

在场所有人都感觉到，光柱里的小皇帝似乎与天上的护国奇阵产生了一些特殊的联系，使原本相力等级不高的小皇帝身上散发出一股莫名的威压。

这是即将成功的迹象。

李洛紧紧地盯着这一幕，眼角余光扫过摄政王的方向，心头猛地一凛。这一刻，他似乎见到面无表情的摄政王缓缓勾起了嘴角。

隐约间，李洛感到了不安。

“轰！”

光柱里能量激荡，小皇帝后背的衣衫仿佛被某种气息侵蚀，变得破损。

李洛目光扫去，眼瞳突然微微一缩。

只见小皇帝后背的黑莲印记竟在此时以惊人的速度消退，继而黑莲转为了青莲。

给小皇帝造成多年痛苦的黑莲之毒难道被彻底涤除了？

李洛惊愕不已，而且他发现小皇帝的头发似乎在渐渐变长，还变得乌黑柔亮起来。

他原本清秀的容颜更是渐渐显露出一股柔弱的清丽感。

望着此时的小皇帝，李洛脑中突然冒出一个荒谬的念头。

小皇帝似乎……像一个女孩子？！

第六百八十二章

大典剧变

当李洛脑中冒出这个念头时，白玉广场四周同样响起了惊疑声。

因为小皇帝的变化实在过于明显。

他的头发如瀑布般倾洒，挣脱了皇冠的束缚，发丝乌黑亮丽，原本就白皙的肌肤变得更加晶莹剔透。他瘦小的身子拔高，变得修长挺拔，原本合适的龙袍瞬间变得紧身，顿时凸显出了胸前的饱满。

那清秀的脸庞愈发女性化，眉宇与长公主更加相似了，只是比起长公主的优雅从容，他却显得有几分柔媚。

而且他明明不过十岁，之前还是一个小男孩的形象，可转眼就变成了一个发育完全的少女。

身体的突然变化让小皇帝瞬间呆滞，他开始颤抖，不知道为什么自己的身体会发生如此可怕的变化，莫大的恐惧已经从心底涌现。

他明白，这个变化在现在这个时刻是致命的。

在如此庄重盛大的典礼上，堂堂大夏之王竟然从一个男孩变成了一个少女？！

这是何等荒谬之事，会令他这个皇帝威严尽失！

“轰轰！”

就在小皇帝内心恐惧的时候，最快有反应的不是诸多看客，而是天上的护国奇阵。恐怖的能量波动如惊雷般爆发，整片天空仿佛都变得扭曲了。

看上去犹如护国奇阵在发怒。

小皇帝感受到护国奇阵的震动，心中一片冰寒，这一刻，他突然记起了王室口口相传的秘言——大夏护国奇阵，唯有宫家男儿可掌控。

可现在他突然从一个男孩变成了少女，岂不是失去了继承护国奇阵的资格？

而没有护国奇阵在手，他这个王位根本坐不稳！

“怎么会这样？怎么会这样！”小皇帝的声音变得颤抖，突如其来的变化让他整个脑子都是一团糨糊，目前这件事简直太不可思议了！

他当了好些年男孩，结果在登基的这天变成了少女，这是何等荒唐的事情啊！

他看向自己变得纤细的手掌，掌心原本成形的符文开始渐渐消散。

小皇帝顿时惊恐起来，另外一只手掌急忙抓过去，手指死死地抠着那道古老符文，指甲把掌心都抠出了血痕。他惶恐至极：“不要消失啊，不要消失啊！我是大夏的王，我有资格掌控你的！你不准消失啊！”

他非常明白今天这场仪式的重要性，他与姐姐为此付出了巨大的努力，如果失败了，王叔势必会借此发难，彻底掌控权柄。

支持他的重臣也会因为他身体的变化而渐渐疏远他。

没有护国奇阵这个震慑性的力量，他根本坐不稳王位。

然而，他的举动没有任何效果，掌心的古老符文已经彻底散去，与此同时，上空巨大的护国奇阵在发出怒吼后，也在无数惊骇的目光中渐渐消散。

这是向所有人宣布，继承仪式失败了！

“唰！”

长公主终于从震惊中回过神，她猛地站起身，脸上布满铁青色，狭长的凤目里罕见地掠过了一丝惊惶与难以置信。

眼前的变故超出了她的想象。

她相依为命的亲弟弟在她的眼皮底下突然变成了妹妹！这怎么可能呢？！

这一刻，她生出了晕眩感。

旋即，她猛地转向另一侧的摄政王，眼神里涌现出暴怒、憎恨：“宫渊，你究竟做了什么？！”

虽然宫渊看上去坐在那里什么都没做，但长公主有一种直觉，这番变故恐怕跟他脱不了干系，因为小皇帝继承护国奇阵失败，宫渊就是最大的受益人！

面对着暴怒的长公主，摄政王叹了一口气，以一副极其遗憾的模样看着祭天台上的小皇帝，道：“鸾羽，发生这种事的确很让人痛心，你怀疑我是理所应当。但是你真的觉得，我有能力把一个男孩变成少女吗？”

“你有没有考虑过另外一种可能，那就是景曜的真实性别在出生的时候就被故意掩盖了呢？”

“妖言惑众！”长公主柳眉倒竖，声音冰冷至极。

这件事她从来不知道，即便是父王驾崩时都没有跟她提起，所以她觉得这是不可能的事情。

“王兄一生只有你们两个孩子，他一直都想要一个男儿来继承王位。他明白，只有男儿才能掌控护国奇阵，或许这也是为何你明明非常优秀，他却不打算让你成为大夏女王的原因。

“可景曜的出生断绝了他的念想……绝望中，他采取了一种特殊手段，掩盖了景曜的真实性别，他或许以为凭此就能骗过护国奇阵的探测？”

摄政王不在意长公主冰寒的目光，而是自顾自分析着。

“你说，景曜背后的阴阳青莲会不会就是掩盖她性别的东西？黑莲之毒虽然给她带来了痛苦，但也能掩盖性别。

“我想，王兄应该是做好了准备，他的这番手段最后有很大可能骗过护国奇阵，但没想到的是……你竟然找到了能化解黑莲之毒的人，我记得就是那个李洛吧？

“他化解了大半黑莲之毒，打破了阴阳青莲的平衡，再加上护国奇阵的淬炼之力正好能消融残余的黑莲之毒，只是当它们消失时，景曜就恢复了真实的性别。”

摄政王十指交叉，偏头看向脸色渐渐苍白的长公主，嘴角的笑意愈发浓郁。

“所以……

“鸾羽啊，看来你父王费尽心机布下的手段，反而被你破坏了啊。”

第六百八十三章

宫渊野心

摄政王言语平淡，但杀人诛心这份冲击却将长公主多年蕴养的气度撕扯得支离破碎，她面色苍白，身子摇摇欲坠。

摄政王这番话对她造成的冲击太大了，直接冲破了她的心防。

虽说她明白摄政王用意狠毒，但不知为何，理智却告诉她，他恐怕不是在信口胡诌。

没有人能够在瞬息改变一个人的性别。

而且身为宫景曜的姐姐，她时常照顾他，有时候也会对他身上比较特殊的情况产生疑惑，比如他的身子总是那么瘦弱，皮肤很白，性格也柔弱，特别是他的容颜，最近一年变得更加阴柔。

仔细想想，这种变化好像真的是在她请李洛为宫景曜驱毒之后开始出现的。

再联想到摄政王的话，长公主的心不由得沉了下去。

难道宫景曜的性别真是当年出生时被父王以特殊手段掩盖了，为的就是骗过护国奇阵的探测吗？可是为何父王不把这么重要的秘密告诉她？她这些年为了治好宫景曜的奇毒，四处苦求良医，难道这样反而害了宫景曜，破坏了父王的苦心谋划？

这一刻，长公主素来明媚自信的眼神一下子变得颓然。

没有什么比自己费尽心机努力去做一件事，最后却发现这件事从头到尾就是一个错误更让人沮丧了。

此时，长公主有些不知所措了。

当长公主陷入自我怀疑的时候，一层层看台上，各方势力首领看到小皇帝身上的变化，所有人都是满脸的不可思议。

“哗！”

哗然声如浪潮般爆发。

“这……”

李洛瞪大眼睛，心潮剧烈涌动，如果其他人对小皇帝的变化只是震惊，那他的内心深处却有一种恍然的感觉。

怪不得最近他给小皇帝化解黑莲之毒时，感觉他的气质、容颜变得有些女性化。

原来他并非男子，而是一个女孩子？！

祭天台上的小皇帝，身形完完全全就是一个发育良好的少女，虽然只有十岁，却可能是阴阳青莲的缘故，她的身材得到某种催化，现在简直与长公主无异了。

或许正是如此，所有人才能看清楚她的变化。

“是摄政王搞的鬼吗？”姜青娥柳眉紧蹙地问道。

“不太可能吧？”李洛苦笑一声。当着这么多人的面，将一国之主从男性变成女性，如果摄政王有这般神鬼莫测的手段，还需要争夺权力吗？

“世间或许有这般手段，但绝对不是封侯强者能做到的，甚至连一般的王级强者都做不到。”郗婵导师缓缓说道。

“会不会是幻象？”李洛不死心地问道，他实在无法接受自己持续治疗近一年的小男孩突然变成一个少女的诡异事实。

“在场这么多封侯强者，什么幻象连我们都能蒙蔽？李洛，要学会接受现实。”郗婵导师说道。

李洛苦笑一声，而后叹了一口气，道：“这下子可就麻烦了。”

小皇帝突然变成少女，导致继承护国奇阵失败，而一个无法掌控护国奇阵的皇帝定然是坐不稳王位的。

今日这场登基大典果然没想象的顺利啊。

而这么好的机会，摄政王一派怎么会轻易放过？简直就是送上门的攻讦靶子。

李洛心头变得沉重，洛岚府已经上了长公主的船，他跟摄政王宫渊之间虽然不是血海深仇，但绝对是彼此的眼中钉。如果今日让摄政王得了势，往后洛岚府的处境未必会比以前好，除非爹娘能够尽早回来。

就在李洛想着这些的时候，在另一侧的一层看台上，几个模样苍老的老臣颤颤巍巍地起身，他们脸上布满惊疑与愤怒，目光投向长公主："长公主殿下，这是怎么回事？你应该给我们一个交代！"

这些老臣是支持宫景曜的,因为他是正统继承人。可如今宫景曜突然间变了性别，让他们直接傻眼，一时间激愤至极。

老臣们都很有资历，在长公主一派颇有分量，如今发出质疑，让其他支持者面面相觑，内心泛起担忧。摄政王还没发难，内部就要起争执了吗?

面对老臣们愤怒的质疑，长公主又能说什么？说她完全不知情吗？那不仅没有作用，反而让人觉得她这位长公主准备不周，竟然连如此重要的秘密都不知道，跟着这样的人还有什么前途?

"看来今日护国奇阵的继承是失败了。"摄政王终于站起身，声音不急不缓地说道。

"王叔想要破坏登基大典吗？！"长公主寒声说道。

摄政王平静地道："不能成功继承护国奇阵者，就不是真正的大夏之王，我并不想破坏登基大典，如果景曜现在能够掌控护国奇阵，本王愿意立即交出所有权力，从此隐退，不问王庭之事！"

"我只是想说，护国奇阵是宫家守护大夏的最强力量，如果因为皇帝导致这份力量丢失，我想不仅是我，大夏所有子民都不会同意，他们也不愿意这样惴惴不安地活下去！"

他的声音未加掩饰地传向了各个看台，引起诸多骚动，各方势力首领微微色变，摄政王如此言语，已经彻底显露了野心。

"宫渊，你想谋逆？！"长公主俏脸铁青，胸前峰峦起伏，已是怒极，言语间对摄政王再无半点恭敬。

"我这是为大夏计深远！"摄政王厉声回道。

而后他直接看向长公主一派的老臣，沉声道："今日景曜继承护国奇阵失败，如果你们还顽固迂腐，若大夏未来遭遇大难，何来力量抵御？"

"这场登基大典已经失败，但是还有补救的可能！

"宫家血脉纯净的男性皆有获得护国奇阵认同的资格！

"景曜既然做不到，那就由本王来！"

最后一句，摄政王已喝声如雷，他一步踏出，一股磅礴强悍的威压冲天而起，他虎目含威，多年的养气更是令他威严深重，颇有帝王霸气。

看台上，所有顶尖势力首领的面色变得凝重万分。

变故果然出现了。

随着宫渊说出这番话，一场大变在所难免！

第六百八十四章

万军之境

当摄政王声音落下的那一刻，看台上的气氛变得紧绷，擂鼓声仿佛都消失了，此前的欢庆气氛瞬间降至冰点。

摄政王已经明确表露了他的野心——他想代替小皇帝完成登基大典，继承护国奇阵！

“放肆！”

长公主率先冷喝出声，俏脸布满寒霜，眼中含煞：“宫渊，你要违背宫家先祖祖训？！”

看台上一阵骚动，而后诸多大臣也面露怒色，齐齐呵斥：“摄政王休要胡言，我大夏已有王庭之主，岂能随意换人继承护国奇阵？！”

老臣们纷纷出言，虽说对宫景曜的变故感到惊怒，可摄政王更是大逆不道，竟然直言要代替小皇帝！

“我赞同摄政王之言，护国奇阵非同小可，这是大夏先祖们耗费无数资源、心血打造的镇国之宝，如果不能掌控这股力量，一旦大夏遭遇危机，谁能解决？！”

“掌控护国奇阵者，当为大夏之王！”

“……”

与此同时，支持摄政王的人毫不犹豫地站了出来，最引人注目的便是三郡总督钟颉。

作为摄政王麾下的头号人物，他明白此时必须全力支持摄政王。

摄政王一旦上位，他也能晋升一级。

为了前途，今日不惜一切代价都要将摄政王推上那个位子。

"诸位想要谋反？！"

长公主阵营里，秦总管面色阴沉地走出，磅礴相力席卷而出，衣袍猎猎作响。随着他挥出一个手势，白玉广场四周的高墙上立即出现了大量精锐士兵，他们手持异光流转的劲弩，锁定了此处。

骚动加剧，各方势力首领面露戒备，一道道强大的相力升腾。今日登基大典已经朝着最坏的局面转变，他们必须谨慎行事。

"哼！"

摄政王见到这混乱的局面，一声冷哼，眼神射向秦总管，恐怖的相力威压如火山般喷发，似巨兽盘踞在广场上空，同时身后的虚空破碎，五座封侯台于磅礴的相力中沉浮不定。

五座封侯台一显露，周围的空间都随之震荡。

摄政王再次展现出自身五品侯的实力。

长公主阵营的人马顿时色变，眼露忌惮。

看台上，圣玄星学府、金龙宝行两大超级势力的人则眉头紧锁地望着这混乱的一幕，不论素心副院长还是鱼红溪，她们都不想见到大夏变得混乱，这对她们而言没有任何好处。

但王位之争她们又没办法插手，一时间只能静观其变。

关键时刻，长公主收敛了情绪，迅速恢复往日的冷静，站了出来："秦将军，身为大夏的柱石，如今大夏将乱，你不打算说点什么吗？"

她一开口，将众多目光引向了看台处始终未动的秦镇疆。

秦镇疆坐在那里，犹如一头魁梧的巨兽，浑身散发着铁血之气。

他听见长公主的声音，这才抬起头，看了一眼祭天台上已经崩溃的小皇帝，微微沉默，又缓缓开口道："殿下想要我说什么？"

长公主盯着秦镇疆，突然从手腕上的空间球里取出一卷金色卷轴，道："我这里有父王驾崩前留的遗诏，有嘱托秦将军之言，你要听吗？"

秦镇疆闻言，神色终于有所变化，他是先王提拔起来的将领，素来对先王敬重万分，如今听闻有遗诏，立即单膝跪地。

长公主见状，打开卷轴，声音清冷地念起来："命大将军秦镇疆，护持幼主，保我大夏安宁！”

一道道目光投向秦镇疆，作为手握重兵的边疆大将，他在大夏举足轻重，他的选择会对大局造成不小的影响。

没有人知道长公主手里的遗诏是不是真的，但现在长公主当众念出，秦镇疆就必须表态了。

支持长公主的老臣神色微动，虽然小皇帝的变故让他们有些生气，可长公主这一手又让他们暗自赞叹。

虽然大将军多年在外，不论对长公主还是摄政王都没多亲近，但唯有他们老臣才知晓，这位谁都不给面子的大将军对先王异常忠诚，眼下长公主掏出的不知真假的遗诏，怕是能戳中他的软肋。

而且，他绝不会质疑遗诏的真假。

在众人的注视下，秦镇疆粗犷的脸庞上没有多少波澜，他沉默了几秒，然后单手捶胸，道：“遵先王遗旨。”

而后他站起身，虎目看向摄政王，道：“还请摄政王以大夏安宁太平为先，勿要掀起动乱。”

“哗。”

哗然声响起，秦镇疆的话表明了他的选择，面对长公主不知真假的遗诏，他选择了维护正统。

“秦将军，你的选择让本王很失望。”摄政王淡淡地道。

“你觉得现在这个无法掌控护国奇阵的皇帝能够护佑大夏太平吗？”他指向祭天台上那个已经变成少女模样、神色仓皇的宫景曜，问道。

秦镇疆平静地道：“大夏的太平在人而不在阵，如果上下齐心，力量未必比一座护国奇阵弱多少。”

“见惯了杀戮征伐的大将军竟然会说出如此幼稚天真的言语。”摄政王摇了摇头，有些失望地道。

“既然大将军不赞同本王之举，本王就来试试，时隔多年，大将军的‘白虎破军图’究竟修行到了何种境界吧！”

他眼中一片森寒，秦镇疆的选择令此前混乱的长公主阵营又恢复了信心，眼下他必须强势出手，打压他们的气势。

“摄政王有这般要求，我又怎敢不从？！”

然而秦镇疆更是凶人，他本就不忌惮摄政王，既然选择了小皇帝，自然要与摄政王拼上一拼。他一声长啸，身影直接踏空而上，召唤出四座巨大如山岳的封侯台，吞吐着天地能量。

他已踏入四品侯的境界。

秦镇疆一出手就没有留手的打算，他心念一动，只见四座封侯台奔涌出浩瀚的能量，于虚空凝聚，转眼之间便化为一头约莫千丈的白色巨虎。

白色巨虎散发着特殊的兵戈之气，咆哮中充斥着嘶啸、冲锋的号角声，似有千军随同。

秦镇疆五指紧握，缓慢打出一拳，随之天地仿佛都被兵戈之气充斥，隐约间似有无数军队自虚空冲杀而过，浩荡之势不可阻挡。

“白虎破军图，万军拳。”

一拳轰出，杀伐之声响彻天地，白虎扑出，似是主帅，带领万军以一种浩荡之势对着摄政王冲杀而去。

所过之处，虚空不断崩碎。

这一拳，让在场不少封侯强者面色剧变。

即便是同为四品侯的极炎府府主祝青火，神色都变得凝重。

“秦镇疆养兵戈之气这么多年，终于将白虎破军图修炼到了‘万军之境’。

“拳出如万军，可镇一切敌。

“这一拳之威，可媲美衍神级的封侯术！”

这一拳本是通灵级封侯术，但在秦镇疆多年的推衍与浸淫下已至大成，祝青火如果硬接，必然受创。

但是可惜……

秦镇疆面对的不是他，而是深不可测的摄政王。

在众多顶尖强者的注视下，摄政王神情古井无波，他推出一掌。只见那只手掌变得无边之大，似整个天穹都被它覆盖，掌心浮现出巍峨的山河之影。

那一掌似化为一片山河压来。

看台上，众多大夏顶尖的封侯强者见状，心头皆是一震，认出了这磅礴浩瀚的一掌。

那是宫家最顶尖的封侯术之一——衍神级封侯术，大山河掌！

第六百八十五章

一截紫香

山河之掌似覆盖苍穹，以一种磅礴宏大之势镇压下来，在诸多震惊的目光中，与秦镇疆挟着万军之气的白虎之影轰击在一起。

“轰隆！”

那一瞬，天穹似乎都要随之崩塌，恐怖的能量风暴横扫开来，大夏城上空传出了刺耳的轰鸣声。

这座庞大的城市剧烈震颤起来，无数惊惶的目光投向王宫的位置。

山河之掌下，成片成片的山河成形，宛如实质，连绵不断地砸向白虎虚影。而白虎虚影被不断击退，周身携带的万军之气也在迅速减弱。

白虎虚影竭力咆哮，张口喷出凌厉至极的兵戈之气，撕碎了一重重山河。

但山河仿佛无穷无尽，任由兵戈之气肆虐，最终还是压了过去。

摄政王面色漠然地盖下手掌，同时伸出一根手指，隔空按下。

连绵山河间突然浮现出一座尤为巍峨的擎天山岳，黝黑沉重，仿佛精铁所化，它一出现，周围的山河便纷纷退避，而后当头镇在了巨大白虎的身躯之上。

“吼！”

白虎的咆哮声中满含痛苦。

它倾力反抗，万军随之冲撞，然而黝黑山岳仿佛坚不可摧一般，即便被万军洪流撞击，却依旧岿然不动，反而生生碾碎万军。最终，伴随着一声哀鸣，白虎虚影于虚空之上破碎。

秦镇疆壮硕的身躯一震，面色中有一丝苍白，身影被震退数步，周身磅礴如洪流的相力剧烈震荡起来。

在与摄政王这一次的巅峰对决中，秦镇疆落了下风。

这个结果不出人意料，摄政王乃五品侯，还修有衍神级的封侯术，不论哪个方面都要胜过秦镇疆，没有理由会落下风。

仅仅一招，双方皆全力而为。

随着摄政王占上风，他的支持者士气大振，气势变得更加锐利，反观长公主这边的成员，个个神色愈发凝重。

“秦将军，你是我大夏柱石，边疆还需要你来守护，不论谁当大夏之王，你的位子都稳如磐石，何必来掺和这场争斗？”摄政王虽然取胜，但依旧没有放弃招揽秦镇疆。

他是在暗示秦镇疆，即便他上位，也绝对不会动秦镇疆的位子。

秦镇疆闻言则是淡淡一笑，道：“摄政王觉得我很在乎这个位子吗？”

摄政王摇摇头，诚恳地道：“本王只是觉得，大夏需要你。”

不得不说，摄政王的确有不小的人格魅力，言谈之间，礼贤下士，让人很是受用。可惜秦镇疆是那种一旦做了决定就绝不会因任何言语动摇的强势之人，摄政王的魅力对他没什么作用。

“还请摄政王以大夏太平为重。”秦镇疆说道。

摄政王见状，知晓无法动摇秦镇疆的心，于是不再与之废话，反而将视线投向看台上的各方势力，缓缓道：“诸位可有愿意支持本王的？”

圣玄星学府与金龙宝行的人没有回答，当然他们也不是摄政王的目标。

极炎府的祝青火率先起身，淡笑道：“这些年，大夏在摄政王的治理下国力鼎盛，摄政王的能力我是信服的，若是摄政王未来能够统治大夏，我相信大夏将蒸蒸日上，成为东域神州最顶尖的国家。”

他直接表明了态度。

不少势力传出骚动，如今的五大府，极炎府无疑是最强的，而祝青火也踏入了四品侯，是大夏顶尖的封侯强者，他的出声造成了极大的震动。

长公主派系中，不少人的面色变得难看。

金雀府的府主司擎也起身，面带微笑道：“金雀府也觉得摄政王是更好的人选。”

如果是以前，司擎或许不会掺和权力之争，可经过洛岚府府祭，他现在不得不投靠摄政王。他的确担心未来李太玄与澹台岚会来找他麻烦，若是能够投入摄政王麾下，即便两人归来，他也有依靠之力。因为摄政王同样视他们为眼中钉、肉中刺。

司擎的表态令看台上的骚动声更大了。

五大府之中已有两府支持摄政王，这般声势已然不弱。

一些目光投向洛岚府，摄政王也看向李洛、姜青娥，面露笑容地道："李洛府主，我与洛岚府之间有些龃龉，但这不是不可调和的矛盾，若是你们愿意以大局为重，等李太玄、澹台岚归来，本王愿意亲自登门道歉，化干戈为玉帛。"

李洛心中冷笑一声：等我爹娘回来，你恐怕连道歉的机会都没有。

"王庭易主之事关乎大夏之本，我不觉得随意更改是一件好事，那样只会让大夏产生不必要的动荡。"李洛平静地开口，没有在意摄政王滔天的威压，反正双方已经撕破脸皮，他没必要再给对方面子。

听到李洛的话，摄政王面色不变，眼神却阴沉了一分。虽然早有预料，但被一个后辈小子当面拒绝，还是令他心生怒意。

与此同时，都泽府的都泽阎眼皮微垂，道："都泽府不掺和这些事情，这是宫家之争，与我无关。"

他这是要将都泽府置身事外，两不相帮。

至此，除了没有到场的兰陵府，大夏的四大府都表明了各自的立场。

除了五大府，现场还有大夏的顶尖家族。这些家族底蕴深厚，论实力不逊色于五大府，只是他们素来明哲保身，唯有少数与摄政王早有牵扯的家族支持他，其他的都持中立态度。

可这对长公主一派却不是好消息，因为中立就表明默认了摄政王争夺王位的资格。

双方实力相比，无疑还是摄政王那边更强。

"鸾羽，我所做的皆是为了大夏的未来，护国奇阵的重要性你比我清楚，眼下你与景曜都失去了继承的资格，既然如此，就应该退让一步，免得大夏失去这道护国之力。"摄政王居高临下地看着长公主，试图让对方放弃。

长公主姣若秋月的脸上没有任何波澜，她根本没有理会摄政王这番可笑的言语，而是问道："宫渊，你觉得自己赢定了吗？"

摄政王眼神冷漠。

长公主淡淡地道："你是不是忘记了，在大夏还有一位的意见你没有询问？"

摄政王双目虚眯了一下，道："你指的是庞千源院长吗？他镇守暗窟多年，恐怕没有时间理会这等小事。"

长公主平静地道："当年父王驾崩时，我陪伴在身前，他对我说，庞千源院长曾以个人名义给过他承诺，登基大典时，他会支持景曜。"

此言一出，四周顿时一片哗然。

所有人都面露惊容，大夏的最强者竟然给过老皇帝这等承诺？！

摄政王袖中手掌用力紧握，眼中掠过阴寒，而后漠然道："鸾羽，不要再胡言了，这是我们宫家之事，以庞院长的身份，他是不会插手的。"

长公主玉手一翻，一支紫色的短香出现在双指之间，她以相力点燃，顿时有袅袅青烟升起。

摄政王见状，眼瞳一缩，冷声道："鸾羽，你在做什么？！"

"这是庞院长给予父王之物，说点燃此香，他自会现身。为了避免大夏内乱，我只能请来他老人家了。"长公主说道。

所有人心头一震，长公主竟然能够将已经很多年没有出现在大夏的庞院长请来吗？！

摄政王眼神阴冷地注视着点燃的紫香，神色变幻了一阵，最终归于平静。他不再说话，只是心中泛起一抹冷笑。

宫鸾羽还是太年轻，她根本不知道庞千源此时面对着什么。

他想脱身，无疑是在做梦。

也罢，等到紫香烧完，就是宫鸾羽信心尽丧之刻，那时候，再无人能够阻挡他的步伐。

第六百八十六章

院长后手

紫烟袅袅，白玉石广场周围无数道目光都死死地盯着这截紫香。

在大夏，圣玄星学府庞千源之名可谓山岳，让无数人敬畏。

因为他是大夏唯一的王级强者。

这般实力莫说在大夏，即便在东域神州，都必然是巅峰级别，足以一言镇一国。幸好庞千源还有圣玄星学府院长的这重身份，否则大夏不知会有多少势力依附于他，如此一来，大夏王庭恐怕早就名存实亡了。

这些年来，庞千源镇守暗窟深处，从未现身外界，让他的威名有些减弱，底蕴不足的新兴势力或许记不起这个名字，但在场的都是大夏顶尖势力，他们自然明白那位王级强者有多么强大。

如今，长公主拿出一截紫香，说是能够招来庞院长，这可是真正的大杀器。

如果院长现身于此，别看摄政王现在威风凛凛，占尽上风，只要他支持小皇帝，恐怕摄政王麾下的势力会瞬间倒戈。

王级强者之威远非俗世的权力可比。

摄政王面沉如水，他盯着燃烧的紫香，忍不住想出手灭掉。但理智阻止了他，此时出手正好说明他心虚，不敢见到庞院长。

而且，如果他阻拦庞千源现身，一旁一直静观其变的圣玄星学府是否会借此插手？庞千源是学府的院长，他的行为岂非在针对学府？

当然最重要的是，此举会得罪庞千源。

虽说摄政王内心深处对庞千源充满杀机，但这个情绪不适合在计划未成之前暴露。

摄政王忍耐下来，因为他的情报显示，庞千源恐怕没那么容易脱身，否则要出现早就出现了，没必要拖到现在。

这般想着，摄政王渐渐平静了下来。

也罢，宫鸾羽拿出了最后的手段，只要接下来庞千源不现身，今日的局面就无人能撼动了。

暗窟深处。

毁天灭地的能量潮汐以一种恐怖的姿态朝着四面八方肆虐。

古老的龙象咆哮着推动天地，试图修复两个世界的裂痕，但裂痕深处，仿佛是世间最邪恶之物的恶念黑河搅动起来，一朵朵黑莲随之升起，不断飘出世界裂痕，与古老龙象相撞。

双方的斗法看似平静，却充满了毁灭的力量。

每次冲撞的力量如果落在外界，造成的破坏简直难以想象。

庞千源眉头微皱地注视着这一幕，他的龙象奇阵被拖住了，而且相力树的变故也令他担忧。没有了相力树支持，即便手握龙骨圣杯，他也无法取得碾压性的优势。

他知道，鱼魑王正在借助暗世界的力量与他抗衡。

不过，世界裂痕的确在缓慢修复，只是还需要一些时间。

龙骨圣杯给鱼魑王带来了不小的压力。

这般想着的时候，庞千源突然神色一动，这一刻他有所感应。

“已经到登基大典了吗?

“看来果然如我所料，大典出现了变故。宫轩，你当初瞒天过海之计最终还是出了岔子。”

庞千源轻叹了一口气，他与大夏老皇帝是旧识，当年他欠了对方一个人情，对方在临终前，用这个人情换取了一些东西，比如那截紫香。

宫轩希望庞千源能够护持自己的小女儿上位。

原本庞千源觉得这只是小事，虽说他有学府联盟圣学府院长这个身份，理应保持中立，但对一位王级强者而言，这些规则没多少束缚。

“挑了一个好时候。”

庞千源若有所思，此时刚好是难以脱身之际，紫香偏偏在这个时候被点燃。

这个时机真是巧妙，令他不由得深思。

他如果没办法脱身，最大的获利者就是宫渊……可暗窟深处的情况宫渊又是如何知晓的？难道宫渊还能探测这里不成？这显然不可能。

难道宫渊的身上还有更大的隐秘？

庞千源眼中掠过一抹冷色，他的确需要出去见一见宫渊了。此人城府极深，在他被暗窟拖住的这些年，不知道究竟折腾出了什么事情。

“看来都以为我没办法出去，所以有恃无恐啊。”庞千源自语道。

“哗啦！”

就在此时，世界裂痕里的恶念黑河搅动，一道遮天蔽日、仿佛无穷大的黑色鱼尾拍出，黑色的烟雾滚滚而出，所过之处一切都被消融。

庞千源屈指一点，龙骨圣杯倾斜，洒出暗金色的液体，化为金雨落下，将诡异的黑雾尽数消除。

“鱼魑王，你不想让我出去？”

庞千源双目微眯，眼神深处掠过阴沉的杀意：“原本只是怀疑，现在看来，宫渊竟然真的与你们有牵扯。”

“嘻，庞千源，外界的事情就交给外界的人吧，你我在这里玩得不是很惬意吗？”恶念黑河中传出了空洞而诡异的笑声。

庞千源摇摇头，道：“不好意思，你们这么不想我出去，我倒真想出去看看。”

“你出不去的！”鱼魑王道。

“那可未必，你们有你们的谋划，我也有我的后手。”

庞千源笑起来，他伸出手掌，只见龙骨圣杯里又掠出一缕流光，落在他的掌心，是一滴精血。

“还剩下最后一滴……”

他掌心升起火焰，包裹着精血流动起来，渐渐化为一道暗红色的符文。

符文栩栩如生，仿佛一个小人，若是仔细看，模样竟与李洛有几分相似。

以这枚暗红精血符文为媒介，庞千源单手结印，与曾陪伴他多年的佩刀建立起了联系。

“锵！”

刀吟声于庞千源心中响起。

就在同一时刻。

白玉看台上，李洛心头突然一震，他惊疑地看向手腕上的空间球，流光一闪，一柄斑驳的古朴直刀不受控制地出现在李洛面前，传出细微的震动。

第六百八十七章

砍你一刀

白玉广场上，所有人还在死死盯着长公主手中燃烧的紫香，随着时间推移，它即将燃烧殆尽。

长公主派系的人面色开始变化。

长公主也紧握五指，素来冷静的眼神变得焦急。

庞院长没有如约出现。

窃窃私语声响起，不少人看向长公主的目光带着质疑，他们怀疑她说的真实性。

庞院长真的给了老皇帝承诺吗?

王者之言重于山岳，如果给了承诺，以他的身份，怎么可能会在如此关键时刻不现身呢?

素心副院长望着这一幕，双眉微蹙，低声道："紫香的确出自院长之手，我能感应到上面有院长的能量印记，鸾羽所说并非虚假，但院长竟然未能现身……看来暗窟深处的局势比我们想象的还要恶劣。"

"等登基大典结束，我们或许需要开启第二次净化任务了。"

模样粗犷、一身酒气的曹圣导师问道："如果是院长给的承诺，那我们持什么立场？需要帮忙吗？"

素心副院长想了想，还是摇了摇头，道："庞院长是以个人名义给了老皇帝承诺，不是圣玄星学府院长。既然如此，学府还是保持中立。万一引来学府联盟责问，我们也好应对。"

虽说从情感上她更偏向长公主，但眼下的争斗关系大夏未来，圣玄星学府如果支持长公主，就彻底抛弃了原本的立场，往后大夏其他势力会对他们有所防备，当然最重要的是，这是学府联盟明令禁止的事情。

“庞院长身为王级强者，有时候任性一点，学府联盟也会宽容处理，但即便如此，默许他以个人名义掺和一些事情已经是极限了，绝不会允许他以学府的名义去左右一个王朝国家的政局。”

其他导师闻言点点头，继续静观其变。

紫烟升腾，最后一缕紫香化为灰烬，在众人眼中徐徐飘落。

灼热的火星落在长公主娇嫩的手上，她却无动于衷，只是失神地盯着满手的灰烬。

最后的希望也没有了吗？

长公主心里生出一抹悲哀，这些年的努力终归付诸东流了。

“鸾羽，放弃吧，庞院长没有现身，说明他也明白我才是最好的选择，大夏会在我的手里步入最鼎盛的时期。”摄政王缓缓开口，言辞恳切。

他的眼中掠过一抹冷意。看来他背后的人说得没错，庞千源根本无法从暗窟深处脱身，宫鸾羽还把他当作最后的稻草，当真可笑。

这样最好，庞千源没有出现，整个局势都会被他轻松掌控。

“鸾羽，如果你执意争斗下去，今日只会有一个结果，那就是大夏从此分裂。曾经的安稳太平随之撕裂，到时候会有无数人牺牲，而你就是最大的罪人。

“我想，那个结果不会是你父王想看见的。”

“所以，鸾羽，退一步吧，没有护国奇阵的大夏是不完整的。”摄政王义正词严地劝说着。

四周一片寂静，许多人都看向长公主，等待着她的选择。

长公主有些恍惚，眼神挣扎。她如何不明白，摄政王是在对她进行道德绑架，但他说的不是假话，一旦她不愿意妥协，今天必然会有一场厮杀，造成的结果就是忠于双方的派系彻底决裂，无数人在这场冲突中死去。

这对于大夏而言，将是重创。

这般想着，长公主嘴角不由得浮现出一抹凄然，虽然明知道这是王叔的攻心之计，但她不得不承认，他的话戳中了她的软肋。

最重要的是，庞千源未出现，她失去了兵不血刃收场的手段。

长公主心里幽幽一叹，打算开口说话。

“等一等，这件事情我不同意！”

就在长公主刚要开口的时候，一道声音突兀地响起，打破了全场的寂静。紧接着，一道道愕然的目光投向了声音传来之处。

那里是洛岚府。

只见李洛面色严肃地站了出来，手中握着一柄古朴直刀。

广场上，很多人面色古怪，甚至忍不住笑出声来。

你不同意？你又算哪根葱？虽说洛岚府今时不同往日，但李太玄跟澹台岚还没回来呢！

这个初出茅庐的小子太分不清场合了！这里哪有你一个煞宫境的小子说话的地方？

“李洛……”

金龙宝行处，吕清儿望着突然站出来的李洛，水润的眼眸掠过一抹担忧。

“呵呵，这位新上任的洛岚府府主真有点初生牛犊不怕虎的意思。”一旁的宁阕副会长似笑非笑地说了一声。只是这话听着好听，实则是在说李洛鲁莽。

鱼红溪奇怪地看了李洛一眼，柳眉微蹙。不知道为何，她从李洛身上隐约感应到了一种莫名的气息，让她都感到了压迫。

“李洛这家伙吃了豹子胆吗？虽然他跟宫渊不对付，但这个时候连长公主都要妥协了，他这样站出来，岂不是把长公主又架了上去？”圣玄星学府，诸位导师出声说道，言语间充满疑问。

“李洛这小子平常挺精明的啊，怎么会突然犯浑？”曹圣导师摸了摸下巴，说道。

素心副院长打量着李洛，眼中掠过一抹惊疑。

其他各方势力都冷眼旁观，抱着看热闹的心态。刚才长公主已经有些动摇了，可偏偏李洛这个愣头青跳了出来，他是故意想要双方撕破脸皮吗？

“看来李洛府主不想大夏太平。想想也对，洛岚府与摄政王恩怨极深，如果摄政王与长公主两派死斗，对洛岚府而言倒是好事，这样可以消耗摄政王的力量。但你这样做，可就枉费了长公主此前对你的支持啊。”此时，极炎府的祝青火淡淡一笑，说道。

他言语狠毒，竟打算离间洛岚府与长公主，让他们之间生出芥蒂。

摄政王凌空而立，面庞不起波澜，淡漠的目光投向李洛，淡淡地道：“哦？李洛府主有什么话要说？”

“没什么话说，只是觉得你太欺负人了，既想夺位，又不让别人反抗，真当老实人好欺负吗？”李洛笑道。

摄政王瞥了他一眼，单手负于身后。

“那你又想如何？”

李洛嘴角掀起一抹莫名的弧度，缓缓道：“只是想砍你一刀。”

当话音落下的一瞬，他已抬起金玉玄象刀，对着摄政王简简单单地隔空劈斩了下去。

望着李洛抬刀劈斩的姿势，摄政王忍不住摇摇头，一个煞宫境的小子也敢对着他这个五品侯挥刀，这个李洛今日怎么突然变得如此愚蠢？

就在这个疑惑的念头闪过时，摄政王突然感觉到不对劲，心中猛地升起一抹警兆。

同一时间，素心副院长、鱼红溪、秦镇疆、祝青火等实力强横的封侯强者皆陡然色变，瞳孔骤缩。

他们最先感应到，随着李洛看似简单的一刀劈下，王宫上方的天仿佛被劈开了。

第六百八十八章

王级体验

“嗡！”

李洛朴实无华的一刀劈下，天地间的能量似乎没有任何异动，可天空偏偏就像被劈开了一般，厚厚的云层直接断裂成两半。

一道刀光从天而降，直指摄政王。

那道刀光也相当朴实无华，可摄政王的面色却猛然剧变。

他的眼中升起骇然。

这一刻，他竟从这道平平无奇的刀光中感受到了死亡气息，里面仿佛蕴含着一种极为恐怖的高层次力量，已经超越了封侯境。

摄政王来不及考虑李洛怎能拥有如此恐怖的力量，如果任由那一刀劈在身上，他可能会死。

死在一个煞宫境的小子手里，简直可笑到了极点。

“大山河掌！”

摄政王体内的相力毫无保留地爆发，此时的他宛如一轮大日，璀璨的相力爆发出惊人的威压，让虚空都在剧烈震颤。

他直接催动了自身最强的相术。

刹那间，再度有连绵山河成形。若是熟悉大夏地形的人就能认出，那正是大夏的山川河流，因为大山河掌本就是宫家先祖感悟大夏山河创出的。

身为大夏之主，宫家之人在大夏疆域内施展这道封侯术，更能获得某种特殊助力，令威能大增。

摄政王这一掌的威力比与秦镇疆交手时还要磅礴霸道。

宛如实质的山河于虚空浮现，恢宏之势散发，令在场诸多封侯强者都受到了极强的压迫。

而与万里江山的恢宏气势相比，劈斩而下的灰蒙蒙的刀光则异常不起眼。两者就这样撞到了一起。

“刺啦！”

接触的瞬间，刺耳的割裂声响起。

看台上众多强者的瞳孔猛然放大，他们见到，屹立于虚空的连绵山河竟被那道刀光轻而易举地劈开，摄政王的全力一掌竟然没能阻拦丝毫。

犹如切豆腐般，那刀光摧枯拉朽地斩裂了眼前的一切。

数息之后便抵达摄政王身前。

摄政王骇然，手掌一拍，只见他的脑袋上闪现出一个金冠。金冠犹如塔形，共有五层，塔身有一道紫眼痕迹闪烁着奇光，赫然是一件紫眼宝具。

五重金塔冠一出现，便放射出金色光幕，将摄政王护在其中。

“嗡！”

刀光斩下，落在金色光幕上。

这一次，刀光总算没有突破阻碍，两者僵持十数息后，刀光渐渐变得黯淡，逐渐消散。可与此同时，金冠却突然裂开了一道缝隙。

全场死一般寂静。

所有人都目瞪口呆地望着这一幕，如同见鬼一般。

谁都没想到，李洛随意挥出的一刀，竟然将实力达到五品侯的摄政王逼得如此狼狈，对方不仅施展出了最强相术，而且还祭出了一件护身的紫眼宝具！

究竟是怎么回事？！

一道道呆滞的目光缓缓移动，投向了李洛。

素来从容冷静的长公主都被眼前这一幕震住，一时间失神地望着持刀而立的少年，心神剧烈震荡。

谁能想到，在她都要忍不住放弃的时刻，李洛竟然站了出来！

这个家伙总是给她带来惊喜与奇迹。

素心副院长、鱼红溪、祝青火等各方势力领头人惊疑不定地望着李洛，刚才那股力量显然不正常，绝对不是来自李洛自身。

“现在的我，可有不同意的资格了？”

在全场注视下，李洛扶刀而立，他微微抬头，眼神淡漠地看着摄政王，深沉地道：“就在刚才，我突然有所顿悟，实力突飞猛进，一跃达到了八品侯之境。”

无数人嘴角抽搐，这小子这种时候还有心思搞怪？

摄政王眼神阴沉地盯着李洛，对方说的顿悟，他当然一个字都不信，刚才那一刀蕴含了超越封侯境的力量，否则不会那么轻易地击破他的大山河掌。

摄政王目光转动，然后停在了李洛手中所握的金玉玄象刀上。

他似乎想到了什么，心中顿时升起一抹阴霾，在大夏，能够掌控超越封侯境力量的只有一个人，那就是庞千源！

虽说庞千源因为暗窟深处的变故无法现身，可凭借某些媒介，他的力量不是完全无法投射过来。

比如金玉玄象刀！

它本就是庞千源曾经的佩刀，他在上面留下印记很正常，这也是此前摄政王会吩咐宫神钧想办法得到这柄刀的主要原因。

现在看来，摄政王的猜测应验了。

“庞院长，这是我们宫家之事，你一定要掺和吗？”摄政王幽幽开口。

“庞院长？”

诸多强者一惊，李洛身上突然暴涨到恐怖的力量，竟然来自庞院长？！

圣玄星学府众多紫辉导师一脸惊愕，唯有素心副院长玉容平静地道：“怪不得有些熟悉，原来是院长出手了。他没有现身，而是以金玉玄象刀为媒介，将力量传给了李洛，看来是想借李洛之手帮长公主挽回局势。”

“院长身处暗窟那种特殊之地，竟然也能传递出力量？”曹圣感到不可思议，他去过暗窟深处，知道那里是何等凶险，虽说院长是王级强者，且有金玉玄象刀作为媒介，但想做到这一点并不容易。

“院长应该有其他布置，或许从一开始他就预测到了今日的局面。”素心副院长说道。

“既然有院长出面，宫渊的谋划恐怕没那么容易得逞了。”曹圣松了一口气。

其他导师皆点头，虽说院长没有直接现身，但他借李洛之手，已经表明了态度，一名王级强者的支持还是很有威慑力的。

“我说这小子怎么突然间变得莽撞，原来是与庞院长有关。”金龙宝行处，鱼红溪红唇微挑地说道。

吕清儿悄悄松了一口气，轻轻拍了拍胸脯。

宁阕副会长则面色僵硬地道：“庞院长竟然真的出手了，这可不符合圣玄星学府的立场啊。”

“你大可上前与他说道说道。”鱼红溪淡笑道。

宁阕副会长悻悻地干笑一声。跟一名王级强者讲道理？对方一个拳头下来直接教他做人。

在众多震惊的目光中，李洛露出笑容，没有被揭穿的尴尬，说道：“摄政王真是火眼金睛，我其实就是来帮庞院长传句话的。他老人家说，小皇帝是正统，摄政王你若是要夺位，终归名不正言不顺。”

“至于护国奇阵，庞院长说，你没必要过于执着。当年老皇帝曾经拜托他研究此阵，想让未来的宫家女子也可继承。庞院长说他的研究已经有了眉目，所以小皇帝未来有机会执掌护国奇阵。

“今日之事，就此翻过吧。”

广场上寂静一片，唯有李洛淡淡的声音响起。这番平静的话语落在所有人耳中，却如惊雷一般，令人心惊肉跳。

当然，让他们惊惧的不是李洛，而是李洛代表的庞院长。

摄政王眼神晦涩地盯着李洛，或者说盯着他背后的人，事情已经推动到这一步，对方一句话就想将他彻底压制下去吗？

这是何等狂妄的态度，真以为自己就是大夏的一片天吗？！

“庞院长，你让我很失望。”摄政王缓缓道，低沉的声音里有一种莫名的情绪涌现。

在场众人心头一惊，摄政王竟然敢这么对王级强者说话？这是打算完全撕破脸皮了？难道他就不怕庞院长自暗窟出来后找他算账吗？

李洛眉头微微皱起，他盯着摄政王，心想，这家伙莫非疯了？

“你终归不是真身降临，即便能将力量以这柄刀为媒介传递给李洛，又能持续多久？”

摄政王漠然地盯着李洛，眼神渐渐阴冷。

“而且，你真以为我就奈何不得你吗？”

摄政王藏在袖中的手掌上出现了一枚黑色铃铛，他屈指一弹，一个声音悄然于虚空传播。

第六百八十九章

三相圣环

黑色的铃铛轻轻响动，却没有半点声音传出，在场所有人都没有察觉到一缕扩散出去的隐晦波动。

众人都面色肃然地望着摄政王，刚才他的所言所行似乎不打算给庞院长面子。

他不想就此停手。

想想也正常，摄政王谋划多年，又怎么甘心在即将成功的时刻，因为庞千源的一句话就乖乖放弃？王级强者虽然威慑力十足，可摄政王野心勃勃，他不会轻易认输的。

在众多惊疑的目光中，摄政王淡淡地道："我个人十分尊重庞院长，但是对李洛，我却不信任，所有人都知晓本王与洛岚府之间的恩怨。如今庞院长识人不明，将力量传递给了李洛，这个小辈如平白得到大杀器的幼童，肆意妄为，想要以此干涉大夏王权交替。如果庞院长真的对我不满，大可亲自现身，否则我只能认为，这是李洛借助庞院长的力量，曲解其意！"

不得不说，摄政王不愧是枭雄，三言两语间便将一口黑锅直接扣在了李洛的头上。虽然很多人对他的欲加之罪持怀疑态度，但最起码他给自己找了一个很好的理由。

反正刚才那番话，摄政王不承认是庞千源的想法，而是李洛自己的意思。

这样一来，摄政王一派的人稍微松了一口气，继而自我安慰，毕竟摄政王所说的逻辑自洽。

摄政王与洛岚府恩怨颇深，眼下有这么一个好机会，李洛选择借助庞院长的力量进行报复也说得通。

只要扛过这一次，等到摄政王掌控护国奇阵，就算庞千源从暗窟深处出来，也奈何不了他，除非庞千源一意孤行，打算颠覆大夏，可那样学府联盟未必会允许。

李洛闻言，气得笑出声，摄政王还真是不好对付，眼下这么不利的局面都能被他扳回声势。

“宫渊，既然庞院长说未来宫家女子也可继承护国奇阵，你若是为了自己的野心还要继续肆意妄为，那就是掀起内乱的罪魁祸首，我不会再退让！”此时，长公主自此前颓丧的情绪中恢复过来，容颜变得凛冽，寒声说道。

同时，她看向秦镇疆等诸多重臣，道：“摄政王叛逆之心昭然若揭，我已给予足够的忍让，如今他咄咄逼人，得寸进尺，既然如此，我就以皇帝的名义将其行为定为谋反，不再饶恕！”

此言一出，所有人心头一凛，这意味着代表正统的王室一派彻底与摄政王一派决裂。

“哈哈，我的好侄女，你突然间变得如此有胆魄了吗？是这个小子给你的勇气吗？”摄政王眼中寒光大盛，怒笑道。

长公主容颜冰冷，不理会摄政王的嘲讽，凤目投向李洛，微微行礼，郑重道：“李洛府主，还请你代为执行庞院长的意志，为我大夏清除叛逆，只有斩除宫渊这个罪魁祸首，大夏才能避免战乱！”

长公主本就性格果断，此前因为陷入景曜继承护国奇阵失败以及庞院长未现身的双重打击，她才丧失了战意，如今庞院长将力量传递给李洛，而且听他所言，竟然有办法让景曜成功继承护国奇阵，这下子长公主自然不会轻易放手了。

她明白，即便她今日放手了，以王叔的性格，若是上位了，定然会对她和景曜不利。

与其如此，不如搏到底！

听见长公主的声音，李洛神色微凝，知晓她把所有希望都放在自己身上了。双方本就在一条船上，他当然不乐意见到摄政王成功上位。

“殿下放心，除贼之事，交给我即可。”李洛认真地说道。

摄政王负手而立，目光锐利地盯着李洛，冷笑道：“好个狐假虎威的狂妄小子，虽然你有庞院长的力量加持，但对你而言犹如小儿持重刀，你又能发挥出几分威能？”

“你既无法施展出王级强者的三相之力，想杀我，简直是痴人说梦。”

没错，李洛借助这股力量的确能给他带来威胁，但是想杀他却不可能。

李洛闻言，眸光一闪，眼神变得饶有兴趣。

三相之力吗……

他感受着金玉玄象刀源源不断涌来的恐怖相力，它的精纯程度几乎难以想象，宛如实质的洪流，充斥着能量凝结成的晶尘，绚丽、神秘到了极致。

正如摄政王所说，这只是庞院长的普通相力，王级强者标志性的三相之力没有出现。

那需要王级强者经过三相宫的凝炼才能成为三相之力。

不过……

对李洛而言，这件事好像并非完全不可能实现。

他虽然不是王级强者，但他有三相宫啊！

庞院长传递的力量本就蕴含了王级强者的意志，拥有难以想象的灵性，李洛虽无法揣摩出三相之力的奥妙，却可以顺水推舟，只要能提供三相宫，庞院长的力量就会自动转化成三相之力。

一念至此，李洛忍不住赞叹出声，这个临时的王级体验真是非同凡响，还附带三相之力。

于是，李洛不再犹豫，他手掌紧握玄象刀，心念一动，任由那股恐怖的力量涌入体内，他直接放开控制，当然，他本就控制不了这股高出他数个境界的力量。

“轰轰！”

李洛立于广场的一根石柱顶，他眼睛微闭，一波波可怕的能量波动不断从体内散发，让在场诸多封侯强者眼皮急跳。

王级强者果然不可想象，即便是传递而来的力量，都能让一名小小的煞宫境具备如此威势。

只不过，他们明白，正如摄政王所说，李洛终归只是煞宫境，王级强者的力量对他而言太庞大，他无法运用到极致，或许能震慑摄政王，却不可能击杀他。

就当众人这般想着的时候，他们突然见到李洛的头顶有一道蓝色光华冲天而起。

是水相之力。

紧接着，一道充满生机的碧绿相力也喷涌而出。

是木相之力。

众人见状目光一闪，李洛的水木双相不是秘密，眼下他是打算借助庞院长的力量施展双相之力吗?

就在众人猜测时，李洛的嘴角掀起一抹弧度。

“咻！”

下一刻，竟然又有一道雄浑相力自李洛头顶冲天而起，那道相力散发着霸道雄厚之意，一股特殊的威严随之散发，同时传出龙吟声。

是与水相、木相截然不同的相力！

第三种相力？！是——龙相之力？！

在场众多封侯强者骤然失色，脸上满是难以置信。

李洛怎么还拥有第三种相性？！这股龙相之力完全不像是借助外物而生！

在众多震惊的目光中，李洛显露三道相力后，没有丝毫犹豫，抬起玄象刀，里面蕴含的王级强者意志的恐怖能量呼啸而出，直接卷起三道相力，然后徐徐落下，附于刀身。

只不过这一次，刀身上涌现出了绚烂的光彩。

下一瞬所有人都见到，一道三色光环浮现。

这三色光环是那般深邃神秘，仿佛蕴含着某种玄妙的天地法则，缓缓旋转时，散发出迷人的韵味，令所有人都忍不住沉迷。

那是一种源自本能的对更高层次力量的追求。

全场死寂。

即便是摄政王，都出现了片刻的呆滞。

他们身为封侯强者，自然很清楚出现在刀身上面的三色光环代表着什么……

那是王级强者三相之力的标志——三相圣环。

他们望着手持斑驳直刀的少年，不由得生出一种荒谬的感觉。

一个煞宫境的小子竟然在一众封侯强者面前施展出了三相之力……

这个世界当真是疯了不成?

面对诸多震骇的目光，李洛毫不在意，他握着沉重如山岳的玄象刀，如果不是有庞院长的意志支持，现在他恐怕连这柄刀都握不住了。那道绚丽的三色光环蕴含的是天地间最顶尖的力量，根本不是他能触及的。

在这股力量前，他能清晰地感觉到自身的渺小。

好在他不需要多做什么。

他抬起头，望着神色呆滞的摄政王，俊朗的脸上浮现出灿烂的笑容。

“宫渊老贼，你说我这一刀能不能砍死你？”

当李洛笑着问出这句话的时候，他已经毫不犹豫地将有着三相圣环的玄象刀用力劈斩了下去。

第六百九十章

三相暴露

“嗡！”

当李洛那柄环绕着三相圣环的古朴直刀劈斩下去时，天地突然间变得黯淡，仔细看去，不是光线消失了，而是刀光占据了所有人的视野。

犹如斩天之刀。

当它出现时，前方的空间率先破碎，无数锋利至极的空间碎片随之搅动，而后被刀光裹挟，以一种毁灭的力量撕碎前方的一切。

连天地能量都呈现出溃散的姿态。

此时此刻，大夏城无数人惊骇欲绝地抬起头，望着出现在天上、约莫万丈之长的黝黑裂痕，看着它仿佛把天空一分为二。

这一幕恐怖到了极致。

莫说寻常人，就算是看台上的众多封侯强者，见到空间裂痕时都忍不住头皮发麻。

“三相圣环？！”

圣玄星学府，素心副院长睁大眼睛，其他紫辉导师更是目瞪口呆。

“他怎么能凝聚出三相圣环？！”

曹圣张大嘴巴，一脸的不可思议。

虽然院长通过金玉玄象刀给李洛传递了力量，可李洛就是一个接受者而已，这个三相圣环又是怎么回事？！

这是真正的王级强者才能凝聚而出的啊！

素心副院长双眸闪烁着精光，她盯着立于石柱顶的少年，灵光一闪，道：“不是完全没可能，如果李洛自身拥有三座相宫，院长的力量就能借用他的三相，凝聚出三相圣环。”

“三座相宫？开什么玩笑，李洛一个煞宫境怎么可能会有三座相宫？！”有紫辉导师毫不犹豫地反驳。

“他之前就是双相，谁能肯定他此次晋入地煞将阶不会再开辟出一个呢？那道龙相之力虽说不强，但根基稳固，并非借助外物而生。如此只有一个可能，他又开辟了第三相，而且还是一道龙相。”素心副院长幽幽道。

“还记得他在相术楼取走的封侯术吗？”

“黑龙冥水旗？”

“此前我还奇怪，他为什么选择这道封侯术，那可是需要龙相之力才能修炼。当时我还以为他拥有某种蕴含龙族精血的奇宝，现在看来是我想错了，他没有借助外物修行黑龙冥水旗，而是突破到地煞将阶时诞生了一道龙相！”

素心副院长深吸一口气，道：“也就是说，现在的李洛已经不是双相者了，他是三相者！”

旁边众位紫辉导师鸦雀无声，十分震惊，变色的脸庞显示着他们内心受到的冲击。

三相者！这是何等恐怖而妖孽的天赋！

如果说双相只是让他们封侯强者感叹这小家伙的好运气，但第三相就真的让他们羡慕了。

这可是他们毕生的追求啊！

“这是比九品相还要罕见的东西。”曹圣咂了咂嘴，一脸羡慕。他们圣玄星学府自创立以来，还是第一次出现拥有三相的学员。

从罕见程度来说，的确比九品相更难得。

“怪不得院长会选择他……说不定李洛有望成为圣玄星学府第二位王级强者。”素心副院长缓缓说道。

众位紫辉导师纷纷沉默，王级强者……这是连他们都需要顶礼膜拜的存在，圣玄星学府还没有毕业学员能达到这个境界的。

李洛竟然有这个潜力吗？

“这下子宫渊怕是要倒霉了。”曹圣幸灾乐祸地道。

虽说庞千源是以个人名义来参与今日登基大典的，但不管如何，他都是圣玄星学府的院长，他既然做了选择，圣玄星学府虽不能出手相助，可心里还是站在李洛这边的。

“李洛原来是诞生了第三相，真是好厉害的天赋。”鱼红溪红唇微启，缓缓说道。

她十分欣赏与满意李洛的潜力，道:“不错，这份天赋比李太玄有过之而无不及。”

清丽动人的吕清儿展颜一笑，如雪的肌肤令她的笑容仿佛雪莲花一般，有一种莫名的纯净感。听着鱼红溪发自内心的夸奖，她内心十分欢喜。

“娘，摄政王应该会被李洛一刀砍……”吕清儿悄悄问道，旋即又感觉不太文雅，于是换了一个温和的词。

“应该挡不住李洛这一刀吧？”

“别小瞧了宫渊，此人谋划多年，隐藏得很深。”鱼红溪淡淡地道。

吕清儿乌黑的眼珠子转了转，挽着鱼红溪的手臂，道：“娘，大夏真要乱了，咱们金龙宝行也不好做生意呢，这个宫渊一看就不是善类，他如果得势，对我们可不是好事。”

鱼红溪瞥了自家女儿一眼，懒得揭穿她的心思。你是在为金龙宝行着想吗？你是在为李洛着想吧！

咱家这么大的产业，比洛岚府不知道强多少倍，你还真打算赔上去吗?

人家都说不见兔子不撒鹰，你跟李洛不知道还差多少呢，就连家底都不想要了?

一时间，鱼红溪又好气又好笑。

“李洛……”

长公主仰望着李洛的身影，撕裂空间的一刀仿佛透过明亮的眼瞳照耀在内心，让人心潮澎湃。

李洛给她带来了太多惊喜。

当初她接近李洛完全是冲着姜青娥，因为姜青娥与他关系匪浅，她试图借此增加姜青娥的好感而已。

可谁能想到，洛岚府这位少府主给她提供的帮助，反而超过了原本想拉拢的姜青娥。

长公主觉得，这或许是她这辈子最成功的一次投资。

“李洛，加油啊！”

长公主用力握紧了双手，狭长凤目泛着明媚的光。她凝视着李洛的身影，此时此刻，仿佛仰望偶像的清纯少女，将所有希冀都投在了李洛身上。

在诸多震撼的目光中，直面这道恐怖刀光的摄政王面色最是难看，他的眼皮急速地跳动着，李洛这一刀比刚才还要恐怖，因为蕴含了真正的三相之力。

虽然跟王级强者相比还十分粗糙，但借助庞千源传来的力量，李洛的这一刀还是给摄政王带来了浓郁的死亡气息。

他不想死，他的宏图大业才刚刚开始。

“我已催动心铃，他们为何还不出手干扰庞千源？”

摄政王眉头微皱。

他隐忍这么多年，就是为了今日之变，可能发生的任何变故他都做过无数次推演。甚至连庞千源亲自现身这种最坏的结果，他都有应对的方案。

当然，到时候基本就跟他没有太大关系了，只需要依靠自己背后的势力。

心思转动，摄政王没有任何犹豫，他双手结印，身后虚空震荡，五座巨大如山岳的封侯台浮现。

与此同时，他头上的五重金塔冠突然绽放出万丈金光。

“碎！”

摄政王脸色冷漠，屈指一点，直接点在金冠那道紫色痕迹之上。下一刻，奇特之火燃烧起来，而后金冠迅速熔化，一层层金光冲刷，仿佛化为一座五层金塔，将他的身影笼罩。

“嘶！”

看台上，不少人倒吸一口凉气，替摄政王感到肉痛。

为了抵御李洛这一刀，摄政王竟然祭燃了一件珍贵罕极的紫眼宝具！这是何等阔绰的手笔！

这也能看出摄政王对这一刀究竟忌惮到了何种地步。

就在这场恐怖对撞爆发的同时，圣玄星学府一处清澈的湖泊边。

正在湖边垂钓的沈金霄睁开了眼睛，他望着眼前的湖水，光芒反射，于湖面交织成了一道人影。

那人金银重瞳，显得异常诡异与醒目。

他望着垂钓的沈金霄，微微一笑。

“沈金霄，做好准备了吗？”

第六百九十一章

学府之变

沈金霄望着踏着湖水走到岸边的金银重瞳男子，微微恍惚了一下，然后唏嘘道：“你还是来了。”

沈金霄随手收起鱼竿，站起身，目光环视着四周一片祥和的学府景象。不远处，青春靓丽的学员们嬉笑着走过，年轻的背影散发着无限美好的气息，令人留恋。

“真是可惜了。”沈金霄莫名感叹了一声。

金银重瞳男子闻言忍不住一笑，道：“鳄鱼的慈悲令人发笑，我给你一次做好人的机会，你愿意退出吗？”

沈金霄微微笑道：“大人，您的慈悲没有可信度。”

金银重瞳男子点点头，笑道：“我就喜欢你这一点，无情程度比我更甚。你在圣玄星学府待了这么多年，理应对此处的人与物生出情感，然而你似乎毫不在意。”

沈金霄不置可否，道：“每个人都有自己的追求，沿途的风景再美丽，也只是路过，让它们存在于记忆即可，没必要产生多余的感情。”

“我向往的是力量之巅，是王级之路，圣玄星学府给不了这些，我自然只能寻找其他途径。

“你们的宗旨很适合我。”

金银重瞳男子很满意：“放心吧，我们的谋划远超你的想象，加入我们，未来必然能得偿所愿。”

沈金霄点点头，补充道：“姜青娥的九品光明心务必要留给我。”

金银重瞳男子无所谓地道：“到时谋划达成，任何人都无法阻止，洛岚府的守护奇阵也会失去作用。没有奇阵庇护，洛岚府的小辈岂不是随手可杀。”

“走吧，准备这么多年，该启动了。”

沈金霄闻言，转身在前带路，他们前去的方向赫然是相力树的位置。

金银重瞳男子跟在沈金霄身旁，一路前行，饶有兴致地打量着四周。

沿途遇见学员，他们皆对着沈金霄行礼，然后有些好奇地看一眼金银重瞳男子，虽说模样极为陌生与特殊，但出于对沈金霄的敬畏，倒是无人多想。

在沈金霄的带领下，金银重瞳男子一路无阻地来到学府中央广场，在那里，巍峨恢宏的相力树静静矗立，茂盛的枝叶伸展，仿佛一把巨伞，庇护着整座学府。

高级相力树就是一座圣学府的根基，整个学府都与它息息相关。

根据学府联盟的规定，一旦失去了高级相力树，该学府就会被剥夺圣级资格，变成普通学府，从而失去学府联盟给予的诸多资源。

“学府联盟还是有些特殊手段的，相力树的培育可是他们的核心机密，而且培育出这样的相力树需要付出海量的资源。”仰望着这棵巍峨的相力树，金银重瞳男子感叹道。

他笑了笑，但说出来的话却异常阴冷：“这样的宝贝，毁了真是可惜。”

当两人出现在相力树下方时，立即引起了学府导师的注意。一名守护相力树的紫辉导师从天而降，落在二人前方，他眉头微皱地看了一眼沈金霄，然后又看向那名金银重瞳男子。

“沈金霄导师，这位是？”

“此处是学府重地，按照规定不可带外人前来。你带他来，可得到副院长的允许？”紫辉导师疑惑地问道。

金银重瞳男子露出温和的笑容，道：“是素心副院长让我来的。”

“可有副院长的令牌？”紫辉导师按照惯例询问道。

“有的。”

金银重瞳男子的笑容愈发和善，他伸出手掌，紫辉导师看去，却见到男子眼中射出一道奇特玄光，里面有冰火同时流动，极寒与极热完美地融合在一起，仿佛具备神异的韵味，一切物质落入其中似乎都会被消融。

冰火玄光来得突然，紫辉导师只来得及催动自身相力形成防护罩，可对冰火玄光而言仿佛根本不存在一般。

玄光绕着紫辉导师一转，对方眼里随即涌出惊骇，甚至连惨叫声都未发出，整个身体便瞬间消融，化为一摊血水。

沈金霄望着这一幕，双目微眯。这位大人的实力真是恐怖，虽说这名紫辉导师只是一品侯的实力，就算被打了个措手不及，竟然也毫无反抗之力，令人颇感震撼。

刺鼻的血水扩散，此时相力树周围来来往往的许多学员才察觉到这边的变故，只是他们神色茫然，即便亲眼见到了一名紫辉导师被消融成血水的全部过程。

不怪他们迟钝，只是因为他们从没想过，在大夏，竟然有人敢到圣玄星学府杀人，而且杀的还是一名紫辉导师！

金银重瞳男子望着四周呆呆看着这里的学员，温和地笑道："孩子们，别看了，赶紧跑吧，这圣玄星学府往后可就没啦。"

"啊！"

终于有人回过神来，而后响起女学员惊恐的尖叫声。

"咻！咻！"

这里的动静立即引来镇守相力树的其他紫辉导师，天地间能量震荡，数道流光破空而至，他们凌空而立，眼神惊疑不定地望着沈金霄与金银重瞳男子。

"沈金霄，你在做什么？！"

一名红发的中年女子厉声大喝，正是姜青娥的导师火絮。

"导师……导师，他们杀了赵导师！"有学员面色惊骇，颤抖着喊道。

火絮导师看了一眼地上的血水，面色顿时变得铁青，眼神暴怒地投向金银重瞳男子，厉声道："你真是好大的胆子，竟然敢进我圣玄星学府杀人！学府创立至今，还没见过你这么猖狂的凶贼！"

金银重瞳男子不在意地道："以前没有，现在不就有了吗？"

他微微歪着头，看向火絮导师，笑眯眯道："不过，今天之后，大夏就没有圣玄星学府了。"

"你个疯子！"

火絮导师暴怒得头发仿佛都燃烧起来，她这辈子没见过如此狂徒，竟然敢妄言抹除圣玄星学府，简直可笑至极。

"擒住他，若有反抗，格杀勿论！"火絮导师怒喝道。

周围一个个凌空而立的紫辉导师面色不善地围了过来，磅礴的相力升腾而起，引得虚空震荡，一座座封侯台于他们身后浮现。

面对众多封侯强者的围杀，金银重瞳男子却微微一笑，看上去没有丝毫忌惮。

他双手合拢，十指结成了一道略显诡异的印法。

然后他嘴唇翕动，无数诡异的低语声宛如魔咒一般响起。

就在这一刻，围攻而来的紫辉导师身躯突然一僵，脸上涌现出痛苦扭曲之色。紧接着，有什么东西从他们脸上的血肉里钻了出来。

之后，那些东西钻进了他们的眼瞳。

紫辉导师们的眼瞳渐渐变得苍白，与此同时，一尾散发着阴冷气息的诡异黑鱼出现在瞳孔上，并缓缓游动起来。

当黑鱼出现的时候，这些紫辉导师仿佛神志被完全吞没一般，磅礴的相力呼啸而起，最后却在无数学员惊骇欲绝的目光中，毫不留情地轰向身旁的其他紫辉导师。

“轰！”

整个学府瞬间乱了。

第六百九十二章

污染源头

“轰！”

那些紫辉导师突然失控，出乎所有人意料，导致未被污染的紫辉导师根本来不及反应，就被来自同伴的攻击击中。

“扑哧！”

数位紫辉导师当场口喷鲜血，身影坠落，在广场上砸出数个深坑，那浑身鲜血的模样，显然伤得不轻。

突如其来的变故让众多学员浑身僵直，眼神惊恐，一时间不知道该如何反应。

纵观学府历史，从来没有出现过今日这样的变故。

火絮导师没有被污染，但她眼里升腾的怒火也被惊惧取代，她望着同僚，此时他们面庞扭曲狰狞，双瞳变成苍白色，浑身升腾着一股恐怖的恶念气息。

这种模样她不陌生，这是被异类污染的迹象。

可是，什么异类竟然能污染封侯级别的强者？

当她发现那些紫辉导师眼中游动的诡异黑鱼时，终于明白过来，顿时浑身发冷。

那是……暗窟深处的鱼魑王？！

可这位异类王不是被院长封锁住了吗？它是什么时候污染这些紫辉导师的？

为何学府的重重筛查、检测无法发现这些污染种子？

完全不合理啊！

就算是异类王，想做到这件事也没这么容易啊，院长不应该没有察觉……

“看来你的内心充满了疑惑。”金银重瞳男子望着一脸惊怒的火絮，笑道。

“唔，多亏了沈金霄，谁都想不到，在你们学府竟然有一位甘愿与鱼魑王达成契约的紫辉导师。有他做媒介，在一年又一年的侵蚀污染下，你们当然不会注意到，一颗颗污染种子已经悄无声息侵入了紫辉导师体内。”

“庞千源如何神通广大，也无法探测人心呀。”

听着金银重瞳男子的话，火絮气得浑身颤抖，她冲沈金霄厉声道：“沈金霄，你不得好死！”

她怎么都没想到，这个沈金霄竟然早就勾结了鱼魈王，这个浑蛋心里充满恶念，被鱼魈王引诱堕落，甘愿成为对方散播恶念种子的媒介，简直可恨至极。

面对火絮导师噬人的目光，沈金霄露出无奈的笑容，道：“大人，您何必揭我的底，釜底抽薪，难道您觉得我还能回头不成？”

金银重瞳男子笑道：“那倒不是，只是单纯想为人解惑而已。”

“你也不必在意，圣玄星学府从今日起就不复存在了，这些人的仇恨没什么意义。”

而后，他挥了挥手，被污染的紫辉导师顿时发出如野兽般的咆哮声，再次朝着其他紫辉导师冲杀而去，一座座巍峨如山岳的封侯台挟着恐怖之威凶悍砸下。

“学府所有紫辉导师，放下一切修行，速速护院迎敌！

“其他金辉、银辉导师，护持学员退走！

“通知副院长！”

望着混乱的一幕，火絮导师浑身冰冷，而后发出一道道指令。

她知道，圣玄星学府今日恐怕会迎来创立至今最危险的一场劫难。

“轰！”

白玉广场上，环绕着三相圣环的恐怖刀光劈斩而下，空间被割裂出黝黑的痕迹，而后刀光直接劈在摄政王周身那座五重金塔之上。

难以形容的能量风暴爆发，天上厚厚的云层被蛮横地撕碎，风暴从大夏城上空呼啸而过，带起阵阵惊雷声。如果不是李洛与摄政王故意避开城内，恐怕光是交锋的余波都能将大夏城中央区域尽数摧毁。

所有目光都盯着碰撞处。

“咔嚓！”

细微的声音响起，只见五重金塔迅速出现了一道道裂痕，蕴含着三相之力的刀光似是天地间最可怕的力量。

即便摄政王以祭燃一道紫眼宝具为代价，依然未能抵御下这一刀。

最终，刀光怒斩而下，五重金塔轰然爆碎。

摄政王化为道道残影，同时急速后退。

刀光追去，一道道残影被恐怖刀光碾碎，诸多残影最终归于一处，摄政王的身影出现在百丈之外的半空。

此时的他面色阴沉至极，胸膛处有一道血痕。虽说借助五重金塔抵御了绝大部分的三相之力，但残余的部分还是破开了他的相力，在他胸膛留下了伤口。

“三相之力，名不虚传。”

摄政王阴沉地开口。李洛借助庞千源的力量施展出的三相之力虽然粗糙，可即便如此，他在面对时也几乎毫无反抗之力。

两种力量的层次不同，或许，封侯境强者在面对王级强者时，就如同天罡将阶的人面对封侯境高手一般，唯有仰望。

“你还真是命大。”

李洛见摄政王竟然扛下了这一刀，不免有些惊讶。宫渊的确是个人物，明明只是五品侯，却在蕴含三相之力的一刀下只是受了轻伤，这份本事非同凡响。

“一刀就损失一件紫眼宝具，再来两刀呢？”

李洛笑容冰冷，虽说他是狐假虎威，但能把一名封侯强者逼得如此狼狈，还是让人异常爽快。

李洛握紧玄象刀，再度催动了体内的三相。

玄象刀内，浩瀚恐怖的能量源源不断地传来。

就在李洛打算痛打落水狗的时候，后方看台突然传出一阵骚乱，然后他就察觉到一股阴冷的恶念之气爆发出来。

“异类？！”

这股恶念波动李洛不陌生，他连忙转头看向波动传来的方向，然后就见到郗婵导师突然捂住了脸颊，极其浓郁的恶念之气如同黑雾一般不断从她体内升腾。

恶念波动竟然是从她体内爆发出来的！

这般变故让在场所有人色变。

他们纷纷看向郗婵导师，惊骇失声：“异类污染？！”

摄政王见到这一幕，眼神微动，厉声道：“李洛，原来你与异类勾结！郗婵是你洛岚府的人，如今她被异类污染，你身为府主，难辞其咎！”

“哗！”

看台上，各方势力震动，继而神色肃然。

如果郗婵真被异类污染，今日说不定要将她除掉，而洛岚府如果与之有牵扯，就会成为众矢之的。异类乃人族存亡大敌，任何与之沾染的人都罪无可赦！

第六百九十三章

压制魔咒

摄政王恶毒的言语，让在场不少势力将惊疑的目光投向了李洛。郗婵与李洛的关系颇为复杂，此次洛岚府府祭，这位圣玄星学府的导师竟然辞职去帮忙，可见双方感情非同一般。

如今郗婵出现了被污染的迹象，是否与李洛或者洛岚府有什么关系？

这不得不引人怀疑。

突如其来的变故打断了李洛继续追击摄政王的意图，眼下还是郗婵导师的情况更重要，他身影一闪，直接出现在洛岚府所在的看台上。

他落在姜青娥身旁，此时她正柳眉紧蹙地盯着浑身散发着可怕恶念气息的郗婵导师。她脸上的面纱早已脱落，原本知性优雅的俏丽脸颊痛苦地扭曲起来，她一只手捂住半张脸，身子不断颤抖。

李洛知道她捂着的位置，那里有一道鱼魔咒，是暗窟深处的鱼魑王留下的。此前郗婵导师帮他炼制小无相神轮时，鱼魔咒就爆发过一次，难道现在又要爆发了吗？

而且看恶念气息的浓郁程度，似乎比上次还要惊人。

姜青娥双手不断结印，体内的光明相力凝结，化为一道道蕴含着净化之力的光明符文。符文飘出，落在郗婵导师的身上，稍微化解了一些恶念之气。

姜青娥九品光明相所具备的净化之力还是颇有效果。

可惜她只是天珠境，而郗婵导师体内爆发的恶念之气连封侯强者都压制不住，她的光明相力只是杯水车薪。

“压不住。”持续了一会儿后，姜青娥叹了一口气。

“我提议一起出手，先镇压郗婵，免得待会儿恶念之气爆发，造成更大的污染与损害。”此时极炎府的祝青火冷声开口，虎视眈眈地盯着这边。

他不怀好意，如今郗婵加入洛岚府，如果能够趁机除掉她，就可以削弱洛岚府的实力。

此言一出，一些势力首领微微点头，郗婵的动静看着十分瘆人，而且他们对异类实在忌惮至极。

“这是我洛岚府的事，不需要你操心。”李洛眼神微冷地看向祝青火，道。

瞧得李洛的眼神，祝青火心头有些怒意，一个小小的煞宫境，如果不是借助了庞千源的力量，哪有资格对他大呼小叫？小小年纪倒是将狐假虎威发挥到了极致！

“如果等郗婵的恶念之气爆发，到时候就不只是洛岚府的事了，那个后果你们承担得起吗？”祝青火冷笑道。

在他们对峙的时候，素心副院长快步走过来，她脸色凝重，同时朝四周围观的势力说道：“郗婵导师身上的恶念之气是当初她进入暗窟执行净化任务时被暗窟深处的鱼魑王所伤，中了一道鱼魔咒。此事与洛岚府没有关系，诸位不必胡乱揣测。”

“而且镇压暗窟是关系大夏太平的事，诸位都从中受益。虽说这是圣玄星学府的责任，但也希望诸位善待因暗窟而受伤的人，不要动不动就将他们视为异类，不给半点活路，他们只是被污染，而不是直接变成了异类。”

听着素心副院长的一番言语，祝青火面色微僵，对方的话显然是冲他来的。面对素心以及圣玄星学府，他还是有所忌惮，于是干笑一声，不再多说。

其他的势力首领也有些尴尬，好在都是厚脸皮。他们担忧地问道：“素心副院长觉得此事应该如何处理呢？”

素心副院长这才看向浑身升腾着恶念之气的郗婵，眉头紧锁，她也不明白为何郗婵此次会爆发得如此厉害。

“李洛，这次可能要靠你了，正好你有院长的力量，想要压制鱼魑王留下的鱼魔咒，只有王级强者的三相之力才能做到。”经过短暂的沉思后，素心副院长对李洛说道。

她微微停顿了一下，又补充道：“不过这样做的话，会消耗院长传来的力量。”

她看了一眼摄政王所在的方向，原本李洛已将摄政王逼得极为狼狈，再持续下去，未必不能取得更好的效果。而如果要解决郗婵的问题，肯定会错失这个良机。

李洛闻言，不在意地道：“不急，先让他缓两口气，等解决了这边，我再去对付他。”

虽然解决摄政王很重要，但郗婵导师之前帮了他这么多，如果这个时候他连对方的生命安危都不顾，未免太让人寒心了，这种事情他李洛做不出来。

对于李洛的选择，素心副院长面上虽然不显，心里却十分欣赏。李洛这小子的心性还是很好的，懂得知恩图报，否则她都要为郗婵感到不值了。

一个不懂恩情的白眼狼，天赋再高，也不值得培养与重视。

素心副院长又将眸光转向摄政王，淡淡道：“摄政王，我学府虽然不想掺和王庭之事，但眼下郗婵的恶念污染需要李洛出手压制，在这段时间，希望摄政王不要轻举妄动，等郗婵的恶念之气被压制后，你们再按照各自的意愿行事。”

摄政王闻言眉头顿时一皱，道：“素心副院长，郗婵已经脱离学府，你们没有理由再庇护她。”

李洛如果出手帮郗婵压制，明显是摄政王的一个好机会，可素心副院长却这样说，明摆着是不允许他趁机对付李洛。

“摄政王，恶念污染一旦扩散，将影响大夏城的安全，对所有人来说都不利，此事不可耽搁。当然，如果你有能力压制鱼魔咒，倒是可以出手一试，不然还是静等李洛解决吧。”此时，金龙宝行所在之处，鱼红溪出声道。

她的话引起了一阵骚动，金龙宝行同样是大夏的超级势力，实力底蕴不逊色于学府，如果连鱼红溪都赞同素心副院长的建议，摄政王也只能服软。

“金龙宝行也要改变立场吗？”摄政王阴沉地质问道。

鱼红溪神色不变，道：“金龙宝行的立场不会更改，但恶念污染一旦扩散，我们还怎么做生意？在我看来，解决恶念污染才是最重要的事，谁要干扰，就是触碰到金龙宝行的底线了。”

她这话理由充分，王庭究竟是摄政王还是小皇帝掌权，对他们金龙宝行来说都没多大区别，反正跟谁做生意都是做。但恶念污染就不一样了，如果扩散开来，导致异类出现，他们难道去跟异类做生意吗？

摄政王眼角微微抽搐，鱼红溪的理由无懈可击，他只能发出一声闷哼。

李洛则根本没有理会摄政王，他迅速来到郗婵导师面前，握住对方一只纤细柔软的玉手，另外一只手紧握玄象刀。

下一刻，他再度调动起玄象刀里的庞大力量。

三相圣环在他的手臂浮现，玄妙神异的光彩绽放，然后沿着李洛与郗婵紧握的手移了过去。

三相圣环缓缓转动，爆发出一股特殊的吸力，郗婵身上涌出的恶念之力不断被吸入，没入绚丽的圣环之中。

恶念之力一进入三相圣环，便直接被蒸发，不留任何痕迹。

正如素心副院长所说，三相之力能够压制鱼魔咒。

随着时间推移，郗婵娇躯升腾的恶念之力逐渐削弱，当最后一缕恶念黑气被净化，那道三相圣环化为一抹流光冲向郗婵的脸颊，变成一个细微的三色光圈，将试图朝她眼瞳钻去的一尾黑鱼困住了。

最终，黑鱼停止挣扎，变得虚幻许多，再次化为文身，印在郗婵的脸上。

素心副院长等人见状，如释重负地松了一口气。

郗婵的眼神渐渐变得清明，当她完全清醒过来时，第一时间看向素心副院长，急声道："副院长，学府有变！有神秘人引动了鱼魔咒，他们的目标是毁灭相力树！"

此前被恶念反噬的同时，郗婵通过某种特殊的连接，见到了发生在圣玄星学府的一幕。

她的话一出，无疑如惊雷炸响。

素心副院长、鱼红溪等人骤然失色。

第六百九十四章

聚众之力

郗婵急促吐出的话语让在场所有人色变。

谁都没想到，竟然有人胆大包天到打圣玄星学府相力树的主意！

究竟是什么人，丧心病狂到这种程度？

“学府的相力树镇压着暗窟，一旦相力树被毁，暗窟也会破除封印，虽说院长在暗窟深处镇压，但他被鱼魑王牵制多年，有人选在这个时间点出手，必定有天大的图谋！”

素心副院长脸上布满寒霜，神情惊怒。

“敢如此图谋者，定然是超出我们想象的势力！

“诸位，暗窟一旦被打开，无数异类冲出来形成异灾，整个大夏将永无宁日！”

所有人都面色肃然，异类的威胁他们非常清楚，东域神州时不时会爆发异灾，当它们出现时，再繁盛强大的人类帝国都会在很短时间内变成人间地狱。

那是天地间最可怕的灾劫，比天灾更加恐怖。

李洛与姜青娥对视一眼，眉头皱起，他们之前去过黑风帝国，惨绝人寰的情景还历历在目，难以想象，如果异灾在大夏爆发，会是什么样的后果。

大夏是他们的故土，他们对这里有极深的感情，当然不愿意见到太平繁荣的大夏变成那副地狱般的样子。

“诸位，我希望你们现在放下一切争端，全力援助圣玄星学府！”

素心副院长凌厉的眸光扫过摄政王与长公主，道：“包括登基大典，我建议延期再开！”

敢有这种胆子设计圣玄星学府的势力，必然不是来自大夏，他们都没这个实力，而且也没有立场去打开暗窟，因为一旦异类被放出，他们都首当其冲。

而且这个实力超乎想象的恐怖势力此时突然爆发，必然蓄谋已久。但在这之前，学府竟然没有收到一丁点的风声，这是何等可怕的能力？

一只巨大的黑手不知何时已渐渐覆盖了圣玄星学府。

光是想想就令人浑身发冷。

想要抗衡那只黑手，虽说圣玄星学府在大夏底蕴最深，可素心副院长依旧没有足够的信心，此时大夏其他势力的力量不可或缺。

长公主闻言，微微迟疑，然后点头应下，道："相力树安危关系重大，我愿听从副院长的提议。"

虽说登基大典很重要，但暗窟之事更加要紧。

不论她与宫渊如何争夺，大夏终归姓宫，一旦让异类肆虐形成异灾毁了大夏，她就无颜见先王了。

摄政王面容不变，但他的内心却没有这么平静，别人不知道谁是黑手，他却心知肚明。

他的盟友动手了。

只不过事情的走向出乎意料，他没想到他的盟友竟然会对相力树出手。

摄政王心头震动，他知道金银重瞳男子背后有一个超乎想象的庞大势力，对方承诺不会让庞千源在登基大典出现，而且即便庞千源以其他手段插手，他们也能阻止。

难道这个阻止的方法就是毁掉相力树？可那样一来，暗窟怎么办？

一旦让异类涌出来，造成的灾难可是难以想象的。

这些年，在辽阔无垠的东域神州已有不少繁盛的国家因为异灾而毁灭，生灵涂炭。

"他们究竟想做什么？"摄政王心思转动，眼下局面已经脱离了他的掌控，但不论如何，他都不可能将金银重瞳男子的事情告诉素心副院长他们。一旦让面前这些人知道自己竟然与那些人是一伙的，他们必然会集火对付他，他将再无立足之地。

"素心副院长说的是，事情的轻重本王还是拎得清的，暗窟关系大夏存亡，不论是谁在打它的主意，都是在与整个大夏为敌！"

摄政王表态了，素心副院长正盯着他，如果他现在不同意，势必会引起众人质疑。

鱼红溪看向素心副院长，道："金龙宝行也愿意全力相助。"

素心副院长感激道："多谢鱼会长。"

金龙宝行实力极强，有他们的协助，无疑会极大增强己方的力量。

其他各方顶尖势力纷纷表示愿意援助。

"李洛，你现在与院长有联系，我需要你将这里的情况传递给他。"素心副院长又看向李洛，严肃地说道。

此次的麻烦太大，对方有备而来，虽说现在她聚集了大夏一大半的顶尖力量，但最后能否成功，她心里也没底。这个时候，不论如何都得通知庞院长了。

李洛闻言则说道："恐怕不必通知了。"

他抬起玄象刀，所有人都见到，刀上的三相圣环已经悄无声息消失，那股令封侯强者都惊惧的力量正如潮水般消退。

庞院长收回了传来的力量。

看样子，他已知晓外界发生的事情，所以收回力量，准备全力对付鱼魑王。

素心副院长见状，抿了抿嘴唇，她内心有些沉重。今日的变故巨大，圣玄星学府遭遇到了前所未有的危机，她感觉到了沉甸甸的压力。

"诸位，出发吧！不论是谁，想要打开暗窟，就是我们所有人的死敌！"素心副院长满脸冰霜，眼中煞气升腾，声音里满是浓烈的杀机。

声音一落，强悍的相力自体内爆发，她的身影化为一道虹光破空而出，往圣玄星学府的方向飞去。

其他封侯强者立即动身，顿时浩浩荡荡的虹光划过天际，壮观到了极致。

"李洛，刚才多亏了你。"郗婵导师落在最后，她没有立即跟上，而是对着李洛感谢道。

"导师跟我还客气什么，你帮了我那么多，我也只是借助了院长的力量而已。"李洛连忙说道。

郗婵导师摸了摸脸上被一个三色圆圈困住的黑色鱼纹，神色黯然。鱼魔咒太过可怕，一旦沾染上，便如附骨之疽，带来无休止的折磨。

如果不是李洛刚好有院长传来的三相之力，她今日必然难以依靠自己的力量压制鱼魔咒，最终结果就是素心副院长忍痛将她镇杀，免得污染扩散。

"导师，这东西就不能彻底抹除吗？"李洛问道。他知道鱼魔咒已经成了郗婵的心结。

“这是鱼魑王的本命魔咒，只有王级强者才能抹除，但大夏除了庞院长，没有其他王级强者，而这些年庞院长常居暗窟深处，没机会帮我。”郗婵导师苦笑道。

李洛叹了一口气，不知道怎么安慰。

“你们要去学府看看吗？”郗婵导师没有在这个话题上多聊，而是转口问道。

李洛与姜青娥对视一眼后点点头，暗窟之事过于重大，关系到大夏的存亡，他们虽然帮不了忙，但知晓局势的变化也好为之后做打算。

“我带你们过去。”

郗婵导师伸出手，抓住李洛与姜青娥的手腕，旋即身影化为虹光冲天而起。

掠空的同时，李洛低头望着下方迅速缩小的大夏城，此时虽然有无数人不知所措地望着天际，但城内依旧繁华沸腾。他不知道，今日过后，这座大夏的中心城市是否还能保持以往的太平繁华。

第六百九十五章

学府之难

圣玄星学府。

这座往日充满祥和气氛的学府，今日却迎来了创院至今最混乱最惊恐的一天。

众多金辉、银辉导师面色惶惶，不断指挥着学员从学府各处撤离。相力树所在区域传来了一道道极为恐怖的能量波动，那种级别的交手犹如天灾降临，即便隔着这么远的距离，依旧能感受到那种令人窒息的压迫感。

学府的紫辉导师正在出手拦截闯入的神秘敌人。

圣玄星学府的学员是整个大夏年青一代的精锐之辈，他们经过重重选拔，考入这座最高学府，经过数年时间的修行，褪去了曾经的青涩，放在外界已是能独当一面的精英。

可今日这场变故，他们却没插手的资格，连金辉导师都只能退到外围维持秩序。

学府的某处，虞浪、白豆豆、白萌萌、赵阔等众多一星院学员聚集在一起，面对眼下的变故，连神经大条的虞浪都惊惶不定。

“导师，什么人敢入侵圣玄星学府？！”白豆豆紧握一柄长枪，忍不住问道。

直到现在她都难以相信，竟然有人敢来圣玄星学府作乱，这里可是整个大夏强者最多的地方，大夏任何势力都不敢在这里放肆。他们白家在大夏是底蕴颇深的家族，正因为如此，她才更加明白圣玄星学府的强大。

“不知道，学府内所有紫辉导师都赶过去了，素心副院长他们正在王宫参加登基大典，相信她很快就会收到消息迅速赶回来！

“现在情况很凶险，入侵之敌非常可怕，你们这些学员一旦被波及，必然有大量死伤，必须先退到安全区域。”

引导他们退走的一名金辉导师声音急促地说着，他此刻同样惊疑不定，只不过为了安抚学员的情绪，他强行压下惶恐，没有显露出来。

他觉得很荒谬，圣玄星学府自创立以来，第一次遇见这种疯狂的事情。

他知道此次入侵的敌人必然强大到超乎想象，否则前去支援的紫辉导师早就将局面稳住，然后传来安全的信号，可是……现在没有任何信号传来。

这说明情况并没有好转，甚至有很大可能在恶化。

什么样的存在，能够让学府强大的紫辉导师都无法抗衡？

这名金辉导师的眼里掠过一抹阴霾，敢这样明目张胆地入侵学府，入侵之敌必然不是一个人，背后很有可能存在一个极为恐怖的势力……

“我们还有庞院长，只要他现身，一定能将来敌斩灭！”金辉导师想起了学府的顶梁柱，又生出了信心，然后继续引导诸多年轻的学员退向安全地带。

学府，相力树所在。

金银重瞳男子看了一眼四周，一道道挟着强悍相力的光影不断从天而降，然后对他发动攻击，但这些攻击很快遭到被污染的紫辉导师阻挡。

双方混战一团，打得不可开交。

“放眼东域神州诸多圣学府，圣玄星学府的底蕴与实力还是不错的，如果不是靠你这些年悄无声息种下的恶念种子，光是紫辉导师就够让我喝一壶。”金银重瞳男子微微点头，言语间带着一丝赞扬。

沈金霄微微一笑，道：“大人过谦了，以我们归一会的实力，覆灭一座圣学府不过是翻手之间罢了。”

金银重瞳男子笑了一声，道：“隐秘的颠覆才是我们的行事风格，明目张胆地硬推太没艺术性了。”

沈金霄面带微笑地点头赞同。

“素心副院长他们就快来了，她应该会带来更多的援军。”沈金霄提醒道。

金银重瞳男子哂然一笑，道：“一群乌合之众罢了，今日之变我们谋划这么多年，岂能被他们阻拦？圣玄星学府今日是灭定了。”

“庞千源那里？”沈金霄好奇地问道。

以眼前之人的实力，在大夏他的确不必在意其他人，唯有庞院长才是真正的威胁。

“大夏是我们计划里很重要的一环，这一点或许连庞千源都没想到，他拦不住的。”金银重瞳男子淡笑一声，言语间十分自信。

而后他不再与沈金霄多说，径直走向那棵巍峨雄伟的相力树。

随着他一步步逼近，相力树仿佛感应到了强烈的危险气息，下一刻，树身之上涌现出无数晶莹的绿光，如洪流般汇聚在一起，竟形成了一枚约莫百丈的碧绿符篆。

符篆晦涩古老，一道道光晕随之散发，天地间的能量受到它的吸引，纷纷涌灌而来。

一股强大至极的压迫感散发，让这片虚空不断崩裂。

沈金霄停下脚步，面色凝重地望着那枚碧绿符篆，道：“早就听说相力树里蕴含着一道传自学府联盟的守护符篆，以前从未见过，今天倒是开了眼界。”

在这道碧绿符篆上，他感觉到了强烈的危险气息，他明白，符篆的力量不是他能抵御的。

“这是学府联盟为了保护高级相力树布置的最后一道防护手段，威力非同凡响，即便是我，也不敢硬接。”金银重瞳男子点点头，说道。

他一边说着一边伸出手掌，手腕上的空间球光芒一闪，一个黑色玉瓶出现在手中。

玉瓶表面铭刻着无数复杂的光纹，仿佛里面封锁着什么一般。当玉瓶出现时，沈金霄察觉到天地间的温度骤然升高了。

金银重瞳男子双手结印，一道道光纹弹射而出，落在黑色玉瓶上，上面的光纹随之变得明亮，最后于瓶口处凝聚，将那一圈如封印的黑色光膜渐渐撕裂。

当光膜裂开的时候，一簇黑色的火苗缓缓升起。

火苗见风暴涨，数息之后，便在沈金霄面前化为一朵徐徐旋转的黑色火莲。

黑色火莲散发着妖异的气息，每一片花瓣上都有转动的纹路，仔细看去，仿佛无数狰狞痛苦的人脸。

沈金霄眼瞳微缩，不自觉地后退半步。黑色火莲非常诡异，让他感到了不安的死亡气息，连封侯强者都不敢沾染。

“此为黑莲业火，乃汇聚天地恶念而生，只要沾染丝毫，就会如附骨之疽，即便放弃肉身，也难逃它的焚烧。为了今日之事，我可下足了本钱。”

金银重瞳男子微微一笑，轻轻一挥，黑色火莲飞出，直接撞上了碧绿符篆。

“嗤！”

接触的瞬间，碧绿符篆释放出的浩瀚力量就被黑色火莲点燃，黑色火苗飘动，不一会儿便将其尽数焚烧。

短短不过数分钟，令封侯强者忌惮无比的碧绿符篆便在黑色火焰中熔化殆尽。

之后，黑色火莲直接飞向那棵承载了圣玄星学府无数师生心血的巍峨巨树。

“毁灭吧。”金银重瞳男子微笑自语。

沈金霄凝视着相力树，感慨地叹了一口气，多么可惜的一幕，这棵相力树就是圣玄星学府的根基，在创立后的这么多年里，不知多少师生在这里潜心修行，然后前仆后继地进入暗窟。

也罢，以后这里的导师和学员就不必再去暗窟牺牲了，因为圣玄星学府即将成为历史。

黑色火莲飞出，在即将与相力树接触时，不远处的天际传来了震怒的声音。

“住手！”

沈金霄眼皮一抬，他望着浩浩荡荡破空而来的虹光，心道，素心副院长他们终于赶来了。

第六百九十六章

封侯界域

“轰！”

随着素心副院长厉喝声传来的还有一道道惊天的相术攻击，每一道都具备可怕的威力，以素心副院长为首的诸位封侯强者，在抵达学府的第一时间就锁定了金银重瞳男子，毫不留情地发动了攻击。

素心副院长同时注意到了飘向相力树的黑色火莲，眼里当即涌起罕见的暴怒。恶贼当真是丧心病狂，他想毁掉相力树吗？！

这棵高级相力树是学府的根基，一旦被毁，不仅暗窟会被打开，学府也会跌出圣学府之列，曾经的荣光都将成为历史。

素心副院长为学府付出了毕生心血，特别是在庞院长无法现身的这些年，学府内大大小小事务几乎都由她亲自掌管。在素心副院长心里，圣玄星学府几乎比她的性命还要重要。

现在，这恶贼竟然想毁掉它！

一道道封侯术如陨石般呼啸而来，沈金霄再次退后一步，站在了金银重瞳男子的身后。

这么多封侯强者的攻击，他可承受不了。

但金银重瞳男子的神色不起波澜，他伸出手掌，不紧不慢地结出了一道印法。

只见一点灵光自其天灵盖缓缓升起，而后膨胀形成了一片难以形容的特殊场域，覆盖了他周身数十丈的范围，令那里的空间都变得扭曲、模糊起来。

这片区域仿佛成了一个独立的空间。

“轰轰！”

一道道强大的封侯术直接砸在这片场域之中，虽然掀起了阵阵能量涟漪，可不知为何，它们落入场域后便诡异地消失不见，根本未能伤到金银重瞳男子。

这一幕落在赶来的一众封侯强者眼里，让他们面露骇然。

“封侯界域？！”素心副院长面色极其难看，咬着牙一字一顿道。

“此人是上品侯！”鱼红溪冷艳的脸颊布满凝重，沉声道。

“上品侯？！”其他封侯强者闻言，心头一震。

封侯境有九品，被区分为上、中、下三品，所谓上品侯，就是指实力踏入七品侯的封侯强者！

也就是说，眼前的金银重瞳男子最起码是一名七品侯！

实力达到七品侯的强者会具备一种特殊的能力，这种能力被称为封侯界域。

封侯境一说本就与世俗的拜将封侯有些关联，在世俗里，最高的侯爵可列土封疆，他自身就是这片疆域里至高无上的掌控者。

踏入封侯境，位列上品侯，也可以开辟一片疆域，这就是所谓的封侯界域。

只不过这片疆域并非实实在在的土地，而是于体内开辟出的一方小天地，玄妙莫测，有护持自身之力，同时也有诸多玄妙威能。可以说，封侯界域就是踏入上品侯的标志。

眼下，金银重瞳男子释放出来的神秘场域便是他的封侯界域，正是凭借此物，他轻松挡下了来自素心副院长、鱼红溪等诸多封侯强者的联手攻击。

素心副院长眼眸饱含着怒火，她盯着金银重瞳男子，寒声道：“阁下究竟是何人？为何要毁我学府的相力树？你这样做，是在与大夏所有势力为敌！”

“释放异类，更是为整个人族所不容！”

金银重瞳男子微微一笑，双手结印，于胸前合拢，眼睛微垂道：“光暗同源，善恶归一。”

听到此话，素心副院长与鱼红溪的瞳孔几乎同时骤然一缩。

“你是……归一会？！”

作为学府的副院长和金龙宝行在大夏的总会长，素心与鱼红溪知道的隐秘比其他本土势力多，也包括这个归一会。

这是这个世界上真正的超级势力，底蕴、实力完全不弱于学府联盟和金龙宝行总部。

他们知道，这个诡异的庞大势力一直在天地间掀起灾劫，他们信奉的规则与人族格格不入。据说哪怕在内神州，归一会都是其他超级势力十分警惕与敌视的存在。

即便各方势力都敌视它，归一会仍显露出极为恐怖与诡异的力量，这些年过去，不论其他势力如何针对，他们依旧在兴风作浪。

可是，以往归一会的活动范围大多数在内神州，与内神州的繁盛相比，外神州如蛮荒之地，归一会这样庞大的势力根本瞧不上。

但如今……他们还是来了。

或许，圣玄星学府不是第一个。

素心副院长想起圣杯战时各方学府高层的议事会，黑风帝国覆灭的背后似乎也有归一会的痕迹。在黑风帝国之后，他们又将黑手伸向了大夏吗？

他们是想把大夏变成第二个黑风帝国？

“诸位，异类由人族恶念而生，它们本是人族的另一面，一味分隔并非真正的解决之道，唯有将其释放，当善恶归于一处，异类才会彻底消失。那时候，人族也会迎来真正的蜕变与进化。”金银重瞳男子面庞虔诚，朝着众人布道，传递他们归一会的理念。

“疯子！”

对于他这般言论，在场的大夏封侯强者皆面露怒意。这是说的人话吗？异类多可怕，竟然还要主动释放它们？难道死的人还不够多吗？

对于异灾出现后的景象，他们不是没听过，甚至还有不少人见过，那是真正的人间地狱。

所以，这个金银重瞳男子在他们看来跟疯子无异。

“副院长，是沈金霄引来此人，他背叛了学府，成了鱼魑王的媒介。这些年他暗中在学府传播恶念种子，今日一些紫辉导师都被他引发了恶念反噬！”此时，一名正在作战的紫辉导师厉声道。

素心副院长闻言，如刀子般的眼神剜向了金银重瞳男子身后的沈金霄，浑身都因为愤怒而颤抖起来：“沈金霄，学府待你不薄，你为何要这么做？！”

面对着盛怒的素心副院长，沈金霄微微沉默，而后无奈地一笑：“副院长，这是我的选择，你没必要质问我，我想要的学府给不了，所以我选择了鱼魑王。”

“你也可以说是我被鱼魑王找到了内心的破绽，只是我对此并不抗拒。”

素心副院长死死地盯着沈金霄，目光颇有噬人的可怕味道，但对方不甚在意，反而提醒道：“副院长，相比于我，你现在更应该关心的是相力树。”

“不劳你提醒。”

素心副院长声音冰寒得可冻结空气，那股杀机几乎要溢出来。

“咻！”

一道流光自素心副院长的天灵盖冲天而起，化为一柄青色小伞，出现在相力树上空，那小伞徐徐张开，青光流溢，如一方玄妙的轻纱将相力树保护在其中。

黑色火莲飘来，与流光四溢的轻纱接触，轻纱顿时开始燃烧，但随即又有连绵青光垂落，减缓黑莲的燃烧速度。

“诸位，随我一同出手，扑杀此獠！”

见到黑色火莲被稍稍阻拦，素心副院长不敢怠慢，一声轻喝，将矛头指向金银重瞳男子。她的青纱伞乃院长赐的顶级紫眼宝具，可即便如此，它也难以抵挡诡异黑莲的灼烧，眼下必须先解决掉金银重瞳男子。

鱼红溪等大夏封侯强者闻言立即应下，而后火力全开，一道道恐怖的相术毫无保留地施展，对着金银重瞳男子倾泻而去。

如此气势磅礴的出手，令整个天地都在震荡。

可即便人多势众，素心副院长眼眸深处依旧泛起了一抹担忧，她很明白归一会的强大，今日他们既然敢动手，必然有足够的手段。

眼下想要渡过这场劫难，他们这些封侯强者的力量恐怕不够，除非……

素心副院长看了一眼相力树。

院长，你那里究竟怎么样了？

第六百九十七章

暗窟变故

暗窟深处。

庞千源脚踩金莲，周身有亿万道流光散发，璀璨得仿佛连混沌都能驱散。他立于虚空，有无法形容的威势散发，天地能量都为之震颤。

圣玄星学府内诸多封侯强者的大战固然惊天动地，可这里每一次扩散的能量余波都足以将那些封侯强者联手爆发的攻击尽数抹灭。

庞千源幽深的目光盯着巨大的世界裂痕深处，那里的黑色河水哗啦啦地流淌着，散发着无尽的阴冷气息。

“鱼魑王，没想到，在与我纠缠的这些年里，你竟然能避开我的感知，在圣玄星学府埋下钉子。”庞千源的声音穿透世界，钻进裂缝中，也钻进了那条庞大无比的黑河。

“嘻。”

漆黑到极点的河水翻滚，一道庞大的阴影浮现，河水被分开，一条巨大的黑鱼浮出水面。黑鱼出现时，它头顶的一枚血红色鱼鳞涌现出一圈圈血光，随后竟出现了一道人影。

那道人影身披血红衣袍，双袖异常宽大，衣袍上面的一尾黑鱼如同活物一般缓缓游动着。

那人抬起头来，它的面庞宛如少年人一般，有一种阴柔的俊美感，但双瞳却有些诡异，那是一对灰白鱼瞳，第一眼看去似乎给人一种呆呆的失神感，可若是看得久了，则会发现它仿佛带着一种恐怖的魔力，渐渐让人沉迷，彻底遗忘自身。

它的眉心处，一枚血红色的鱼鳞闪烁着异光。

鱼魑王所化的人形已经脱离了寻常异类扭曲可怖的外形，几乎与人族一模一样。

鱼魑王那双灰白鱼瞳穿透世界裂缝，锁定了脚踏金莲的庞千源。它的脸上露出一抹笑意，声音不紧不慢，犹如设定好的调子一般，没有一点点情绪起伏："庞千源，蛊惑人心可是我们异类的拿手好戏，你们学府的人进入暗窟这么多次，总会让我找到一些机会。"

"当然，你们学府那位紫辉导师的野心远超常人，与其说是我蛊惑了他，不如说是他自己找上了我。他很有潜力。"

庞千源面无表情，沈金霄背叛学府的举动对他来说的确颇为意外，王级强者也不可能洞察人心，何况沈金霄隐藏得很深。

"宫渊也与你们有牵扯？此次登基大典前后的诸多配合还真是天衣无缝。"

庞千源似在发问，旋即又自言自语地道："不，宫渊没能力做到这一步，应该是他背后有人吧？如此庞大的谋划，连我的耳目都被遮蔽……现在看来，这一切都是冲着圣玄星学府而来的。"

"想要毁掉相力树，打开暗窟……真是熟悉的做法。

"是归一会那群疯子吧？没想到他们的触角竟然伸到了东域神州这种原本被他们视为蛮荒之地的外神州……难道是在内神州混不下去了吗？"

听着庞千源的言语，鱼魑王只是面带微笑，并未回答。

庞千源见状则轻叹了一声，虽然面上没有显露什么情绪，可心里还是变得沉重了，归一会啊……那群让人不胜其烦的疯子。

作为一名王级强者，庞千源虽说居于外神州，但还是非常清楚归一会的实力。归一会至今已经不知道存在了多少岁月，在漫长的时间里，即便是学府联盟这等庞然大物，在与归一会的交锋中都未取得多少优势，这个势力的可怕程度他心知肚明。

如今归一会的触角延伸到大夏，真是一个坏到极点的消息。

"这些年来，归一会在东域神州的动作越来越多，他们究竟想做什么？"庞千源眉头微皱，心中掠过如此疑问。

疑问暂时无法得到解答，眼下的当务之急也不是探究这些。

学府已经遭遇存亡危机，他不可能继续留在这里了。

庞千源觉得有些遗憾，他看了一眼在龙象大阵推动下已经有着合拢迹象的世界裂痕，如果再给他一些时间，他真的可以修复它，届时圣玄星学府镇压的这座暗窟将被彻底解决。

可惜……他没有这个时间了。

继续在这里与鱼魑王僵持下去，相力树就会被毁，而失去了相力树的镇压，暗窟就会打开。

虽然此时退走会让他这些年在暗窟深处投入的心血白白浪费掉，但没办法，终归要弃车保帅。

素心那边是拦不住归一会的。

一念至此，庞千源袍袖一挥，那座推动世界裂痕合拢的龙象奇阵开始消散，古老的龙象咆哮声随之远去。

“庞千源，你要离去了吗？”鱼魑王见状，灰白鱼瞳泛起波澜，笑道。

庞千源面无表情，没有搭理它，脚下金莲绽放无数玄光，身影对着后方掠去。

“可是，我不想让你走呢。”

鱼魑王笑着，它张开嘴巴，黑色的洪流喷薄而出，竟是无数漆黑的鱼鳞所化，贯穿两界，化为黑色大手，对着庞千源抓了过去。

庞千源手掌一抬，龙骨圣杯闪现而出，杯口流光转动，爆发出吞天噬地之力，直接将黑鳞大手硬生生吞了进去。

“鱼魑王，我虽然杀不得你，但你想拦我也是痴人说梦。”庞千源冷声道。

鱼魑王笑了笑，双手一抬，只见它脚下的黑河如巨龙般翻滚起来，而后自世界裂缝涌出，朝暗窟涌来。

庞千源见状，直接投掷出龙骨圣杯，圣杯迎风暴涨，如一座巍峨山岳，落在世界裂缝的前方，令黑河无法扩散。

“莫急，等我片刻，待我解决了外面的事，再回来陪你继续耗着。”庞千源淡淡地道。

有龙骨圣杯在手，即便他不在此处，光凭鱼魑王的实力，想要突破也没那么容易。

“嘻。”

鱼魑王闻言，发出了一道嘲弄的笑声，它幽幽说道：“庞千源，你觉得我们谋划这么久，真的会让你轻轻松松出去阻挠吗？”

庞千源双目微眯，心中升起一股莫名的不安，速度却丝毫不减。

就在庞千源撤退的时候，黑河之上突然飘来一股灰白的气息，散发着一种特殊的尸臭味，而后里面竟生长出了无数尸骸手掌。这些尸骸手掌出现在龙骨圣杯下方，缓缓地抬起了它。

见到这一幕，庞千源瞳孔骤缩。

他停了下来。这一刻，他的后方凭空出现了一面看不见尽头的尸骸墙壁，仿佛连接着天与地，将他所有的退路切断。

庞千源盯着那些尸骸深吸一口气，声音变得沙哑。

“这是……尸魍王？！”

灰白气息于天地间流转，最后归于一处，一名身高约莫数丈、披着惨白衣袍的人影出现在黑河上方。

此人影身形如枯骨，手持一面残破的招魂蟠，它身后的灰白气息充斥虚空，仿佛有无数尸骸在挣扎。

当庞千源见到这个枯骨人影时，面色变得极其难看，心里的不安达到了极点。

“小小的大夏竟然将八首黑魔王座下的四邪王引来了两个……

“你们究竟在谋划什么？！”

第六百九十八章

邪王尸魍

当手持招魂幡的枯骨身影出现时，即便是庞千源这位王级强者，内心都忍不住震动。

对方的名号他不是没有听过，尸魍王，与鱼魑王一样，位列四邪王之一。

圣玄星学府封镇的暗窟竟然引来了两位异类王？！这显然不正常。

按照异类的习性，特别是达到异类王这个境界后，都会产生极强的领地观念，鱼魑王霸占了这条世界裂缝，其他异类王就会避免踏入，免得双方发生争斗。

可现在，第二位异类王出现了。

而且看样子双方没有出现争斗，说明它们达成了某种共识。是什么样的原因才能让两位异类王摒弃本能的排斥与对抗进行合作？

除非，是更强大存在的命令。

鱼魑王与尸魍王的等级和实力放在暗世界都是顶尖层次，但是它们上面还有更强大的异类。这很正常，如同庞千源虽然是王级强者，可在这方世界，比他强大的还有许多。

暗世界同样如此。

根据他得到的情报，鱼魑王与尸魍王便隶属于一位极为恐怖的存在。

“八首黑魔王……”

庞千源眼瞳微微一缩，这个名号光是想起就让他内心升起了无边忌惮，在整个人族的顶尖强者中都是凶名赫赫，这是堪比天王级强者的异类！

传闻百年前，在内神州的一处王侯战场，八首黑魔王曾经率领座下四邪王出现。那一次，掀起了一场让内神州为之震动的惊天之战，不知多少封侯强者殒命，最终，还是人族的某位天王级强者出手才将八首黑魔王击退。

如今，鱼魑王与尸魍王同时出现在这里，如果说是受到某个存在的指示，就只有那位八首黑魔王了。

庞千源的心不禁沉了下去。

他不明白，为何那种层次的异类偏偏会对一座圣学府镇压的世界裂痕产生兴趣。正常来说，它应该将目光投向王侯战场才对，心思放在这里实在是令人生疑。

“你们究竟在谋划什么？这里难道有什么值得你们重视的东西吗？”庞千源缓缓问道。

鱼魑王微微歪着头，灰白鱼瞳不带任何情绪地看着庞千源，道：“庞千源，不要多问了，事情到了这个地步，如果你还算聪明，此时离开大夏才是最明智的选择。”

“如果你试图阻拦，那么今日，你这个大夏唯一的王级强者就得陨落于此了。

“这片土地，终将被黑水覆盖。”

庞千源面色阴沉地望着鱼魑王身后那条漆黑如墨的恶念黑河，道：“你们想将恶念黑河引入人族的世界？”

恶念黑河乃恶念的聚集体，诞生出了无数异类，如果让它涌入大夏，这片土地遭受的污染将比一般异灾还要严重。

而且恶念黑河会不断扩张，若是持续下去，莫说大夏，周边的国家都会受到极大的影响，如同不受控制的瘟疫一般。

鱼魑王不置可否。

“鱼魑，你的话太多了。”此时，手持残破招魂幡的尸魍王抬起了它那对弥漫着死气的眼瞳，它盯着庞千源，挥动起招魂幡。

“我来拦住他，你驱动黑河进入大夏。”

随着尸魍王动手，无边无际的灰白死气席卷而来。无数虚幻之影在尖啸，仿佛女妖的呐喊，散发着可怕的腐蚀力。

这种死气一旦入体，活人会在瞬间被转化为一具被尸魍王操控的尸体。

庞千源见状，面色变得凛冽，今日之变已经超出他的掌控，出现两位异类王在外神州是罕有的情况，虽然暂时还不知道对方有什么意图，但他知道，恶念黑河绝对不能放出去。

他深吸一口气，停止了原本想去支援学府的行动。如果这里只有一个鱼魑王，他还能借助龙骨圣杯的力量暂时压制，可随着尸魍王出现，他就只能留下来了。不然它们将恶念黑河驱入大夏，即便相力树没有被毁，也起不到什么用了。

当然，庞千源明白，他现在陷入了两难境地。

“轰！”

无法形容的浩瀚相力宛如潮汐般自庞千源体内呼啸而出，整个天地为之震动，而后在他的身后，一道约莫千丈的三色璀璨光环浮现出来，散发出神秘的光辉。

正是三相圣环，里面蕴含着真正的三相之力。

此前在登基大典，李洛借助庞千源的力量施展出来的三相圣环与它相比，宛如萤火与皓月。

“嗡！”

三相圣环爆发出无数光辉，犹如天火降临，将呼啸而来的灰白死气尽数消融。

同时，庞千源手掌一握，天地间凭空出现一柄万丈巨刀。巨刀一出现，天穹仿佛都被割裂开，刀气之强让整个暗窟都在这一刻剧烈地震荡起来。

庞千源面色冷漠，对着尸魍王斩出一刀。

尸魍王停下了脚步，如枯骨的脸庞浮现出凝重，手中的招魂幡不断挥动，下一刻，浩瀚死气凝聚而来，在前方化为一具约莫万丈的巨型尸骨。

这具尸骨仿佛由亿万尸骸组成，衣衫褴褛，散发出滔天的死气。

尸骨抬起巨掌，挟着滔天死气与巨大刀光硬碰在一起。

“轰！”

难以形容的能量冲击波爆发，大地被层层撕裂，距暗窟深处较近的区域遭遇了毁灭性的打击，学府打造的据点与净化塔几乎完全被摧毁了。

两位王级强者于暗窟深处展开了毫无保留的交锋。

鱼魑王望着双方惊天动地的斗法。庞千源的实力毋庸置疑，这些年他们交手那么多次，它很认同对方的实力，尸魍王第一次来便啃了个硬骨头。

不过它挺乐意见到尸魍王吃瘪，这个一身尸臭的家伙跟它可不太对付。

“嘻，庞千源，你我在这里斗了这么多年，你终归要失败了。”

鱼魑王人形的身躯渐渐消失，光芒大放间，再度化为巨大无比的诡异黑鱼。它搅动起阴森诡异的黑河，驱使它穿过世界裂缝，朝着暗窟涌去。

它们的谋划是庞千源难以想象的，如今暗窟内外都已落入它们的掌控，庞千源的顽抗不能改变任何东西。

“轰！轰！”

毁灭般的战斗余波不断于暗窟深处扩散。

尸魍王召唤出的万丈尸骨在一次次交锋中被庞千源恐怖的刀光劈断，三相之力显露无敌之威，压制住了尸魍王。

但尸魍王完全不为所动，庞千源的确比它预料的厉害，但对方想要突破它的封锁也没有那么容易。

它不停地挥动招魂幡，弥漫天地的死气凝结出一只只尸骸大手，不断地震碎虚空，对着庞千源抓去。

“庞千源，你的心乱了。”

尸魍王漠然地开口。随着时间推移，庞千源虽然占据着优势，但从容的反而是它。

就在这一刻，不论是尸魍王、庞千源或者搅动黑河的鱼魍王，都不约而同地抬起了头。

暗窟疯狂地震动，昏暗的远处仿佛有久违的光芒照耀进来。

暗窟在崩塌，温度也在上升。

庞千源有些怔神，旋即心中苦涩。他的目光仿佛洞穿了层层阻碍，看见学府之中那棵见证了圣玄星学府历史的相力树被黑色火焰点燃。

第六百九十九章

天倾之变

相力树被点燃了。

熊熊黑火于相力树上燃烧起来，这是一幅震撼人心的画面。

那棵巍峨恢宏的巨树，每一处枝叶都在燃烧，火焰之旺盛，即便远在大夏城都清晰可见。

仿佛一片天空都在燃烧。

火光映在所有人眼中。

学府内，所有声音都消失了，不论是以素心副院长为首的紫辉导师，还是正在撤退的学员们，他们都在这一刻抬起头，失神地望着这一幕。

那棵巍峨而古老的相力树见证了圣玄星学府的历史，一届又一届学员曾在它庞大的枝叶上修行，一批又一批导师和学员曾从这里前仆后继地进入暗窟，执行净化任务。

这棵相力树承载了圣玄星学府所有师生的记忆。

当它燃烧起来时，有年轻的女学员忍不住哭泣出声。

相力树庞大的躯干摇曳着，似发出了温和的低鸣之声，安抚着哭泣的学员。

这一刻，许多导师都红了眼眶，眼睛湿润。

战场靠外的位置，李洛与姜青娥有些失神，继而满眼愤怒。两人心里都对圣玄星学府抱有感激之意，当初洛岚府动荡不安的时候，姜青娥一力承担，显露出惊人的天赋，让觊觎洛岚府的势力视为眼中钉，而正是圣玄星学府的庇护，才让那些势力心生忌惮，不敢提前扼杀了她。

后来，李洛进入圣玄星学府，虽然只有短短一年，可这一年他的进步与学府息息相关。

甚至洛岚府府祭时，学府尽管明面上保持中立，却依旧尽可能地给予了他们援助，还给他俩留了一条后路。

可以说，圣玄星学府给了两人最大的照顾。

虽说学府主要看中两人的潜力，但这份情让李洛与姜青娥记在了心里。

眼下，当他们见到相力树燃烧起来时，心中不由升起了怒火。

“沈金霄这个狗贼！”

一旁传来郗婵导师冰寒至极的声音，她的目光如刀子般盯着金银重瞳男子身后的沈金霄。虽然她一直不喜欢此人，但从未想过，他竟然会背叛圣玄星学府。

那名金银重瞳男子分明就是沈金霄引来的。

学府被污染的紫辉导师必然也是沈金霄的手段，只有他有这个时间与机会，在这些年以难以察觉的手段，在那些紫辉导师心里种下污染种子。

这需要长时间的潜伏与谋划，也就是说，沈金霄早就背叛了学府。

甚至……郗婵导师摸了摸戴着面纱的脸颊，眼中杀机暴涌。她怀疑，当初在暗窟自己会被鱼魔咒所伤，说不定也是沈金霄的阴谋。幸亏之前她不在学府，而且正好李洛能够借用庞院长的力量，不然说不定她也如被污染的紫辉导师一般变成了傀儡。

“真是一个祸害。”

李洛叹息了一声，可惜他的实力不够，否则之前不管如何，也得找机会杀了沈狗。

姜青娥感叹道：“圣玄星学府这一次遇见前所未有的大劫难了。”

“不止是圣玄星学府。”

李洛摇摇头，声音变得沉重许多：“相力树被毁，暗窟说不定也会出问题，到时候恶念之气喷薄而出，就是一场可怕的异灾。”

“不会，院长还在镇守暗窟，有他在，不会出事的。”郗婵导师说道。

李洛苦笑一声，道：“导师，相力树都被人烧了，庞院长还没出手……他显然已经被敌人拖住了。往更坏的方面想，现在庞院长说不定都自身难保。”

姜青娥颔首，精致白皙的容颜显得极其凝重：“这场阴谋比我们所有人想象的都要可怕，这只名为归一会的黑手正在笼罩大夏。”

郗婵导师微微沉默，她如何不知道庞院长到现在还没现身必然是出了问题，可他是大夏唯一的王级强者，只有他才有稳定乾坤之力。

李洛与姜青娥的心情沉重，因为覆巢之下无完卵，圣玄星学府如果被毁，那整个大夏将不再安宁，黑风帝国的惨景会出现在大夏……这是多么令人难以接受的事情。

可是，面对这种天倾之变，以他们的实力根本做不了什么。

这种级别的争锋，普通封侯强者都无法影响战局。

这个归一会实在太可怕了。

这一刻，李洛想起了他们在黑风帝国遇见的赤甲将，正是他背后的神秘势力颠覆了那个曾经繁盛的帝国。

半空，鱼红溪、都泽阎等封侯强者因为眼前的变故而色变，他们已经全力出手，可是依旧没有挡下金银重瞳男子，对方的实力与手段相当可怕。

归一会不愧是世上各方超级势力都异常忌惮与提防的诡异存在。

“素心副院长？”鱼红溪看向素心，她发现此时对方的身体微微颤抖着，情绪似乎有些失控。

“我要杀了你！”

素心副院长双目通红，眼里满是仇恨，她死死盯着金银重瞳男子，下一刻，她身后虚空破碎，四座封侯台浮现，直接挟着天地能量，犹如四座山岳般朝着那人狠狠砸下。

四座封侯台上流转着无数符文，所过处一切都塌陷了。

金银重瞳男子摇了摇头，随手一拂，一道磅礴玄光暴射而出，化为一柄暗黄色的巨尺。巨尺拍下，仿佛带着挪移山岳之力，四座封侯台瞬间就被尺子拍得倒飞出去，剧烈的震荡让它们出现了一道道裂痕。

“扑哧。”

素心副院长一口鲜血喷出，周身磅礴相力剧烈震荡，然而她的目光依旧死死盯着金银重瞳男子。

“素心副院长，千万要冷静。”金银重瞳男子露出微笑，温和地道，“现在还没到最绝望的时候呢。”

他微微侧耳，露出倾听状：“你听！”

在场所有封侯强者眉头紧锁，紧接着他们的面色剧变，一道道目光猛地投向燃烧的相力树底部，那里似乎有一股阴冷气息正如洪流般弥漫出来。

其中夹杂着无数莫名的低语声。

那是……暗窟里的恶念之气！

随着相力树燃烧，它镇压的暗窟出现了漏洞。

第七百章

龙骨封界

“轰！”

如洪流般的恶念之气从相力树下倾泻而出，地面塌陷，露出一个巨大的黑洞，里面的空间呈现扭曲、破碎的样子。

恶念之气正是从此处涌出。

暗窟！

暗窟并不是在相力树的地底，而是在一处空间锚点，那里是现实世界与暗世界的交会处。此处出现了一道世界裂痕，这才导致暗窟的出现。

突然出现的暗窟空间引起了所有人注意，他们的目光急忙投去，然后就见到，暗窟深处恐怖的能量潮汐一波波席卷而出，波动之强令众多封侯强者为之色变，似乎仅仅只是一道就足以将他们抹灭。

在能量潮汐的源头，他们能隐约见到两个光影在交手。

“是庞院长！”有封侯强者惊呼出声。

其中一人赫然是庞千源。

而庞千源对面那人散发着可怕的恶念气息，举手投足间爆发的威能让整片空间都在震颤。

“庞院长在跟鱼魑王交手吗？”有学府的紫辉导师问道。

“不对，不是鱼魑王！”一位感知敏锐的紫辉导师面色突变，骇然道，“是另外一个异类王！”

此言一出，大家惊骇欲绝，就连素心副院长都无比惊疑，难道暗窟深处又出现了一个异类王？

众人急忙看去，与庞千源交手的异类王手持灰白残破的招魂幡，身躯如枯骨一般，散发的恶念之气与鱼魑王截然不同。

他们心头惊颤，内心渐渐绝望。难怪庞院长迟迟未现身，原来他竟被两个异类王缠住了！

“嘻，庞千源，相力树已毁，暗窟失去镇压，你这些年的努力都化为了乌有。”此时，一道空洞尖锐的笑声从暗窟深处传出。

学府的紫辉导师包括郗婵，闻言瞳孔都猛地一缩，心里泛起浓浓的寒意。

这个声音他们不陌生，以往执行净化任务时他们也曾去到暗窟深处，见过与庞院长对峙多年的恐怖存在——

鱼魑王！

在一道道惊恐目光的注视下，暗窟深处似传来了河水流动的声音，异常诡异，里面仿佛夹杂着无数凄厉的尖啸声。

下一刻，黑色的河水出现在他们的视野里，只见它自暗窟深处呼啸而来，犹如一条黑色的巨蛇，所过之处一切都被吞没。

“恶念黑河？！”

所有人再次惊恐色变，黑色的河水乃无数恶念的合体，据说异类就是自里面诞生，鱼魑王竟然打算把恶念黑河引入人族世界？！

若真是如此，造成的污染将难以想象！

可以毫不客气地说，黑河所至，这里的整个天地环境都会发生改变，最终成为异类的居所。

届时，大夏将被彻底毁灭，万里之内再无生机。

半空中，摄政王看着这一幕，眼神变幻不定，然后目光忍不住转向金银重瞳男子。眼下这个变化，对方可没有跟他说过。

他们只是告诉他，会想办法让庞千源无法离开暗窟，却没说会将恶念黑河引入大夏。

如此一来，大夏不就毁了吗？

虽然心里震动，摄政王还是压下了情绪。事情到了这一步，已经没办法挽回，他既然上了归一会的贼船，之后的发展就由不得他了。一旦暴露出他跟金银重瞳男子是一伙的，圣玄星学府、金龙宝行以及众多势力一定会把怒火向他发泄，甚至连自己掌控的势力都会反水。

因为归一会要做的事情于人族不利。

到那个时候，他将失去一切。

摄政王是个枭雄，枭雄懂得取舍，在经过短暂的挣扎后，他理智地做出了选择。

事已至此，归一会是个很好的靠山，依靠他们，他能获得更多资源，未来说不定还能冲击称王境。若是能够实现，什么代价都是值得的。

“庞千源，离开吧，离开大夏，这里本就是束缚猛龙的泥潭，如今我帮你把泥潭打破，你正好趁此离去。”黑色的河水泛滥，鱼魑王蛊惑的声音不断地响起。

庞千源面色冷漠，他身后那道庞大的三相圣环不停地爆发出玄光，斩向尸魍王。而面对着霸道无比的三相刀光，尸魍王被不断逼退。

但……仅此而已了。

他没办法击败尸魍王，而鱼魑王则趁机不断推进恶念黑河。

相力树已被点燃，失去它的镇压，恶念黑河将再无阻碍地冲进人族世界。

局势已经差到了极点。

庞千源眼神冰冷，道：“鱼魑王，我既然能踏入王境，你以为这些蛊惑之言会对我有用吗？”

“嘻，这可不是蛊惑，而是事实。庞千源，你还能改变什么吗？这场博弈从一开始你就输了。”鱼魑王发声。

“你们此举必有图谋，学府联盟不会坐视不管！”庞千源冷声道。

“学府联盟可管不了这么远。”

“虽然我不知道你们的目的，但你们似乎很想将恶念黑河推出去？那我今日偏不让你们如愿。”庞千源目光闪动，最终他缓缓垂目说道。

“哦？凭你能做到吗？”鱼魑王言语讥讽道。

庞千源深吸一口气，手掌一抬，龙骨圣杯出现在手里。圣杯斑驳的表面满是岁月的痕迹。

“龙骨圣杯？”鱼魑王笑声传来，“这个自学府联盟传承的无双宝具的确威能极强，但不足以改变现在的局势。”

庞千源未加理会，他双手结印，体内浩瀚的相力源源不断地涌入圣杯，全力催动之下，龙骨圣杯绽放出璀璨的光，隐约间响起了古老的龙吟声。

下一刻，一个龙影光罩徐徐从天而降。

光罩之上龙影盘踞，刚好覆盖了尸魑王、鱼魑王以及奔腾而出的恶念黑河。

“龙骨圣杯，龙骨封界。”庞千源漠然的声音响起。

尸魑王与鱼魑王抬头，注视着落下的龙影光罩，这一刻，一股浩大的力量袭来，它们的身躯仿佛失去了控制。

就连奔腾的恶念黑河都停滞不动，不再向前。

天地间，白色的烟雾弥漫，仿佛某种特殊的诅咒，当它飘过时，光罩范围内的一切竟然都变成了白骨。

包括发动者庞千源以及尸魑王、鱼魑王和恶念黑河。

淡淡的灰白色出现在庞千源的身上，逐渐把他化为一具白骨。

这是一种无差别的封印术。

“庞千源，你真是魄力不小，竟然要赔上自身同我们一起封印？值得吗？”鱼魑王的声音变得更加阴冷。

“真是天真，即便是无双宝具，也不可能封印恶念黑河。”尸魑王空洞漠然的声音随之响起。

庞千源低头看了一眼骨化的身躯，脸上不起波澜，淡淡道：“凭此的确还不够。”

而后他转过头，目光洞穿暗窟，投到了学府外的一道人影身上。

这一刻，学府外观战的李洛耳边响起一个声音。

“李洛，帮我一把。”

第七百零一章

黑色令牌

“庞院长？帮忙？”

当李洛听见传音时，忍不住愣了几秒，旋即苦笑着低声道：“院长，您老人家太看得起我了吧？”

暗窟里可是三名王级强者在战斗，以他的小身板，掺和封侯强者的战斗都惊险无比，哪敢去王级强者那里？

两名异类王只是一个眼神，就能将他活活瞪死。

“无需你亲自动手，只需借你一物。”庞院长带着笑意的声音再次响起。

“借东西？”

李洛迟疑了一下，旋即爽快地点点头。

“又要借我的精血吗？没问题。”

“呵呵，这次不需要了，我看你现在挺虚的，再借怕你顶不住。”庞院长戏谑道。

李洛惆怅地叹了一口气，前些天府祭的时候，他为了榨取三尾天狼最后的力量，付出了十滴精血的代价，直到现在都有一种空虚感，看来这一点被庞院长察觉到了。

“不要精血，那我能借给您什么？”

旋即他纳闷起来，他一个小小的煞宫境，能让庞院长看上的应该只有自己蕴含着天王血脉的精血了。

如果不是，那会是什么？

“当然也是与你们李天王一脉的有关之物。”庞院长说道。

李洛闻言心头顿时一动，手掌抹过空间球。

下一刻，一块古老的令牌出现在手中，令牌正面铭刻着一个神秘的“李”字，李字之下则是一个模糊却有着难以形容的威压的龙形。

“是它吗？”

在他身上，除了血脉，与李天王一脉有关系的就只有这块神秘的黑色令牌了。

“正是此物，借用一会儿便物归原主。”庞院长的声音响起。

“您还好吧？”李洛迟疑了一下，忍不住问道。从当前的情况看，庞院长在施展两败俱伤的手段，他需要付出很大的代价。

“我是圣玄星学府的院长，虽说没能保住相力树，但不论如何镇守暗窟是我的责任，想要我放弃，独自逃亡，那也太小看我庞千源了。”

“我会和它们一同封印，但只能维持几年而已。几年后，龙骨圣杯的封印失效，到时候再看学府联盟是否会有所行动吧。”庞千源淡笑一声。

李洛手里的黑色令牌化为一道黑光飞出，直接穿透空间，进入了暗窟。

身躯渐渐骨化的庞千源伸手接过黑色令牌，感受着里面蕴含的那道至强气息，双目微眯，自言自语道：“天王之气果真非同凡响。”

他双手闪电般结印，体内三相之力爆发，无数能量符文涌入令牌，令牌顿时被激活，一道金光冲天而起。金光并不璀璨，可就是这道淡淡的光华让对面的鱼魑王与尸魍王双双失色。

“天王之气？！”

两个异类王面庞震动，那股气息带给它们难以形容的压制感，这一刻几乎有种在面对八首黑魔王的感觉。

“庞千源，你竟然还有这般后手！”鱼魑王灰白的鱼瞳恼怒阴狠。

庞千源没有理会，随着金光与龙骨圣杯的封印光罩结合在一起，光罩之下的白色烟雾似乎获得了某种加持，里面的一切骨化速度越来越快。

即便是恶念黑河，原本翻腾的河水也受到压制，彻底平静下来，不再向前流动。

三位王级强者的身上不断生出白色斑点，越来越多部位被骨化。

“庞千源，你只是在做无用功罢了，即便你借助了一道天王之气，封印住我们与恶念黑河，但只能坚持数年而已。几年后封印破碎，一切都会照常推动。”

“而且相力树已毁，你即便封印了恶念黑河，恶念之气依然会源源不断地散发出去，庞千源，圣玄星学府和大夏都已经没救了！”鱼魑王阴冷地说道。

听着鱼魑王的话，庞千源无动于衷，他望着身上迅速蔓延的斑点，淡淡道：“几年后的事情谁又说得清呢，说不定等我再睁开眼睛时，已有援军赶来。”

“天真，学府联盟自顾不暇，可没时间来外神州。”鱼魑王冷笑道。

庞千源笑了笑，骨化斑点彻底覆盖了身躯，将他化为一具白骨，静静地矗立于原地。

鱼魑王与尸魍王尚未完全骨化，只不过它们的神色极为阴沉愤怒。它们目光交织，传递着外人听不见的言语。

“该死的庞千源，竟然舍得封印自身来阻挠我们！”

“恶念黑河无法扩散，我们的计划就无法实施。”

“我们需要恶念黑河帮我们找寻‘元始种’，这是首领交给我们的任务！”

“或许只能让首领出手了。”

“不行，首领说过，它不可轻动，否则有关‘元始种’的情报会被其他存在察觉！”

“那就只能等待了，庞千源的封印只能持续两三年，而我们在外界也有盟友，他们会助我们的。”

“只能如此了。”

“……”

随着交流结束，鱼魑王与尸魍王的身躯彻底被灰白色的骨斑覆盖，化为两具静静不动的白骨。

整个暗窟深处再次陷入寂静之中。

唯有恶念之气还在源源不断地呼啸而出。

学府，众多目光望着被骨化的三位王级强者，一时间都陷入了沉默。但很多人还是松了一口气，因为两个异类王太可怕，如果让它们从暗窟出来，在场的恐怕没人能跑掉。

只可惜庞院长也被封印了。

“院长……”

素心副院长望着这一幕，脸色痛苦。

“院长！”

无数学员陷入悲痛，眼眶通红。虽说庞千源这些年很少出现，但他在所有学员心里有着难以匹敌的分量，光是以一己之力镇守暗窟深处的壮举，就足以让学员们崇拜不已。

如今庞千源陷入封印，圣玄星学府失去了最强的力量。

鱼红溪、都泽阎等人的面色也非常沉重，庞千源是大夏唯一的王级强者，他消失后会对大夏的格局造成不小的冲击。

在场唯一为这个结果狂喜的就是摄政王，他死死盯着暗窟里庞千源的骨架，心潮澎湃。

这个压在大夏王庭头上的山岳，竟然自我封印了！

从今往后，还有谁能阻拦他宫渊？

"唉，两个异类王的脑子似乎有点不灵光。"金银重瞳男子无奈地笑了笑，言语间对它们没有多少尊敬。

"大人，如今庞千源与两个异类王被封印，您可就是这里的最强之人了。"沈金霄微笑道。

金银重瞳男子刚欲说话，神色突然一动，一道黑光从暗窟里射出，正是此前庞千源从李洛那里借走的令牌。

黑色令牌飞出，在天空盘旋一圈，突然射出一道极为恐怖的刀光。那刀光之中蕴含着三相之力，所过之处，一切都被磨灭。

刀光所指，赫然是金银重瞳男子。

他脸上的笑容变得僵硬。

"庞千源！"金银重瞳男子眼神震怒，低吼一声。

庞千源即便被封印，但还是留了一手，而且就是冲着他来的！

金银重瞳男子不敢怠慢，身影暴退，同时双手结印。

"封侯界域！"

他厉声暴喝，一圈神秘的场域以自身为起点，猛然间扩散，形成一片领域，将他守护在里面。

然而，此前这个任由素心副院长他们进攻都丝毫不动摇的封侯界域，此时却宛如豆腐一般脆弱。

"刺啦！"

所有人都听见了一个细微的声音。

然后他们就见到，金银重瞳男子的身体从天灵盖处缓缓地一分为二。

第七百零二章

大夏剧变

金银重瞳男子突然被斩，简直大快人心，此次事变就是此獠在外引动，助推了暗窟深处对决的爆发。从某种意义来说，这家伙才是罪魁祸首。

但众人还未高兴多久，金银重瞳男子的两半身躯就迅速融化，化为一摊蠕动的肉泥，避开了致命伤。

“呵呵，庞院长真是记仇，最后一刻还不忘给我来一记狠的。”

蠕动的肉泥里传出金银重瞳男子的笑声，只不过笑声中蕴含着阴狠与虚弱，表明庞院长这一刀给他带来了严重的创伤。

“杀了他！现在他已重伤！”

素心副院长饱含杀机的声音响起，数位封侯强者爆发磅礴相力，锁定着那摊肉泥，打算趁机要他命。

“轰！”

就在众位封侯强者联手出击时，两名被污染的紫辉导师突然暴掠而来，在众人惊怒的目光中轰然自爆。

异常恐怖的能量洪流倾泻，似要将整个学府摧毁。

好在封侯强者们皆有所准备，立即出手，强行抵御下自爆的冲击波，这才保住了学府。

“恶贼！”

素心副院长气得眼睛都红了，自爆的两名紫辉导师乃学府资历极老的人，如今当着她的面被人引爆，如何能不让人悲痛愤怒。

然而，当能量余波散去，他们再度锁定金银重瞳男子时，却见到肉泥已经蔓延开来，同时覆盖住沈金霄，一双金银重瞳带着笑意注视着素心副院长等人。

“诸位，今日大戏要收场了，请容许我在这里为大家悲痛地宣布，从今往后，圣玄星学府从大夏除名。

“另外再愉快地告知大家，暗窟开启，恶念之气会源源不断涌出，这片土地往后就是异类的天下了。

“混乱的时代由此开启。”

当金银重瞳男子最后一句话落下时，包裹着沈金霄的肉泥便瞬间钻进地底，消失不见。

“该死！”眼睁睁地看着两人从面前跑掉，众多紫辉导师气得脸色铁青。

素心副院长咬着牙道：“先将被污染的导师制住！”

现在这里一堆烂摊子，他们实在没有余力去追金银重瞳男子，而且多亏院长最后时刻将其重创，不然一名上品侯作乱会让场面更加难以收拾。

此时，李洛的黑色令牌悬浮在他的头顶，里面传出了庞院长的声音。

“诸位，是我庞千源无能，才导致今日之变。事已至此，多说无益，我已无力压制暗窟爆发，只能延缓它的速度、限制它影响的范围。

“但恶念之气终会扩散，圣玄星学府方圆数百里之内将不再适合生存。”

听到此话，素心副院长和诸多势力首领面色忍不住一变，这么说，学府是彻底保不住了，而且数百里范围……岂不是连大夏城都会被波及？那可是大夏的中心，这片区域何止千万人？

“素心，学府相力树已毁，按照规矩，往后圣玄星学府会被剥夺圣级称号……这都是小事了，生存才最重要，之后你要率领大家另寻他处，再建学府，只要底蕴尚存，终有重回圣级的机会。

“未来大夏还需诸位精诚合作，方能避免亡国之命。”

在场所有人都静静听着庞院长最后的嘱托，诸多封侯强者面色显得异常沉重，他们都明白，从今天开始，曾经安宁太平的大夏已不复存在。

异类将在这片土地肆虐，一个不慎，大夏就会同黑风帝国一般成为异类的国度，大夏的子民不知会有多少丧生，连尸骨都难以留存。

如果说，今天之前的大夏是祥和温暖的，那么以后，大夏将迎来无情的寒冬。

剧变已经来临。

李洛与姜青娥对视一眼，看见了彼此眼里的沉重。虽然两个异类王和恶念黑河被庞院长封印了，但暗窟已经被打开，失去了高级相力树的镇压，大夏已经没有能力控制暗窟。

“接下来麻烦了。”李洛叹了一口气。

洛岚府总部就在大夏城，如果大夏城会被恶念之气波及，他们就需要准备退路了。

这是大势，任何势力都无法阻拦，即便是封侯强者，也只能选择退避。

除非再来一位王级强者，才有可能控制住暗窟。

“学府联盟难道就坐视一座圣学府被毁吗？而且高级相力树被毁，学府会被降级又是怎么回事？”李洛看向郗婵导师，问道。

“学府联盟的重心在内神州，外神州太遥远，他们鞭长莫及。至于降级的规则，纯粹是因为一棵高级相力树的培育极其困难，需要付出庞大的资源，所以学府联盟设置了严苛的规定，免得圣学府保护不力。”郗婵导师脸色黯然，为李洛缓缓解释道。

“能向东域神州其他圣学府求援吗？”李洛不甘心地问道。

“你以为黑风帝国的圣学府当初没有求援吗？东域神州诸国各有盘算，很难聚力在一起，而其他圣学府有各自的重任，哪敢轻易派出强者？再者，如果鱼魑王与尸魍王一同出现的消息传出去，其他圣学府更加不敢来了。”郗婵导师叹了一口气。

李洛沉默，心里愈发沉重。

他伸出手，黑色令牌落入手中，被他收入空间球内。

他抬起头，环顾着这座在此修行了一年时间的古老学府。

此时学府满目疮痍，巍峨的相力树还在熊熊燃烧，巨大的枝干不断坠落，砸碎了一些房屋。但已经没有人去阻拦了，所有人都知道，这里要被放弃了。

学府外围，无数学员仓惶而悲切地立着，庞院长的话他们也听到了。

有人哭泣出声，他们都把圣玄星学府视为骄傲，以能够进入学府修行为荣，可今天，一切都破碎了。

所有人脸上都写满了悲痛与茫然，谁也不知道学府的未来会怎么样。

李洛在一处区域看见了熟悉的脸庞，他跃了过去。

“队长！”白萌萌见到他赶来，对他挥了挥手，不过以往脸上时刻挂着的甜甜笑容此时却怎么都挤不出来。

李洛望着白萌萌、白豆豆、虞浪、赵阔等人，问道：“你们都没事吧？”

所有人都摇头，情绪低落，即便是往日幽默不羁的虞浪此时都一言不发。

“队长，学府是不是被毁了？”白萌萌低声问道。

李洛露出一丝勉强的笑容，道：“不用太悲观，相力树虽然没了，但学府并没有遭受毁灭性的重创，素心副院长他们一定会重建学府的，只不过我们暂时失去了圣级规格。”

“学府现在很乱，你们如果没地方去，就先去洛岚府待几日，我想接下来这段时间整个大夏都会陷入混乱。”

白萌萌与其他人对视一眼，最终轻轻点头。

李洛暗叹了一声，今日超出所有人意料，谁能想到，大夏实力最强大的圣玄星学府竟然会出现如此滔天剧变？此事牵一发而动全身，接下来数日，大夏定然会产生更加剧烈的变动。

他们洛岚府也要想办法找到退路。

第七百零三章

放弃奇阵

学府的战斗余波逐渐消散。

待最后一名受到污染的紫辉导师被控制后，素心副院长第一时间率领诸多封侯强者尝试封堵暗窟。只不过效果不好，在恶念之气源源不断的侵蚀下，众人联手布置的封印仅仅只能稍微延缓扩散的速度。

尝试了半日后，即便素心副院长再如何不甘心，也只能颓然放弃。

最终，素心副院长吩咐所有导师收整资料、相术楼、宝库、资源库，这里有学府多年的积累，想要重建学府，这些都是必不可少之物。

相力树烧毁已经给学府带来了重创，积累的资源如果再损失，学府会更加元气大伤。

撤离的学员也需要安抚，一时间，学府内一片乱糟糟的景象。

随着学府局势安定，各方势力首领纷纷告辞离去，他们的神色凝重，今日之变波及整个大夏，任何人都难以逃脱它的影响。

特别是暗窟爆发，随着恶念之气源源不断涌出，大夏城这个最繁华的区域首当其冲。各方顶尖势力的总部都坐落于此，他们需要考虑接下来的对策了。

李洛与姜青娥没有去找素心副院长，他们知道对方的心情必然十分糟糕，便带着虞浪、白萌萌、白豆豆等人默默离开学府，赶回大夏城。

进入大夏城后，城内气氛依旧沸腾，街上行人如织，一幅太平繁华的景象。

对于学府的变故，普通人显然没有多大感觉。

只不过，这种沸腾与繁华只能维持到今日了，待消息扩散，这里很快就会变成一座无人居住的空城。

李洛一行人心情异常沉重。

他们匆匆赶回洛岚府，安顿好虞浪他们后，李洛与姜青娥立即找来牛彪彪、蔡薇，将学府之变如实告知。

“什么？相力树被烧毁，暗窟被打开了？！”

听到这个消息，牛彪彪面色大变，颇为震惊，蔡薇更是忍不住捂住了嘴，花容失色。

“归一会吗？没想到这个势力的触角都延伸到外神州了，真是一群疯子。”牛彪彪面色凝重，出自内神州的他当然知道他们。

“彪叔，暗窟被打开，恶念之气正在涌出，按照这个速度，恐怕不出一个月就会覆盖方圆数百里，大夏城将不再适合居住。”

“我们洛岚府总部恐怕得考虑搬迁了。”李洛缓缓道。

如今的问题是，洛岚府总部有一座守护奇阵，如果总部迁移，奇阵定然无法带走，对他们而言是个极大的风险，此前洛岚府能在诸多觊觎中存活，守护奇阵功劳最大。

“而且还有一个问题……如果迁走总部，彪叔的实力也会受到影响。”姜青娥提醒道。

牛彪彪曾经身受重创，他之前说过，在洛岚府总部，他的实力能够抗衡四品侯，可一旦离开总部范围，实力就会锐减。

牛彪彪从腰间掏出烟杆，吧唧吧唧吸了两口，他面露沉思，道：“守护奇阵的确一经挪动就会破碎，但毕竟是你爹当初以总部为阵眼打造的，总部一动，阵法自然无从谈起。”

李洛道：“守护奇阵无法带走的确令人肉痛，但现在是非动不可了，我们总不能困守在大夏城，等恶念之气扩散，守护奇阵也发挥不了作用。”

他叹了一口气，道：“大夏城大概率会被放弃。”

虽然大夏城是大夏中枢，可只要暗窟堵不住，再怎么心痛，王庭都只能放弃。

姜青娥微微颔首，道：“守护奇阵对洛岚府而言已经没府祭之前那么重要了，师父师娘的投影震慑了许多不轨之徒，他们短时间内不会再针对洛岚府。”

“而且现在我们与长公主的关系加深，是同一阵营，加上此次大变，我想应该没什么势力会有余力来对付我们。

“所以，哪怕没有守护奇阵，洛岚府都不至于如府祭之前那样了。”

言语间，她赞同李洛迁移总部的打算。

唯一需要顾虑的就是牛彪彪的身体情况。

“彪叔，您在总部能发挥出四品侯的实力，还是因为这座守护奇阵吧？准确地说，是构建守护奇阵的核心之物神蕴物质？”李洛问道。

牛彪彪笑了笑，赞道：“府主真是聪慧，你猜得没错，神蕴物质才是我在总部拥有四品侯实力的关键。”

“那不就简单了，反正守护奇阵没用了，那就拿走神蕴物质，由彪叔保管，您岂不就是行走的四品侯了吗？”李洛一拍手，笑道。

牛彪彪道：“这么做的确可行，不过神蕴物质对封侯强者有着致命的吸引力，府主确定要将这么重要的东西放在我身上？”

李洛闻言有些不悦道：“彪叔，一家人就别说这些没用的话，在我看来，如果神蕴物质能够治好你的伤势，我直接把它送给你。我想老爹老娘也会赞同我这么做的。”

牛彪彪在洛岚府待了这么多年，是看着李洛、姜青娥长大的，在李洛眼里，牛彪彪是一个值得信赖的长辈。在李太玄、澹台岚离开的这些年，正是因为牛彪彪暗中守护，两人才能成长起来。

这份感情在李洛心里，绝非神蕴物质能比的。

牛彪彪望着李洛，油腻的脸上浮现出笑容。他是看着李洛长大的，知晓对方的心性，明白这番话是李洛的肺腑之言。

“府主长大了啊。”牛彪彪感叹了一声。

“彪叔，如果没问题，拆解核心的事还得由您来做，到时候只要将师父师娘的本命烛火交给李洛保管就好。”姜青娥微笑道，李洛的决定她自然无条件支持。

牛彪彪点点头，道：“这事交给我就行。”

李洛见状又看向蔡薇：“蔡薇姐，总部的一切东西你都要做好清点，特别是资金和诸多重要材料，一定要尽可能带走。”

蔡薇面色凝重地点点头，道：“府主放心，我会做好的。”

做好安排，李洛与姜青娥对视一眼，一声轻叹，谁能想到，洛岚府总部最终没有被别的势力攻破，而是他们自己选择放弃……

摄政王府，密闭的书房中。

摄政王面色阴沉地望着自阴影里出现的两个人，正是金银重瞳男子和沈金霄。

“玄宸……

“我需要你给我一个解释！”

第七百零四章

玄宸意图

书房内，被称为玄宸的金银重瞳男子没有在意摄政王含怒的言语，而是径直在一旁的椅子上坐下。他的面色有着难以遮掩的苍白，此前庞院长那一刀虽然被他以特殊秘法避开，但依旧受到了重创。

“宫渊，这么质问盟友可不合适。”

“我们实现了诺言，没有让庞千源走出暗窟，这不是你之前的请求吗？”玄宸咳嗽了两声，然后笑着说道。

摄政王面庞阴沉，道：“可是你们毁了大夏！如今暗窟被打开，大夏城难保！”

玄宸无所谓地道：“反正你又不是大夏的王，何必操心这么多？”

“我是大夏的摄政王。”摄政王面无表情地道。

“你觉得当小皇帝登基后，你还能继续当你的摄政王吗？”

玄宸笑着摆了摆手，道：“好了好了，别说这些没意义的话了。宫渊，把你的目光放长远点吧，等未来成为王级强者，你完全可以创立一个比大夏庞大百倍的帝国，到时候你是开国皇帝，功绩会胜过你们宫家先辈百倍。”

摄政王眼神动了动，道：“王级谈何容易。”语气却不知不觉缓和下来。

“有我们的支持，王级并非高不可攀，我们的实力你应该心里有数。”玄宸淡淡道。

摄政王沉默了一会儿，道：“你们接下来想要做什么？”

玄宸道：“此次虽然破坏了圣玄星学府的相力树，打开了暗窟，但可惜最后时刻被庞千源阻挠。他的自我封印不仅封住了两个异类王和恶念黑河，还压制了暗窟释放恶念之气的速度。”

“原本我们想以最快的速度让大夏陷落，但现在看来只能再等等了。

“只不过，从我们的角度来看，这样也挺好。”

玄宸突然又笑出声，道：“如果两个异类王真的出来了，对我们来说反而不是好事，总不能让我从总部请两位王级强者来压制它们吧？异类这东西心思诡异，谁也不知道下一刻会不会引来反噬。”

虽说归一会与异类有牵扯，但他们有自己的目的。如果鱼魑王与尸魍王顺利出来，以他七品侯的实力，断然不可能指挥得了他们，甚至两个异类王反手灭了他也不是不可能。

庞千源帮他暂时封印了两个异类王，简直再好不过，让他有更多的时间去完成归一会的布置。

“大夏城应该会被放弃，你就没有什么打算吗？”玄宸笑着问道。

“什么意思？”摄政王皱眉道。

玄宸手掌一抬，相力光芒于掌心绽放，在二人面前形成一幅巨大的地图，正是大夏的疆域图。

“依据我的观测，由于庞千源的压制，未来恶念之气将以圣玄星学府为源头一路往西，形成一条巨大的污染地带。”

他打了一个响指，然后摄政王就见到疆域图中出现了一条横贯东西的黑色区域，如同一条巨大的黑河，几乎将整个大夏一分为二。

“未来两三年，大夏应该会变成这般模样。”

“因为大夏城被放弃，王庭就会找寻别的城市作为新的都城，你觉得长公主会选择去哪儿？”玄宸笑问道。

摄政王微微沉思，道：“她应该会选择大夏南部区域，因为那边有更多支持她的老臣和家族。”

“那你呢？”

摄政王怔了怔，若有所思地盯着玄宸，道：“你想让我去大夏北部？”

“跟着长公主他们去南部，只会陷入无休止的争端，如今大夏已乱，以你的声望与威势，何必再跟着小皇帝？你振臂一呼，前往北部，自立为王，足以与长公主分‘江’而治。”玄宸说道。

“而且有我们的支持，要不了多久，你的实力会强大到难以想象，到时候收复南部、完成统一不算困难。”

摄政王面色微微变幻，道：“你是想分裂大夏，削减大夏的实力，方便之后的行动吧？”

“但以你的实力，没必要做这些……看来你这一次被庞千源伤得不轻。”

玄宸的面色终于变得阴沉，他没有否认，淡淡地道：“你去硬扛一次王级强者的攻击就明白了。”

摄政王摇摇头，道：“我还没那么不知天高地厚。”

连实力达到七品侯且身怀诸多秘法的玄宸都被庞千源的随意一刀伤成这样，他这个五品侯恐怕一刀就得死。

“你的提议，我的确有些兴趣。”摄政王话题一转，嘴角浮现出一抹笑容。

大夏城将毁，往后这里会变得极为混乱，曾经的规则也会随之打破。

他如果跟着长公主、小皇帝退往南部，即便以小皇帝的性别问题为由头发难，也会陷入各方势力的牵扯之中，反而干扰他的计划。与其如此，还不如率众前往北部，待时机成熟后直接脱离王庭，自立为王。

有归一会的支持，他的脚步不会止于大夏。

正如玄宸所说，他创造的功绩会远超宫家先王。

一念至此，摄政王的眼神变得火热。

虽然他明白，这样只会让他对归一会的依赖越来越强，但事情已经推进到这一步，他不可能回头，眼前的男人也不会允许他回头。

“这是一个不错的提议。”最终，他冲着玄宸露出笑容。

玄宸苍白的脸庞露出温和笑意，摄政王的识趣让他很满意。

“摄政王，我也有一个小小的请求。”此时，一直未曾说话的沈金霄看向摄政王，含笑说道。

“沈师但说无妨。”摄政王挥了挥手。

“不是什么大事……大夏城将毁，此处其他势力都会迁移，包括洛岚府。”沈金霄缓缓说道。

摄政王闻言，目光顿时一闪。

“洛岚府一旦迁移，守护奇阵也会受到影响，我想，这或许是一个很好的机会。”

沈金霄十指交叉，笑着说道。

“沈师还想打洛岚府的主意？你不怕李太玄跟澹台岚吗？”摄政王道。

“怕肯定是怕的。”沈金霄坦然一笑，道，“但恩怨已经结下，既然缓解不了，还不如做绝一点，而且有归一会支持，我们不必忌惮他们。”

摄政王沉默了几秒，道：“沈师想怎么做？”

“玄宸大人会盯着圣玄星学府，只是长公主与洛岚府交好，她的力量需要您找个由头牵制，其他的交给我就好。”沈金霄拱了拱手，道。

摄政王看了他一眼，道：“洛岚府那个名为牛彪彪的家伙实力比祝青火强，如今又有郗婵，你确定你能搞定？”

玄宸微笑道：“你可不要小瞧沈金霄，他可是连鱼魑王都赞叹的人呢。说起来，他很适合我们归一会，未来他的成就会在我之上。”

摄政王双目微眯，眼神略有震动。

“玄宸大人抬举我了。”

沈金霄无奈一笑，然后看向摄政王，笑容幽深。

“我不要神蕴物质，我只要姜青娥。”

第七百零五章

王庭分裂

圣玄星学府暗窟破封的消息，接下来数日传开了。

当日在场的人太多，还有许多学员，消息是压不住的。

此事自然引发了极大混乱，大夏城和周边接近圣玄星学府的城市，人心惶惶，即便有王庭派出的军队维持秩序，却依旧挡不住惊恐气氛蔓延。

无数人逃离这片地域。

对于这种情况，王庭没有阻拦，只是在尽可能保证秩序的情况下疏散居民。到了眼下这一步，从大夏城撤退已是不可避免的事情。

各方势力都做着撤离的准备，虽然没人愿意这么做。他们在大夏城经营多年，付出无数心血，人员固然可以转移，可诸多产业、基地只能忍痛放弃，无疑是巨大的损失。

可是没办法，恶念之气的污染性极强，虽说实力强横的人能在里面停留，但对更多人来说，恶念之气就是剧毒，一旦扩散，生灵涂炭，大夏城未来必然会成为一片死地。

继续留在这里没有任何意义。

在混乱的局面下，王庭召开了一场会议，邀请了大夏城各方顶尖势力。

会议是长公主以小皇帝的名义召开的，严格来说，此时小皇帝的地位颇为尴尬。虽然登基大典没有完成，可眼下情况特殊，实在没可能再举行一次登基大典，所以各方对小皇帝的正统身份都是默认的态度。

“诸位，经过几天的探测，我们推测出了恶念之气未来流动的轨迹。因为庞院长的压制，恶念之气的扩散没有想象的无序，随着时间推移，恶念之气会形成一条极庞大的污染带，贯穿大夏中央腹地，如同一条大河，分割大夏。”

金碧辉煌的大殿内，长公主环视着诸多势力首领。她的容颜憔悴，想来这些天的混乱给了她极大压力。

在长公主面前，一个水晶球射出的光线，彼此交织，形成了大夏的疆域图。

此时，疆域图中央位置有一条巨大的黑色污染带，将大夏分成了两片。

李洛与姜青娥注视着疆域图，稍微松了一口气。虽说污染地带庞大，辐射了大夏腹地的诸多城市，可相对于整个大夏被污染的局面，这已经比较容易接受了。

这是庞院长在自我封印前给大夏的最后一点帮助。

跟以往脸上总是带着温柔笑容不同，素心副院长的神色沉闷。眼睁睁看着学府毁在自己眼前，哪怕心性再强，一时间都难以接受。

“倒是一个好消息。”

鱼红溪看了素心副院长一眼，见到她没有开口说话的迹象后，便感叹着说道：“最起码恶念之气被束缚在一片区域内，没有无序扩散，大夏还留有净土。”

“这种情况恐怕只能维持数年，等庞院长的压制失效，恶念之气必然扩散。”都泽阎面无表情地说道。

“能拖一些时间总是好的。”司擎苦笑道。

长公主微微颔首，而后缓缓说道：“今日将大家请来，是想与诸位商讨接下来的撤退路线。”

“大夏会被污染带分为南北两个部分，我的建议是率众前往南部，我也希望诸位与王庭一起。以后异类出现，我们需要凝聚力量，对抗一切变故。”长公主诚恳地看着众人。

大家微微点头。此话不错，大夏已经不再太平，为了应对未来的变故，合力聚在一起才是最明智的。

就在众人这般想着的时候，一道不合时宜的声音淡淡响起。

“我不同意去往南部。”

众人眼神一凝，目光投去，便见到一直没有说话的摄政王睁开了微闭的眼睛，面色冷厉。

“王叔，您这是什么意思？”长公主眼神微变，声音冷了下来。

然而摄政王只是淡淡地道：“我建议前往北部，大夏不少重镇位于北方，前往北部才能把力量发挥到极致。”

长公主眼中充满怒意，道：“这是王庭的选择，王叔要背离王庭旨意吗？”

摄政王眼皮微垂，道：“鸾羽，登基大典出了那样的事，从程序上来说，如今大夏王庭依旧由我来做主。”

“王叔这是要谋反？”长公主寒声道。

摄政王哂然一笑，道：“何必给我扣这么大的帽子，这件事说到底还是你父王的错，他为了大夏之王的位子，以秘法扭转景曜的性别，试图瞒天过海骗得护国奇阵。此举违逆了宫家先祖的意志，如果要论罪，你父王才是罪大恶极！”

“我不知道，在九泉之下他该如何面对宫家先祖？”

“你放肆！”听到摄政王竟然要论父王的罪，长公主怒不可遏，与此同时，大殿四周的护卫如潮水般涌出，秦总管出现在长公主身后，戒备地盯着摄政王。

瞬间剑拔弩张的气氛让其他势力首领面面相觑，王庭内部问题在前几日登基大典时已经爆发出来，最终因学府之变耽搁。可这种事情拖延没用，总会再度爆发，比如眼下……

素心副院长眉头紧蹙，王庭的问题让人异常头疼，外人无从插手，小皇帝此前未能成功继承护国奇阵，给了摄政王非常好的由头。

面对这种情况，谁能让摄政王收敛野心？

只有庞院长，但可惜……

大殿内，摄政王面庞漠然，眼神坚决地道：“如果你执意前往南部，本王就不奉陪了，我会率领我的人前往北部，收整军队，整顿北方，抵御异类！”

长公主气得身子颤抖，满脸寒霜：“宫渊，你想割据北部，自立为王？！”

其他人色变，摄政王这是铁了心要分裂大夏。

鱼红溪脸色凝重，道：“摄政王，如今大夏局势险峻，正是需要上下一心的时刻，如果王庭割裂，会让多少人人心震荡？”

摄政王平静地道：“我在这里请求诸位支持我，如今大夏更需要一个合格的掌权者，你们觉得景曜的能力能跟我比吗？”

众人沉默。

摄政王掌权多年，虽说野心不小，可没人能否认他的能力，最起码大夏这些年愈发强盛，王庭威势渐重。

素心副院长与鱼红溪对视了一眼，摄政王的能力毋庸置疑，可此人野心太大，反而令人忌惮，她们更愿意选择长公主。

“摄政王的能力有目共睹，未来共同抵御异类，王庭由他掌控，才更加让人放心。”

在众人沉默间，一道淡笑声响起，众人看去，便见到极炎府的祝青火率先站起身。

“极炎府愿意追随摄政王，前往大夏北部。”

第七百零六章

各方站队

祝青火率先表态，无疑让大殿的气氛为之一凝，各方势力首领面色变幻。极炎府在李太玄与澹台岚离开后，已经成为五大府实力最强的一府，祝青火自身也踏入了四品侯境界，比其他三府的府主更胜一筹。

他这般表态，显然是要投靠摄政王。

这不奇怪，此前洛岚府府祭，祝青火与摄政王同时出手，就已表明双方有勾连。

“我管辖的三郡正好都在北部，我赞同前往北方。”此时说话的是身兼三郡总督重职的钟颉，他是摄政王的铁杆支持者。

金雀府的司擎眼神闪烁了片刻，最终出声金雀府也愿前往北部。

如果此前没有因为神蕴物质出手，他多半会选择前往南部。摄政王虽然能力出众，却让司擎感觉到了危险，他不喜欢与这种强势的枭雄打交道。但是可惜，他与洛岚府决裂，总得考虑一下李太玄、澹台岚带来的威胁。

放眼大夏，还有能力与他们抗衡的，只有摄政王一派了。

最重要的是，摄政王对洛岚府出了手，从某种意义来说，他们有联手的理由。

正因为此，司擎此时才会出声。

他的表态带来了不小的震动。如此一来，五大府已有两府表明了态度，而兰陵府根本没有出席，洛岚府是两个小儿当家，只余下都泽府还没表态。

于是在此之后，一些本来中立的王庭重臣和势力皆表示愿意随摄政王前往北部。

一时间，大殿内摄政王一派的气焰高涨。

长公主见到这一幕，俏脸布满寒霜，玲珑有致的娇躯微微颤抖，内心十分震怒。

“呵呵，此前我洛岚府府祭时，裴昊的实力出现过诡异的暴涨，后来经过调查，多半与沈金霄有关系，而摄政王正巧在那个时候对洛岚府出手，让我不得不怀疑，摄政王是否与沈金霄有勾连。”

就在此时，一道年轻的笑声突然在大殿响起，一道道目光投射而去，便见到李洛面带微笑地开口道。

“沈金霄与金银重瞳男子是一伙的，他们都是导致暗窟破封的罪魁祸首。如果摄政王与沈金霄有勾连，是不是说明他与归一会的人也是一伙？”

此言一出，大殿顿时变得寂静，众人看向摄政王，素心副院长也将凌厉的目光投向他。

面对着这些目光，摄政王却面无波澜，淡淡道：“李洛府主年纪不大，性格倒是阴狠。你不必因为本王觊觎你的洛岚府之宝就想行诬陷之举。”

“如果你有证据就直接拿出来，口舌之争可没有意义。”

李洛微微一笑，道：“我只是猜测，摄政王何必这么生气？”

而后他话音一转：“洛岚府还是与长公主一起迁往南部吧，摄政王都说得这么直白了，再跟着你走，岂不是送肉上门？”

摄政王面无表情，对于李洛的选择不意外。

“我们都泽府从大夏南部起家，如果要离开大夏城，还是落叶归根吧。”都泽府的都泽阎慢慢说道。

都泽府的选择也不奇怪，一切都是因为此前府祭的对抗。当都泽阎阻拦司擎时，他就站在了洛岚府的阵营。

如果说洛岚府与都泽府的选择只是带起一点波澜，接下来一人的表态则让诸多王庭重臣都为之侧目。

“我愿随长公主殿下南下。”是大将军秦镇疆。

摄政王眼皮跳了跳，秦镇疆在大夏军中举足轻重，他选择南下，许多军方重将随之而动，对摄政王一派会造成不小冲击。

“圣玄星学府将迁往南部，那边有些郡城的学府适合改造，重建会方便许多。”素心副院长平静地说道。

摄政王的面色终于变得难看，圣玄星学府虽说被毁，一些紫辉导师也受到污染，但不论如何，学府是特殊的，底蕴尚存，如果他们跟随长公主南下，会极大增加长公主的实力。

摄政王清楚，素心十分忌惮他，以前学府还有庞千源这张王牌，如今庞千源陷入自我封印，学府又遭受重大损失，如果还与他待在一起，说不定会被他采取手段逐渐压制并吞噬。而他的确是这么想的。

这个女人真是狡猾，不给他任何机会。

但圣玄星学府南下不是坏事。接下来几年，他与归一会的牵扯会逐渐加深，如果圣玄星学府跟在身边，被他们察觉的话，反而会造成麻烦。

现在能够分开，他可以更快地掌控北方。

等他实力精进，踏入上品侯，就算暴露了与归一会的牵扯，他也有足够信心与实力压制学府。

心里快速闪过诸多念头，摄政王面色依旧保持着阴沉，冷声道："既然这是素心副院长的决定，我虽然不愿，但也表示尊重。"

他又看向鱼红溪，道："鱼会长，金龙宝行呢？"

鱼红溪笑吟吟地道："对于我们金龙宝行来说，南北都是做生意的地方，我们总部会迁往南部，但北部也不会放弃，会尽可能维持那边的诸多分部。"

摄政王面色不变，鱼红溪显然更偏向长公主。但金龙宝行毕竟是做生意的，属性远超学府，如果不是极端情况，是不会与他有什么冲突的。

大殿内，随着圣玄星学府与金龙宝行做出选择，其他势力纷纷开口。让人有些意外的是，不少势力依旧愿意跟随摄政王北上。除了自身从北部发家的势力，更多的是因为这些年摄政王掌控王庭留下的威势。

这些势力的影响力虽然不如学府、宝行和五大府，但汇聚在一起也是一股不小的力量。

至此，大殿内代表大夏顶尖力量的势力割裂开来，形成了一南一北两大派系。

如果排除中立的圣玄星学府以及金龙宝行，从声势与实力看，摄政王那派更强。

眼下的结果让摄政王颇为满意，他不再掩饰什么，只是眼神淡漠地看着长公主，道："鸾羽，既然各自做出了选择，那就希望你把南部经营好吧，未来大夏终归是要统一的。"

长公主冰冷地道："宫渊，父王真是看错你了，他一定没想到，临终前选定的摄政王竟然会分裂大夏。”

“本王说过，他太贪心了。宫家先祖的规矩是他先违背的。”

摄政王漠然地说道，而后不再与长公主多说，直接转身离去。

随着他离去，愿意北上的诸多势力纷纷离场。

片刻间，原本满满当当的大殿就空了一半。

长公主明艳典雅的脸颊上怒气升腾，眼中涌现着杀机，这一刻，她差点忍不住吩咐手下的人动手，可最终理智还是让她冷静下来，她的力量未必敌得过宫渊。

如果不是有素心副院长以及鱼红溪，她甚至怀疑宫渊会先下手为强，直接除掉她，彻底掌控王庭。

这种手段虽然粗暴不讲理，可在这种混乱的时局下反而很有效。

“吁……”

长公主深吸了几口气，她努力平息着内心的怒火，然后看向旁边的李洛、姜青娥等人，对着他们露出一个充满感激的明艳笑容。

“诸位，既然已经决定了，接下来就准备大撤退吧。

“大夏城虽然没了，但大夏还有希望，我们一定会回来的。”

在长公主的鼓舞下，各方势力缓缓退场，接下来还需要做不少准备。

李洛在与长公主告辞后，追上了素心副院长。

“副院长，圣玄星学府南下，可有重建之处？”李洛轻声问道。

素心副院长看了李洛一眼，露出勉强的笑容，道：“有几个候选。怎么？你有好的建议吗？”

李洛笑了笑，道：“我推荐天蜀郡的南风学府。”

“南风学府吗？它正是候选之一。”素心副院长微微颔首，她知道李洛与姜青娥都是从南风学府走出来的。

“这两天我会跟其他紫辉导师好好商议，那里能够培养出你与姜青娥这样的学员，我觉得应该是个气运很好的地方。”

李洛笑着点点头，他望着素心副院长憔悴的神色，安慰出声。

“副院长，您不必过于哀伤，学府虽然被毁，但未必不是一次浴火重生的机会。说不定未来咱们圣玄星学府也能走出一个超级强者，到时候区区圣学府可配不上我们，最起码得是个古学府吧？”

听着李洛的安慰，素心副院长忍不住一笑，然后眼神柔和地伸出手，揉了揉眼前少年的头发。

“那可能就要靠你跟姜青娥了。”

第七百零七章

一个答案

接下来的十来天，整个大夏城和周边地域只能用荒乱来形容。

无数人舍弃了原本的家园，开始踏上南下或者北上之路，即便有再多不舍，也只能仓惶逃离。在这段时间，大夏城周边的恶念之气变得愈发浓郁，甚至出现了异类的踪迹。

好在都是低级异类，如今大夏城内强者云集，这些异类一经出现就立即被清除了。

异类好除，可恐慌的气氛却迅速蔓延开来。

每一天，逃亡的人流都浩浩荡荡，人群十分惊惶，一些人甚至还没有从平日祥和的气氛中回过神，短短数日前，他们还在期盼着即将到来的年节。

然而大势所趋，无人能避免。

各方势力都在马不停蹄地整理资源，但时间实在太仓促，很多都难以收整，只能忍痛放弃。

同时，大夏的政局也不稳定。

王庭分裂，长公主与摄政王将分道扬镳、一南一北而行的消息已经在城内传开，引起了极大震动，所有人都明白这代表着什么。

大夏将从实际上分裂成两个国家，南部由长公主一派掌控，北部则落入摄政王之手。

换作一个月前，摄政王的行为必然会遭来口诛笔伐，这可是实打实的谋逆。但暗窟现世，恶念之气扩散，异类即将肆虐，所有人都顾不上王庭之变了。

也就长公主一派最近这些时日还在斥责摄政王，双方一次次交锋，让彼此的矛盾愈发激烈。甚至如果不是异类污染逼近，他们可能已经大打出手了。

这种权力的分裂与对峙，让大夏城的局势变得更混乱。

洛岚府，地宫。

李洛与姜青娥站在一起，神色紧张地望着前方的牛彪彪。对方的双手正不断地结印，随着印法变幻，二人看到遍布地宫的晦涩光纹正在逐渐减弱。

就是这些光纹组成了洛岚府的守护奇阵。

李洛的眼神复杂，守护奇阵保护了洛岚府这么多年，没想到最后竟是他们主动破坏了。

没办法，大夏城都要毁了，守护奇阵自然也失去了作用。

撤退前，他必须取走神蕴物质和李太玄、澹台岚留下的本命烛火。

似是察觉到李洛的复杂心态，姜青娥转头看过来，伸出纤细玉手，轻轻握住了他的手掌。

掌心传来冰凉娇嫩的触感，李洛转头看了姜青娥一眼。

“奇阵的任务已经完成，它保护我们度过了府祭，未来的路就要靠我们自己了。”姜青娥微微一笑，绝美的神女之颜流转着明艳光泽，一时间连昏暗的地宫都变得明亮起来。

看着近在咫尺的无双美人，即便是早就习惯姜青娥容颜气质的李洛，一时间都看得痴了。

旋即他握住姜青娥纤细修长的玉指，轻咳一声，道：“青娥姐……不知不觉已经过去一年了，还记得一年前你来南风学府接我的时候吗？我当时的提议……现在算通过考核了吧？”

“所以，是不是该有个答案了？”

姜青娥一怔，浓密的睫毛轻轻眨了眨，茫然地问道：“什么答案？”

李洛气道：“不要装傻！”

“退婚的事情！那份婚约什么时候更改？现在我都是洛岚府的府主了！”

姜青娥无奈地道：“你可真喜欢多此一举。”

“这可不是多此一举，其中的意义非常重大。”李洛严肃地纠正道。

姜青娥似笑非笑地道：“但是你现在的实力还没有超过我呢，你不是一直觉得要等实力超过我，才能征服我吗？”

李洛悻悻地道："征服二字太难听了，这不是两情相悦吗？"

然后他用力抓住姜青娥的小手，认真盯着对方道："我不管，青娥姐，我只想知道，你喜欢我吗？是男女之间的那种喜欢，可不要用什么姐弟情感敷衍。"

突如其来的单刀直入，让素来冷静的姜青娥瞬息失神，如瓷器般精致的白皙脸颊浮现出一抹绯红，金色的眼眸也泛起罕见的羞涩。

或许是奇阵被拆除、他们即将放弃洛岚府总部的缘故，姜青娥感觉今天的李洛似乎比平常鲁莽许多。

而姜青娥一时间竟然不知道怎么回答，只感觉心跳加速。

见她没有回答，李洛瞪大了眼睛，道："不管怎么说，你已经被绑在了洛岚府，洛岚府的主母你做也得做，不做也得做。"

见到他耍无赖，姜青娥好气又好笑。

"咳。"

就在此时，一道干咳声在地宫响起，打破了两人的气氛。

李洛与姜青娥赶紧看去，只见牛彪彪已结完最后一道印法。随着晦涩复杂的光纹渐渐黯淡，一股无形的波动迅速扩散出来。

地宫震动，灰尘簌簌地飘落。

"咔嚓。"

一枚神秘的菱形晶石从地宫中央缓缓升起，散发出一波波光晕。随着此物出现，一种奇特的神韵之气弥漫在地宫，在这种特殊气息的笼罩下，李洛感觉自身相力仿佛变得沸腾。

神蕴物质！

李洛眼神一凝，此物便是爹娘留下的、封侯强者梦寐以求的至宝。

他缓步上前，来到两道本命烛火前，道："爹、娘，大夏遭遇剧变，咱们总部也保不住了，我只能取走神蕴物质，你们若是能够感知到，以后在王侯战场行事可要多加小心。"

神蕴物质留在地宫除了维持奇阵，还有一个功能，就是在紧要关头为身处王侯战场的李太玄、澹台岚二人输送部分力量，让他们渡过致命的危机。

如果不是迫不得已，李洛真不想取走它。

说完后，李洛伸出手，小心翼翼地将两盏本命烛火收入空间球内。

然后他转头看向牛彪彪，道："彪叔，赶紧收起它吧！"

牛彪彪看了李洛一眼，然后笑了笑，伸出手掌，将那块让无数封侯强者抢破头的神蕴物质握在手中。

"府主，此物先在老牛这里存放一段时间，等渡过此次危机，我再交给你保管。"牛彪彪笑道。

李洛无所谓地摆了摆手。

"洛岚府的资源都整理得差不多了，这两天应该会出发，城外已经有异类踪迹出现，不能继续拖下去了。"

牛彪彪点点头，道："我会做好准备的。"

而后三人再度凝视着这座隐隐有些崩塌的地宫，好半晌后方才转身离去。

李洛与姜青娥走在牛彪彪后面。

李洛拉了拉姜青娥小手，悄悄地问道："青娥姐，你还没回答我呢。"

姜青娥晶莹剔透的耳垂变得红红的，她偷偷地看了一眼前面的牛彪彪，然后低声道："等到了南风城再回答你！"接着便加快脚步，不再理会李洛的纠缠。

李洛望着失去冷静的女孩，得意地咧嘴一笑，慢悠悠地跟了上去。

第七百零八章

交换条件

随着时间推移，大夏城渐渐变得冷清，曾经沸腾与繁华的气息在以惊人的速度消退。

金龙宝行。

鱼红溪站在窗前，望着空空荡荡的街道，轻轻叹了一口气。作为一个生意人，她不喜欢这种突如其来的变故，对金龙宝行来说，哪怕是帝国政权更迭，都很难影响到他们的生意。

除了异类。

这些诡异、阴冷的东西，可没交流的余地。

这段时间，金龙宝行也加紧清点资源，只不过他们家大业大，效率依旧不高。

就在鱼红溪考虑金龙宝行未来的发展时，门口突然传来敲门声，她应了一声，有侍女快步进入，到她身旁低声说了两句。

“哦？她竟然会来拜访我？”鱼红溪柳眉一挑，然后点点头，道，“请她进来吧，不要让人打扰，包括清儿。”

侍女退去后不久，房门再次被敲响。鱼红溪抬头望着走进来的姜青娥，道：“没想到你会单独来找我，以前你似乎都在尽量避免，我想，澹台岚没少说我坏话吧？”

“师娘从不背后说人。”姜青娥摇摇头，道。

鱼红溪不置可否，也没与姜青娥客套，直接问道：“你知道我更喜欢跟李洛谈事，你今天突然单独来金龙宝行，是找我有事？”

姜青娥眸光看着鱼红溪。

“我来见鱼会长，的确有一事相求。”

姜青娥没有拐弯抹角，道：“我们洛岚府将在三日后启程，贵行似乎是差不多的时间吧？”

鱼红溪微微颔首。

“不过我们应该不同路。”金龙宝行会先撤往距离大夏城最近的郡，那里还有分部的人马在等待。

“鱼会长，我们洛岚府的情况您也知晓，虽说有惊无险地度过了府祭，但依旧有人觊觎府里的神蕴物质。如今没了守护奇阵，某些人恐怕会蠢蠢欲动。

“我担心有人会在迁移时对洛岚府出手。”姜青娥缓缓说道。

“你倒是谨慎。”鱼红溪说道，“眼下摄政王与长公主斗得不可开交，王庭内部资源争夺险些让他们打破头，我想，摄政王恐怕现在没时间出手。”

姜青娥微微沉默，道：“比起摄政王，我更担心沈金霄。”

鱼红溪眼神一动，道：“那个背叛学府的紫辉导师吗？”

“此人狡猾阴毒，还与归一会有牵扯，我觉得他的威胁比摄政王更大。”

“他一直对我心怀恶意，以往在学府不敢太过分，可如今他已背叛学府，我想，他必然会忍不住动手。”姜青娥平静地说道。

“你们洛岚府有那位神秘的封侯强者，如今又有郗婵，未必会忌惮他吧。”鱼红溪道。

“虽然我们做好了准备，但要做到有备无患，还需要更多的力量。我不惧沈金霄，真到了生死关头，无非与他搏命罢了。我只是不想李洛出事情。”姜青娥道。

鱼红溪道：“你们还在担心金龙宝行内部的问题吗？放心吧，我会盯着的，不会让人跑出去对你们出手。”

姜青娥微微摇头，道：“不，我希望您能亲自出手相助。”

鱼红溪闻言顿时失笑一声，道：“姜青娥，你忘了金龙宝行的立场吗？我作为会长，不会亲自出手。我虽然喜欢李洛那小子，但你也不能以此对我提出过分的要求吧？”

姜青娥道：“我知道这个请求有些过分，但您是生意人，有些事情总是可以谈的吧？”

鱼红溪终于有了兴趣，她盯着姜青娥，道：“真是聪明的女孩。那么，你又能开出什么样的条件来打动我呢？我想想……如果你愿意拿出洛岚府的神蕴物质，我可以出手。”

姜青娥精致的脸颊绽放出一抹令鱼红溪都感到惊艳的笑容，她轻声道：“鱼会长，清儿应该喜欢李洛吧？”

鱼红溪的笑容一僵，没好气地道：“那又如何？”

姜青娥继续说道：“可是李洛有婚约在身，她这样似乎有些不合适呢，鱼会长没有管教一下吗？”

鱼红溪闻言，声音顿时冷了下来：“我怎么教女儿需要你来提醒吗？”

“而且你跟李洛的婚约不过是李太玄那家伙搞出来的闹剧而已，你跟李洛也没有男女之情吧？”

“鱼会长怎么就知道我们没有呢？”姜青娥道。

鱼红溪红唇轻撇，她优雅起身，双手按着桌面，俯视着姜青娥，那锐利的目光仿佛将对方看了个通透：“那你告诉我，你的身子给李洛了吗？”

面对鱼红溪突如其来的虎狼之词，姜青娥忍不住失神了一瞬。

“你们有婚约在身，年纪也到了，如果你们两情相悦，我可不信以李洛的性格会对这么一位绝代风华的未婚妻无动于衷。”鱼红溪淡淡地道。

姜青娥眸光闪动，真不愧是鱼红溪，应对起来比吕清儿麻烦多了。

鱼红溪见状，心中轻轻一哼，当初我可是能跟澹台岚掰手腕呢，你还是太嫩了。

“如果没有其他事，你可以走了，我们金龙宝行最近很忙。”鱼红溪重新坐下，言语间开始赶人。

姜青娥却没有走，她似踌躇了半晌，然后盯着鱼红溪，轻咬银牙，艰难地道：“鱼会长，等回到南风城，我可以和李洛解除婚约，这个条件你觉得如何？”

鱼红溪翻看文件的手指僵了僵，她缓缓地抬起头，看了姜青娥好一会儿。

最后，她合上文件，脸上出现温和的笑容。

“姜青娥，这个条件的确让我心动。”

两女起身，伸手轻轻握了握，达成了协定。

她们没有再多说半句话，姜青娥径自离去，鱼红溪也坐了回去。

房门关闭，鱼红溪继续翻看着文件。好一会儿后，她的红唇才掀起一抹弧度，轻轻地道：“澹台岚，这次我总能赢你了吧？”

鱼红溪放下文件，伸开双臂，舒展了一下身子，这时候又有侍女敲响房门。

“会长，李洛府主来宝行了，小姐陪他一起过来了。”

鱼红溪闻言，柳眉顿时一挑。

不久后，李洛笑容可掬地走进鱼红溪的办公室，开口就非常热情：“鱼姨，几天不见，您变得更漂亮了……”

十分钟后。

李洛茫然地走出办公室，与一旁同样一头雾水的吕清儿对视一眼。

“她这就同意了？”

第七百零九章

南下归途

三日后，李洛终于下达了撤离的命令。

洛岚府总部外，连绵的车队整装待发，洛岚府精锐齐聚于此，重重护卫将车队围得严严实实，这些物资是洛岚府在大夏城这些年所有的积累。

当然，一些重要物品，如灵水奇光配方、高级相术、高级宝具等皆由李洛、姜青娥、蔡薇等人分散保管在各自的空间球内。

李洛看了一眼四周街道，以往街上行人如织，沸腾繁华，如今行人寥寥，商铺大门紧闭，一幅残破之景。

李洛暗自感叹，谁能想到，短短半个月，大夏的中枢城市就成了这般模样。

李洛收回目光，最后看了一眼洛岚府总部。经过这些天忙碌，总部许多重要建筑都被拆解，比如金屋，此时看去仿佛被打劫了一般，一片狼藉。

此时，许多洛岚府的老人也神色黯然地看着总部，他们在这里待了许多年，有很深的感情，如今要放弃，内心不免难受。

“大家不必感伤，等暗窟重新被镇压，我们还会回来的。”感受到沉闷的气氛，李洛站在车辇上安慰道。

姜青娥骑着一匹四蹄生火般的黑色角马兽，她穿着白色长裤，跨在马背上的双腿显得格外修长，如瀑长发扎成干净利落的马尾，澹台岚为她亲手缝制的湛蓝短披随风轻扬，整个人显得异常飒爽，绝美的容颜与动人的气质让她成为这幅沉闷景象里最灵动的存在。

“都安排好了，现在就等郗婵导师过来。”她金色眸子投向李洛，说道。

郗婵导师这些天都在学府帮忙，学府学员数量庞大，撤退前的事务比洛岚府繁杂。

李洛点点头，翻身上了另外一匹角马兽，看了一眼后方的一辆车辇，里面坐着牛彪彪。

他手持神蕴物质，借助特殊的力量，能将实力维持在四品侯的境界，是大夏最顶尖的封侯强者。

李洛没有暴露牛彪彪，含而不露才让人捉摸不透。如今大夏异常混乱，李洛相信洛岚府拆除守护奇阵的情报这些天早已被各方势力知晓，神蕴物质也必然会被带走。

失去奇阵保护的洛岚府，又持有如此至宝，保不齐会有人趁火打劫。

让牛彪彪隐藏起来，也许能取得出其不意的效果。

“咻！”

一道流光掠过天际，直接落在李洛旁边的车辇上，光芒散去，现出了郗婵的身影。

“导师，您来了！”李洛见状，顿时精神一振。

郗婵微微颔首，道：“这些天学府很多事，人手不足，我需要留在那边帮忙。”

“理解理解。”

李洛笑了笑。郗婵导师虽然离开了学府，但也只是暂时的，如今学府遭难，素心副院长心情不佳，郗婵导师当然要将重心放在那边，尽可能给予帮助，至于她加入洛岚府，各方势力高层都明白，只是一个幌子而已。

在这种情况下，郗婵还能放下学府事宜过来护送他，李洛已经对她充满了感激。

“李洛，你们此行的计划我已经跟素心副院长说过了，包括有可能遭遇沈金霄袭击的事。”

“沈金霄上了学府的通缉名单，是学府的死敌，如果我们发现了他的踪迹，学府不会坐视不管。”郗婵导师带来一个好消息。

“学府撤离的人员数量庞大，将分批次进行。这一次因为防备沈金霄，素心副院长会率领数位实力高强的紫辉导师护送学员，他们撤退的队伍会与洛岚府车队保持一小段距离，如果出现变故，也方便快速赶来支援。”

“真是多谢素心副院长。”李洛感叹道。

有学府的协助，他们就会轻松些，虽然学府遭遇了重创，但依旧拥有大夏最强的实力。

以前的沈金霄不值得他们出动这种阵仗，但学府之变让李洛明白，这家伙才是深藏不露之人，他们以往看到的他的实力未必是真的，保险起见，帮手越多越好。

“动身吧。”

随着郗婵来到，李洛大手一挥，喝声响起。

这支庞大的车队开始启动，犹如一条长长的巨蟒，沿着大夏城冷清宽阔的街道徐徐前行，经过厚重宽大的城门，最终出了城。

李洛骑着角马兽，眺望着前方，双目微眯了一下。

只见天地间弥漫着灰暗的气息，黏稠、阴冷的感觉令人感到分外不安。

还有莫名诡异的低语声从远方传来，让人的情绪不由自主地变得躁动。

李洛内心却十分平静，他去过暗窟，那里的环境比这里恶劣许多，眼下的恶念之气还在李洛的承受范围内。

但不是所有人都如此。

车队里传出了骚乱声，虽然这些天收到了各种消息，可弥漫的恶念之气只有亲自体验后才能明白有多么令人不适。

李洛挥了挥手，雷彰阁主率领护卫骑兵前往车队各处安抚。

然后他转头看向身旁的姜青娥，问道：“你觉得沈金霄会出现吗？”

姜青娥金色眸子凝视着灰暗的天地，道：“这是他最后的机会了，一旦等我们回到南部，再建立起对北部的防线，以他被学府通缉的身份，恐怕很难混进来。”

“我能清楚地感觉到他对我有何等强烈的执念。所以……”

姜青娥的眼神冰冷至极。

“他一定会来！”

李洛沉默，他第一次对一个人产生了一种几乎遏制不住的浓烈杀机，同时也对自身实力感到了强烈的不足。

如果他足够强大，姜青娥又怎会遭受这种觊觎？

李洛五指紧握，双目闭拢，手背青筋跳动，内心因为不安而产生的震怒让他很想发泄。

此时一只如玉般温凉的小手覆在他的拳头上，李洛睁开眼，就见到姜青娥正注视着他，然后冲他露出一抹温柔的笑容。

“李洛，不要生自己的气，你这一年已经比任何人都做得好了。

“不要因一时的落后而沮丧，我们还有时间。

“现在在我们看来不可触及的封侯强者，终有一日……”

姜青娥修长五指缓缓握拢，嘴角的笑容带着一丝冷酷。

“会被我们随手捏死。”

第七百一十章

取心之人

宽敞的大道上，洛岚府庞大的车队不急不缓地前行，精锐护卫骑兵来回巡视，戒备的目光搜寻着四方的风吹草动。

天地间呈现灰蒙蒙的颜色，阴冷的恶念之气如云雾般四处飘荡，影响了人的视野。在有些阴森的密林里，恶念之气更为浓郁，甚至出现了异样动静，仿佛有诡异之物在蠕动。

四周环境给人一种无比压抑的感觉。

李洛记得，一年之前他来到大夏城时，一路的风景令人驻足流连。

如今，一切都被毁了。

沿途还能看见许多逃难的身影，仓惶之态让人心生怜悯。

李洛暗自叹了一口气，他想起圣杯战的黑风帝国。或许，那里刚开始灾变的时候也是这般情形吧？他不希望大夏变成那样的万里死地。

他生在大夏，对这片土地有强烈的感情。

只不过现在的他没有能力挽救这一切，接下来他还要去面对一场不知结果的死战。

李洛的眼神变得幽深，然后微闭双目，感应体内。

一个月前他就已经晋入煞宫境，经过这段时间的修行，现在体内的三个相宫已全部完成淬炼与强化，现在的状态极佳。

当然，因为初入地煞将阶，他的三个相宫只是小煞宫，但依旧让他在相力雄厚程度上完全不逊色于大煞宫境的人。

李洛心神沉入第一个水光相宫，里面流转着一道道奇特的玄光，宛如飞鸟一般。

这些玄光便是李洛最近辛苦凝炼出的地煞玄光，是地煞将阶的标志力量。

它不仅能不断淬炼、强化相宫，把它变得更坚韧，与人对敌时还能极大提升相力威能。

这就是一旦踏入地煞将阶，战斗力会远超相师境的原因。

“三百七十八道地煞玄光了……”

李洛扫了一眼水光相宫内的玄光，这个数量是他这个月片刻不歇修炼的成果，如此速度，远超普通修炼者，还得归功于他修炼的三转龙息炼煞术。

作为五煞级的炼煞术，它的炼化效率让李洛颇为满意。

煞宫境有小煞三千、大煞八千之说，意思就是小煞宫一般能容纳三千道地煞玄光，而大煞宫能容纳八千道。

当然，这是普通煞宫的极限，简单来说，相性品阶越高的人，相宫能容纳的地煞玄光也越多。

李洛的优势就在这里体现出来了，因为他有三个相宫。

按照每个相宫三千道算，他在小煞宫境巅峰时，三个相宫容纳的地煞玄光起码能达到九千数，而且这还不是他的极限！

按照李洛的估计，等达到大煞宫境巅峰，他的地煞玄光应该会达到一个恐怖的数字。有如此数量的地煞玄光作支持，他日后冲击煞体境会一步登天。

当然，李洛想要填满三座相宫，需要付出比常人更多的时间与资源。

“如果有更多更高级的修炼资源就好了。”

李洛感叹一声。虽说洛岚府现在家底不薄，但有些高级修炼资源不容易获得，说到底，还是因为东域神州是外神州，资源不够丰富。

李洛睁开眼睛，瞥了一眼手腕上的猩红镯子。

自从府祭结束，三尾天狼已经许久没有动静了，想来上次的大战对它产生了极大影响。李洛时常观测镯子内部空间，隐约感觉到从三尾天狼体内散发出来的能量波动在逐渐加强。

甚至隐隐具备了一丝封侯境的压迫感。

三尾天狼会有这种变化，多半是因为李洛提供的十滴蕴含天王血脉的精血。

“我的天王血脉这么有用？”李洛摩挲着下巴，觉得以前似乎低估了自己的血脉，看来往后不能轻易给人了。如果提炼多了，说不定会对他产生不好的影响。

想起所谓的天王血脉，李洛手掌一握，一块神秘的黑色令牌出现在手中。

正是那块李天王令牌。

李洛手指摩挲着令牌斑驳、冰凉的表面，凝视着散发神秘气息的“李”字，这块令牌恐怕不简单，说不定是李天王亲手打造的。

天王级……真是遥不可及的层次啊。

那是真正屹立于天地间的巅峰存在，一举一动都能引发滔天震荡，让无数生灵战栗。

没想到自己有这样的背景，只不过李洛出生在大夏，对李天王一脉颇为陌生，但出于对李太玄的尊重，他对此不排斥。

如果有机会，也可以接触接触。

想着这些，李洛神色突然一动，他抬起头，目光看向四周，发现天地间的恶念之气变得浓郁了。

窸窸窣窣。

道路两侧大树林立，茂盛的枝叶伸展，却给人张牙舞爪的诡异之感。

李洛面无表情，手掌一握，金玉玄象刀出现。

姜青娥也握住了她的金色重剑。

两人同时望着这条灰蒙蒙的大道尽头，那里雾气波动着，一道人影徐徐走出。

对方的目光穿透雾气，停在姜青娥的身上，然后微微一笑，声音传来。

“姜青娥同学，我来取走你的心。”

天地间的空气仿佛在这一刻变得无比肃杀。

第七百一十一章

升华魔相

“敌袭！”

当沈金霄的身影自灰蒙蒙的雾气里走出来时，洛岚府的车队如临大敌，以袁青为首的精锐高手面色剧变，尖锐的警戒声响起。

“锵！”

洛岚府所有人抽出武器，一道道相力如明火般升起，属性不同的相力光焰点缀在这条长长的大道上，从高空俯瞰犹如一条色泽艳丽的巨蟒。

李洛与姜青娥神色平静，只是盯着大道尽头那道人影的眼神充满了杀机。

“沈狗，你果然出现了。”李洛开口。

沈金霄微微一笑，道：“李洛同学，对导师如此不敬，可是会受到惩罚的。”

李洛眼神鄙夷地看着沈金霄，道：“你还有脸自称导师，如果素心副院长在这里，怕是嘴巴都能给你撕烂。学府待你不薄，你从学府获得了诸多修炼资源，结果你却勾结归一会，害得学府相力树被毁，无数人流离失所。”

“沈金霄，你是我迄今为止见过的最令人恶心的反派。”

面对李洛毫不留情的讽刺，沈金霄脸上依旧挂着温和的笑容，他摇摇头，道：“我在学府可不只是享受资源，我同样付出了努力，我与学府之间只是普通的雇佣关系，背叛之言自然无从谈起。”

“归一会给了我无法拒绝的条件，我另投明主理所应当。”

“至于学府被毁……”沈金霄微笑道，“那是他们无能，与我何干？”

“好了，李洛，无用的话就不必多说了。”

沈金霄的目光缓缓从李洛身上转向一旁的姜青娥，此时此刻，他的眼神变得无比炽热以及……贪婪。以前在学府的时候为了不暴露，他强行忍耐了下来。

如今，不需要再忍了。

“姜青娥同学，这一天，你可知道我等了多久吗？”沈金霄柔声道。

“从见到你的第一天起，我就对你那颗神圣无瑕的光明心生出了难以遏制的贪婪，难以想象世间会有如此完美的存在……”

姜青娥望着面庞因为亢奋激动而扭曲的沈金霄，恍然说道：“原来你为的是我这颗光明心。”

怪不得以往总在沈金霄身上感知到一丝隐晦的恶意，但又有点特殊，原来他觊觎的不是她这个人，而是这颗饱受光明相力洗练的光明心。

光明心给了姜青娥感知人心的能力，这也是为何当初沈金霄即便竭力压制，却依旧被她感知到了细微的恶意。

“九品光明相淬炼出的光明心，是天地间至纯之物，也是天地间至高的美味。

“但如此纯净的光明心却不是我的最终目标，我想要的是一颗凝聚了负面情绪的光明心。”

沈金霄声音温和道：“当纯净的光明心出现了浓郁的负面情绪，两者交汇，对我而言才是世间最美好之物。你们知道为什么吗？”

当声音落下时，他的身后光线交织，化为一头通体白色、如老鼠的奇特生物光影。

当它出现时，在场所有人都感觉，自己内心的声音似乎被对方盗取了一般。

“这是沈金霄的第二相，心兽相。”

郗婵导师冰冷的声音从后方响起，她的身影出现在李洛、姜青娥身侧。

“此相具备迷惑人心的奇特能力，与他交手时需要紧守内心清明。”

郗婵目光如刀子般射向沈金霄，道：“但从未听说心兽相需要光明心。”

“心兽相？”

沈金霄嘴角掀起一抹笑意，道：“郗婵，你们的情报，只是我让你们知道的而已……从一开始，我的第二相就不是什么心兽相。”

旋即，李洛等人见到，他身后的奇特生物光影竟蠕动了起来。白鼠体内流淌出黑色的液体，转眼间就变成了一只扭曲的漆黑之物。

那仿佛是一颗黑色血肉铸就的扭曲心脏，上面有四颗暗红色的眼瞳，下面裂开了一只流淌着黑色液体的大嘴，里面仿佛蕴含着一个深渊。

一股浓浓的诡异气息随之升腾。

郗婵见到这一幕，眼里终于浮现出了一抹震惊之色。

“这是……‘魔相’？！”

李洛与姜青娥闻言一怔，道：“导师，魔相是什么？”

“世间万相，总体而言仅有两类，元素相与万兽相。但还有一种以此延伸的后天衍变之相，那就是魔相。这似乎是归一会的最终追求，他们到处作孽，释放异类，目的就是让自身的相性获得另类升华，我们一般将这种被污染的相性称为魔相。

“沈金霄对自身的心兽相进行了某种污染升华，现在他的第二相是——心魔相。

“怪不得他一直针对你，试图以各种方式对你进行打击。他的目的是让青娥同学神圣精纯的光明心因你出现破绽，他好借此种下污染之种。待光明心被污染后，他就能通过吞食光明心让魔相升华。”郗婵导师的声音此时变得凝重。

李洛眼瞳微缩，这就说得通了，以往在学府，沈金霄对他诸多阻挠，在别人看来好像是因为他与姜青娥的婚约，可真实原因却是想让姜青娥的光明心出现破绽，他好乘虚而入。

“这样看来，裴昊背后的人真是你了。”李洛阴沉道。

沈金霄笑着点点头，坦白道：“没错，本来打算借他的手将你击溃，夺得洛岚府，进而打击姜青娥，但可惜，那个废物比我想象的还要没用。”

“无所谓了……经过这么久的观察，我已经发现，你就是姜青娥最大的破绽。”

他笑眯眯地盯着李洛，眼神却让人不寒而栗。

“所以今天……我要当着她的面杀了你。”

“嗡！”

就在沈金霄这句话落下的瞬间，后方一辆车辇内，一道惊天刀气猛然爆发，蕴含着难以想象的凶煞之气，刀光卷起，仿佛将这片天地灰蒙蒙的恶念之气尽数荡除。

一刀斩出，天地似乎都被分割开，同时被分割的，还有前方沈金霄的身躯。

第七百一十二章

南下之战

当散发着滔天凶煞之气的刀光掠过时，洛岚府车队无数人震惊地见到，前方的大道一分为二，刀痕一直延伸到视线的尽头。

沈金霄的身躯同大道一起被一分为二，不过当他破碎的肉身跌落时，却化为一缕缕黑烟。

后方车辇，牛彪彪走了出来，他手持明晃晃的杀猪刀，眼神异常凶狠地盯着沈金霄肉身消散处，对着李洛他们道："小心点，此人极为诡异，不好对付。"

刚才出手的时候，他从沈金霄身上感应到了一道强大而隐晦的波动，眼前这个出自圣玄星学府的紫辉导师没有表面看上去那么简单。

"呵呵，你就是隐藏在洛岚府的封侯强者吧？你竟然在走出总部后还能维持实力？"

此时，沈金霄的笑声自天地间响起，而后虚空震荡，他的身影凭空而现，目光锁定着牛彪彪，疑惑地问道。

牛彪彪眼神泛着凶光，没有兴趣与他交谈。

沈金霄见状，打量了一下牛彪彪，自顾自地猜测道："从此前的情报来看，你应该受过极重的伤，导致封侯台破碎。如今你虽然显露了四品侯的实力，但这大概不是来自你自身……"

"难道是借助了洛岚府的神蕴物质吗？

"不过都无所谓了。"沈金霄目光一转，看向李洛，笑道，"李洛，我知道你在拖延时间等待援兵赶来，但你觉得我会不做准备、独自前来吗？洛岚府府祭我以裴昊为傀儡参与，这一次我亲自动手，可不会再失手了。"

他抬起手掌，下一刻，这片天空飘落下如雪般的灰白色物质，尽数笼罩了这片区域。

李洛顿时感觉到此处仿佛自这方天地隔离了出来。

与此同时，距离洛岚府车队百里之外的大道。

无数学员组成的队伍正在沉闷的气氛中前行，他们的脸上都失去了曾经的光彩，茫然的眼神显露着内心的颓丧，他们明白，从这一刻起，圣玄星学府已经没有了。

那棵屹立在学府的相力树是所有学员的信仰，如今信仰被毁，学园也被舍弃，他们自然丧失了精气神。

再加上灰蒙蒙的天地，他们不禁更加沮丧。

素心副院长立于半空，俯瞰四方。她自然能感受到队伍颓废的气氛，可是她也无可奈何，这些学员虽然是大夏年轻一辈的精英，可终归年纪不大，没有经历多少挫折，此次圣玄星学府的变故连她都有些承受不了，又何况这些以学府为傲的年轻人呢？

眼下安慰没有作用，唯有靠时间抹平伤痕。

等学府重建起来，想必他们会渐渐恢复斗志。

“嗯？”

就在此时，素心副院长眼眸突然一凝，视线投向西南方向，这一刻，她感知到此前给予李洛的信号玉符被激活了。

“沈金霄！”

素心副院长眼中爆发出寒气与杀机，她咬牙切齿的声音里透露着对这个名字的恨意。虽然学府有今日的下场，归一会才是罪魁祸首，但没有沈金霄从内部埋下祸根，就算金银重瞳男子是七品侯，也很难穿透学府防御，毁了相力树！

未能提前察觉出沈金霄的居心，素心副院长觉得自己有很大的责任，所以对他痛恨至极。

“你竟然还敢出现！”

素心副院长眼中杀意涌动，旋即身影一动，就欲朝着洛岚府车队赶去。

“呜呜！”

就在此时，这片天地突然传出诡异的呜呜声，车队四周有什么东西开始源源不断地从恶念之气中涌出，如洪流般冲向了学府队伍。

素心副院长看去，脸色顿时一变，赫然是数不清的异类！

“迎敌！”叱喝声响彻天地。

守护学员的紫辉、金辉导师立即组成防线，无数道相力光芒冲天而起。

素心副院长看了一眼，便收回目光，眼神冰冷地看向不远处。那里有一座湖泊，只不过此时湖泊上灰气弥漫，一名金银重瞳男子正站在水面上，面带笑容地与她对视。

“归一会的恶贼！”素心副院长眼眸冰寒，道，“被院长重创了还敢现身？”

名唤玄宸的男子微微一笑，道：“我会现身，不是在你们的意料中吗？而且你们不就是在等我吗？”

“没错，就是在等你！”

素心副院长杀意升腾，此次沈金霄如果出手，玄宸不可能坐视不管，他很可能会来阻碍学府的支援。

素心副院长等的就是玄宸。

她知道，玄宸已被院长重创，现在是杀他报仇的最好机会。

就在素心副院长声音落下的那一刻，学府队伍中一道道光影冲天而起，一座座封侯台显露，宛如星辰悬空，散发着无尽的压迫感。

素心副院长眼眸冰冷地锁定玄宸的身影。

“恶贼毁我学府，今日定要将你斩杀于此！”

素心副院长一步踏出，身后虚空震荡，四座封侯台浮现而出，犹如巨大的旋涡吞吐着天地能量，而后她玉手结印拍出，四座封侯台升腾起金光符文，照耀百里。

“封侯神符，金鹿玄冥符！”

四道金光会合，化为一头巨大的金色神鹿，神鹿踏空而行，蹄下寒冰凝结，冻结虚空。

踏着寒冰的金色神鹿撞碎空间，冲向了玄宸。

“连封侯神符都动用了，看来真是恨我不轻。”

玄宸见状忍不住微笑出声。所谓封侯神符，乃踏入四品侯的封侯强者才能凝炼出的一种特殊力量，如同上品侯的封侯界域一般。

素心副院长是四品侯，如今一动手便催动封侯神符，可见杀心之强。

玄宸摇了摇头。不过面对来自学府诸多封侯强者的围攻，他也不敢怠慢，双手一合，直接催动封侯界域，这方天地顿时被神秘场域覆盖。

同一时刻。

金龙宝行更为庞大、绵长的车辇队伍。

鱼红溪的身影冲天而起，她眼眸微凝地盯着北面，一声轻喝："你们守好车队，我去看看。"

随行的金龙宝行高层见状，对视一眼，猜到鱼红溪想去做什么。按理来说，以金龙宝行的立场，她不应该掺和这些事，但鱼红溪是会长，掌控大夏金龙宝行多年，威严深入人心。

此次宁阕副会长没有跟随，自然没人敢跟鱼红溪唱反调，于是众人点头应下。

而鱼红溪的身影已化为流光，瞬间纵跃出十数里。

"熊！"

就在此时，这片天空突然凭空燃烧起来，一朵朵火莲突兀成形，刚好将鱼红溪的路线阻拦。天地间的温度骤然升高，视线都变得扭曲。

鱼红溪停了下来，美艳的脸蛋上浮现出寒气。

她盯着某处虚空，淡淡的声音响起。

"祝青火，沈金霄已是大夏公敌，此时你来拦截我，你们极炎府是不是也与归一会有牵扯？"

第七百一十三章

突晋六品

“呵呵，鱼会长可莫要给我扣这么大的帽子，我可不想与归一会扯上关系。”

听到鱼红溪的言语，祝青火淡笑着摇摇头，而后说道：“你应该猜得到我的理由，我就不遮掩了，我只是单纯地想看见洛岚府覆灭而已。”

他的眼神冷漠，此次洛岚府府祭，他与李太玄、澹台岚结下了死仇，既然如此，他当然不介意落井下石。

若沈金霄成功覆灭洛岚府，斩杀李洛、姜青娥，等李太玄、澹台岚归来，首先找的必然是沈金霄，到时候他或许还能坐收渔翁之利。

这个时候，他当然不希望鱼红溪救下洛岚府。

“鱼会长，你们金龙宝行素来中立，何必蹚这浑水，你若退去，我愿意为先前的冒犯向你道歉。”祝青火诚恳地说道。

鱼红溪却不为所动，只是眼神渐渐冰冷，她注视着祝青火，淡声道：“你确定要拦我吗？祝青火，惹火了我，你今日不付出代价，恐怕收不了场。”

听着鱼红溪言语间的寒意，祝青火眉头挑了挑。他一直忌惮对方，别看鱼红溪素来一副与人为善、和气生财的模样，谁如果小瞧了她，那可就是货真价实的大蠢货。

金龙宝行派系诸多，这些年被鱼红溪一手镇压，不仅手腕厉害，她的实力也极为强横。

这些年鱼红溪很少亲自下场与人交手，她的实力究竟有多强，祝青火也不清楚。但他明白，以金龙宝行的资源，再加上鱼红溪的天赋，对方不可能弱于他。

因此，即便他已晋入四品侯，也未必能拦得住对方。

但……如果只是拖延一些时间，他应该还是能做到的。

一念至此，祝青火不再犹豫，手掌一握，一柄青色羽扇出现在手中。羽扇之上有深红色的火焰升腾，火苗凝聚形成了一只朱雀光影。

朱雀吞吐光焰，清鸣声响彻天际。

扇柄有一道痕迹，这是一柄紫眼宝具。

“当年这柄朱雀宝扇还是鱼会长帮我物色的，没想到今日要用它来阻拦鱼会长，真是天意弄人。”祝青火身后虚空震荡，四座巍峨如山岳的封侯台显露而出，天地能量顿时呼啸而来，被四座封侯台吞没。

祝青火陡然扇动朱雀宝扇，深红色的火焰自天地间源源不断涌现而出，直接形成了四道连接天地的巨大火柱。

鱼红溪凌空而立，眼眸冰冷地望着这一幕，唇角掀起一抹讥讽。

“祝青火，你可能不知道，我这个人有个习惯，凡是值得警惕的人从金龙宝行买走的紫眼宝具，我都会提前准备克制之法。

“很不巧，你就在这份名单之中。”

随着鱼红溪声音落下，她手腕一翻，一只玉净瓶出现手中，她屈指一勾，瓶内徐徐升起一片白色的雪花。

“呜呜！”

随着白色雪花出现，天地间的温度骤降，恐怖的寒气散发，大地都开始结冰。

雪花融入虚空，这一刻，这片区域仿佛变成了极寒之地。

祝青火召唤的四道通天火柱便以惊人的速度变得黯淡，最终彻底熄灭。

这一幕让祝青火瞬间失神，而后面色变得难看。

那一片神秘的雪花必然是一种异宝，将这片天地转化成了对他极不利的战场，而他曾经花重金从金龙宝行购来的朱雀宝扇，完全失去发挥威力的机会。

祝青火心头升起怒意，这个鱼红溪的心机太深了，竟然藏了这么一手！

鱼红溪没有理会祝青火阴沉的面色，她一步踏出，身后虚空震荡，同样有四座封侯台浮现，一股股强大至极的能量波动如风暴般席卷开来。

祝青火见状心头一沉，果然，鱼红溪早就晋入四品侯了，而且看相力雄厚程度，比他还要强上一筹。

看样子，鱼红溪铁了心要去救李洛，他只能尽量拖延，希望沈金霄能够显露本事，尽快得手吧。

心里这般想着，祝青火不再犹豫，身后四座封侯台浮现出赤红色的神符光纹，犹如火焰神山。

灰白物质飘落的大道。

洛岚府庞大的车队有些骚乱，人心惊惶，好在袁青、雷彰等洛岚府高层竭力安抚，才没有自乱阵脚。

蔡薇与颜灵卿站在一起，望着拦路的沈金霄，她们对视一眼，皆从对方的眼里看出了担忧。

牛彪彪的身影徐徐升空，他那柄沾染着血迹的杀猪刀再度变长，变成一柄大刀，散发着滔天的凶煞之气。

郗婵导师眼神冰冷，身后虚空震荡，三座如山岳的封侯台浮现，吞吐天地能量，散发着磅礴的气势。

她的第三座封侯台比起前两座小了不少，像是初成不久。

“哦？你晋入三品侯了？”

见到郗婵身后的三座封侯台，沈金霄惊讶道。他得到的情报，郗婵只是二品侯，眼下看来，她似乎在最近这段时间突破了。

“是素心副院长从学府宝库取了什么异宝给你吧？”沈金霄笑着说道。

“看来多亏了我啊，如果不是我毁了学府，她又怎么舍得掏空宝库呢？”

郗婵眼神冰冷，盯着沈金霄的眼神满是杀意，道：“沈金霄，我中的这道鱼魔咒是拜你所赐吧，当年鱼魑王分身降临，分明就是你引来的！”

沈金霄这一次没有如同以往那样辩解，反而认真地点点头，道：“你猜得没错，当初的确是我引来鱼魑王，就是为了在更多紫辉导师身上种下鱼魔咒。”

郗婵玉手紧握，盯着沈金霄的目光恨不得将他碎尸万段。

然而沈金霄不为所动，他独自一人面对着牛彪彪、郗婵两位封侯强者，丝毫没有怯意。他看着李洛微笑道：“这就是你这些天准备的所有手段吗？”

“如果你指望学府或者金龙宝行，那他们应该来不及呢。

“这两位封侯未必挡得住我。”

李洛眼神冰冷地迎着沈金霄的视线，刚欲说话，洛岚府车队中突然又传出一个声音。

“再加上我呢？”

众人惊愕地看去，便见到一个人影不知何时站在一辆车辇上。

竟然是都泽府的都泽阎！

看着突然出现的都泽阎，姜青娥面露错愕，然后看向李洛，道：“你竟然将他请来了？”

她知道前些天李洛一直在为对付沈金霄去邀请援手，但她没想到都泽阎会来，洛岚府与都泽府的关系不算友好，即使府祭时都泽阎出手阻拦了司擎。

“都泽府主说他会答应，只是因为沈金霄害得都泽府也流离失所。”李洛笑道。

姜青娥闻言没有多说什么，聪慧如她，当然明白这是都泽阎的借口。这一位有自己的傲气，断然不可能承认是专程来帮洛岚府，只不过这份人情他们洛岚府欠下了。

“都泽阎，看来你真是被李太玄降服了。”

沈金霄凌空而立注视着都泽阎，摇了摇头，他没想到对方会来帮洛岚府。

“无所谓，一个凑数的二品侯罢了。”

沈金霄微微一笑，双目流淌出无尽的冰寒之意。

“既然你的底牌都亮出来了，接下来该轮到我了吧？”

他伸出手掌，身后虚空开始剧烈震荡。

“隐藏了这么多年，总算能够毫无保留地出手，真是让人期待呢。”

沈金霄嘴角的笑容变得浓郁，他双手合拢、结印。

紧接着，六座巍峨如山岳的封侯台破空而出，那一霎，一股强悍到极致的威压宛如万重巨浪，于天地间横扫开来。

六座封侯台！

沈金霄已晋入六品侯！

第七百一十四章

四侯之战

六品侯！

当沈金霄身后出现六座封侯台时，在场所有人的神色都出现了变化，即便是牛彪彪、郗婵、都泽阎三位，眼神都变得凝重。

这个等级超过了摄政王、素心副院长等大夏顶尖强者！

谁能想到，这个往日在学府不显山不露水的沈金霄竟然拥有如此实力！

李洛的面色极为凝重，当沈金霄显露出六品侯的实力时，他就明白，今日这场大战将比洛岚府府祭更凶险。

他的目光扫过自己这边，三位封侯强者里，牛彪彪的战力最强，媲美四品侯，郗婵导师是三品侯，而都泽阎是二品侯，虽然人数上有优势，但能弥补战力的差距吗？

李洛不知道，但不管能否弥补，今日都是一场没有退路的死战。

他不可能坐视沈金霄取走姜青娥的光明心，双方没有任何调和的余地，只有你死我活。

大战一触即发。

牛彪彪率先出手，他五指成拳，直接轰出，似有万丈牛魔光影凌空而现，发出了震耳欲聋的咆哮声，整个天地都震动起来。

磅礴的拳影以一种霸道至极的姿态碾碎虚空，轰向了沈金霄。

封侯术，牛魔神力拳！

牛彪彪在府祭与祝青火交手时也施展过这道封侯术，但或许是直接借助神蕴物质力量的缘故，这一次的威力更加强悍、霸道。

面对牛彪彪发动的攻击，沈金霄的神色颇为平淡，他单手结印，身后虚空变得火红，一道巨大的火焰光影凭空而现，光影头有弯角，浑身涌动着炽热之火。

这是沈金霄的第一相，炎魔相！

火焰光影伸出巨掌，仿佛一颗陨石从天而降，整个天地都变得异常燥热，空气开始扭曲。

“轰！”

两者于天空硬撼在一起，无比狂暴的能量冲击波如飓风般横扫，下方洛岚府长长的车队更是被震得四散开来，无数人眼露惊恐。

但最终还是沈金霄的火焰巨掌更胜一筹，毕竟他是六品侯。

牛魔拳印蒸发，炽热的余波卷向牛彪彪。

“吼！”

此时又有一个虎啸声响起，只见一头通体淡蓝色的巨虎踏空而来，虎爪每一次落下，都有水波荡漾，它径直与炽热余波相撞，顿时溅射出了漫天水雾。

郗婵导师出手了。

她眼眸冰冷地锁定沈金霄，纤细双手结印，淡蓝色的相力喷发，转眼间在天上形成了一片海洋，而后卷起万重巨浪，狠狠地冲向沈金霄。

“郗婵，区区三品也想撼动我吗？以往在学府我只是不想暴露，否则你能活到今日？！”

沈金霄不屑一笑，袍袖一挥，滚滚烈焰席卷天际，与蓝色海洋碰撞。两者接触的瞬间，蓝色海洋节节败退，不断被蒸发。

郗婵见此眼眸更为冰冷，旋即她摘下薄纱，露出清冷美丽的容颜，檀口微启，吐出一颗深蓝色的光珠。光珠散发着层层光晕，接着冲天而起，落进由水相之力所化的海洋中，海面顿时散发出一波波的巨大光圈。

海洋再度卷动，与烈焰之海相撞，这一次，此前取得绝对上风的烈焰之海竟以惊人的速度消融，仿佛被某种霸道的力量溶解了。

突如其来的变化让沈金霄惊讶不已，他注视着海洋内的深蓝色光珠，道：“这是……学府宝库里的‘归墟水珠’？素心连此物都给了你，看来为了对付我，你们真是下了本钱。”

作为学府的紫辉导师，沈金霄自然知晓学府宝库的信息，归墟水珠就是里面的顶尖紫眼宝具。如果由水相者使用，能够大大加强水相之力的强横程度，还会赋予极强的侵蚀力。

郗婵以三品侯实力爆发出的水相之力能够反噬他的火相之力，靠的就是这股力量。

郗婵双手迅速结印，下一刻，深蓝色的海洋突然剧烈收缩。

“封侯术，水虎镇相环。”

海洋收缩，形成了一道约莫百丈的深蓝色水环，水环一晃，便出现在沈金霄上方，然后迅速缩小。

那道水环似乎拥有封印的力量，当它出现时，沈金霄身后的火焰巨影顿时变得黯淡许多。

就在郗婵削弱沈金霄炎魔相的那一瞬，后者侧方的虚空突然崩碎，一个人影暴射而出。

那人周身环绕着异常狂暴的火雷相力，正是都泽阎。

他双手结印，掌心有火雷凝聚，爆发出轰隆隆的响声。

封侯术，雷火天梭!

下一瞬，一道火雷之光以迅雷不及掩耳之势自他掌心喷薄而出，形成了一把火雷梭，对着沈金霄的后背轰杀而去。

“蚍蜉撼树。”

面对都泽阎的袭击，沈金霄冷笑一声，区区二品侯，没有顶级紫眼宝具加持也敢来偷袭他?

他心念一动，一座封侯台破空而来，同时迅速缩小，化为一面赤红盾挡在后方。

在沈金霄的眼里，都泽阎二品侯的实力不够看，只需稍加防御即可，对方威胁不到他，眼下值得防范的还是牛彪彪，这位相对神秘的四品侯可能拥有能威胁到他的秘法。

“轰隆！”

这般想着的时候，都泽阎的攻击已落在了赤红盾上。

就在这一刻，沈金霄感到了不对劲，都泽阎的力量比他想象的强横许多。

“你隐藏了实力！”

沈金霄心转如电，声音顿时变得阴沉。此时再感知都泽阎的相力波动，赫然已超越了二品侯的境界，直跃三品侯！

而在都泽阎身后的虚空，出现了第三座封侯台，三座封侯台吞吐天地能量，为他提供庞大的力量支持。

“好个狡猾的都泽府府主！”

沈金霄怒笑一声，这家伙能够成为一府之主，跻身大夏强者之列，真是小觑不得。看都泽阎第三座封侯台的气势，显然比郗婵强盛数分，恐怕数年前就踏入了三品侯，却始终没有显露。

他的隐藏在这一刻，因为沈金霄的轻视取得了出人意料的效果。

“轰！”

由沈金霄一座封侯台所化的赤红光盾直接被轰穿，那把狂暴至极的火雷梭便在洛岚府众人狂喜的目光中轰中了沈金霄的后背。

“轰隆隆！”

巨声响起，这片天地都在震荡。

第七百一十五章

一颗血珠

“轰隆！”

雷火于天际炸响，滚滚火云和雷霆张牙舞爪地肆意蔓延，犹如天灾。

沈金霄自天空倒飞出数百米，沿途虚空不断震荡，待火雷梭力量耗尽时，他的身影才稳了下来。

此时沈金霄衣衫破碎，后背出现了一个拳头大小的血洞，血洞周围火焰与雷光跳动，侵蚀着血肉。

但没过多久，血洞里出现了一些诡异的黑色物质，它们蔓延开来，迅速将火焰与雷光吞没，最终填满了血洞。

如此恐怖的生机，看得所有人头皮发麻。

“好个狡猾的都泽府府主。”沈金霄面无表情地盯着都泽阎，眼神阴冷。

沈金霄没想到，三人里原本他最不在意的人，反而最先让他受伤。

都泽阎依旧面庞冷峻，没有与他交谈的意思。三座封侯台横空而出，狂暴的火焰与雷霆交织，天灾般的攻击铺天盖地地对着沈金霄轰去。

沈金霄面无表情，身后巨大的炎魔光影张口喷出道道火环，环绕身躯，不仅将来自都泽阎的攻击尽数阻拦，而且原本由郗婵施展出的深蓝水环也被剧烈灼烧。

看架势，如果不是因为郗婵借助了归墟水珠，深蓝水环恐怕早就被生生蒸发了。

短短片刻的交锋，沈金霄就显露出了六品侯的强势，他以一己之力轻松将郗婵与都泽阎击退。

不过此时，来自牛彪彪的攻击吸引了他的注意力。

牛彪彪手持斑驳的大刀，从他体内爆发出来的凶煞之气直冲云霄，简直比沈金霄看上去更像反派，浓烈的凶煞之气比精兽还可怕。

凶戾刀光不断斩碎虚空，劈向沈金霄。

沈金霄周身则不断喷射出火焰洪流，将刀光尽数蒸发。

牛彪彪盯着依旧从容面对三人围攻的沈金霄，他明白，郗婵与都泽阎只能牵制对方，能将沈金霄逼退的只有自己。

一念至此，牛彪彪的眼神变得更为凶戾。

他一声长啸，啸声如雷，响彻百里。

那大刀缓缓挥动，所过之处虚空呈现崩塌之态。

一道恐怖至极的刀气于天地间悠悠而生。

沈金霄立即感应到了这股霸道的刀气，眼神微凛，终于施展出来了吗……当日府祭上，牛彪彪的这道衍神级封侯术，让大夏诸多封侯强者都为之震动。

这种级别的封侯术，在大夏可不多见。

牛彪彪出手异常果断，待刀气酝酿至巅峰，大刀便隔空对着沈金霄的位置斩了下去。

“狂神刀！”

低沉的声音随之响起。

这道衍神级封侯术再次显露峥嵘。

“嗡！”

九天之上的重重云层仿佛被一分为二，一道耀眼璀璨的刀光自天地间划过，一切阻挡在前的物质都被化为虚无。

郗婵与都泽阎皆为这一刀的凌厉与霸道震惊。

虽说牛彪彪只是四品侯的实力，可这一刀的威能恐怕连普通五品侯都只能暂避锋芒。

但被郗婵、都泽阎竭力牵扯的沈金霄无法躲避。

当然，他也没有要躲的意思。

这些年他隐藏自身太久，如今到了该完全显露的时候。

六品侯的实力足以让他屹立在大夏封侯境最顶尖的位置。

如果没有玄宸，现在的他就是大夏除了庞千源之外最强的人。

沈金霄面容漠然，双手闪电般结印。随着印法结成，他的掌心凝聚出一颗火红色的光点。光点出现时，所有人都感觉到天地间的温度骤然升高。

众人宛如进入洪炉世界。

火红光点以惊人的速度膨胀，短短数息后便化为一颗约莫百丈的炽烈大日，表面流动着无数能量符文。

大日之中，一股股恐怖至极的火焰相力散发出来。

“封侯术，大炎阳！”

沈金霄望着在眼中急速放大的刀光，下一刻，百丈烈阳轰然砸落，与将云层都分割开的刀光悍然相撞。

“轰轰！”

撞击的瞬间，恐怖的高温与霸道的刀光疯狂地互相侵蚀，能量冲击波如飓风般于天地间扩散，这一刻，即便是郗婵与都泽阎都受到波及，两人倒射而退，身后封侯台释放出磅礴的相力，不断化解着能量冲击波。

下方的洛岚府车队虽然只是被余波覆盖，但依旧被冲得人仰马翻，一片混乱。

没有人在意这些，他们的目光都死死地盯着高空。

只见牛彪彪的身影剧烈一震，上身衣衫被焚毁，露出满是伤痕的身躯。他浑身皮肤更是被炙烤得通红，同时嘴里喷出一口鲜血。

反观沈金霄，他的身影凝滞了瞬息，只听得刺啦一声，他的胸前凭空出现了一道刀痕，自他肩膀斜划下去，直到腰腹位置，几乎将他斩裂。

滚滚鲜血从刀痕处流淌。

诡异的黑色物质再度出现，试图修复伤口，但此时伤口处有恐怖的刀气肆虐，黑色物质一出现就被绞灭。

看这般模样，刚才的对碰，双方都出现了不轻的伤势。

“呵呵，不愧是衍神级封侯术，威力如此惊人。这样的攻击多吃几次，就算六品侯也顶不住呢。”硬撼了一次狂神刀，沈金霄阴沉地笑道。

“想吃就多吃两次。”牛彪彪满脸横肉，凶气十足。

沈金霄笑着摇了摇头，淡淡地道：“你没有那个机会了。”

牛彪彪闻言，眼神顿时一凝。

沈金霄抬起手掌，只见他的掌心突然出现一颗血珠。

“你这滴血真是不容易到手。”

沈金霄身后六座封侯台震动，一道道神秘符文渐渐显露。

郗婵、都泽阎见状，立即催动自身封侯台对沈金霄发动了凶猛的攻击，虽然他们不知道沈金霄接下来要做什么，但看架势，显然是要施展某种秘术！

沈金霄毫不在意，六座封侯台喷出道道炽热洪流，化解了两人的攻击。

“你们是不是很好奇我这心魔相的能力？”

“接下来，我就给你们演示一下吧。”沈金霄诡异地一笑，指尖结印，只见那滴来自牛彪彪的鲜血立即滚动起来，渐渐形成了一个拇指大小的血人。

模样与牛彪彪如出一辙。

六座封侯台上，神秘符文如同液体般流下，最后尽数没入血人牛彪彪的体内。

与此同时，沈金霄阴诡的笑声再次响起。

“封侯神符，心魔劫。”

当他声音落下的瞬间，原本已准备再次施展狂神刀的牛彪彪，身体突然一僵，然后他的眼神迅速变得空洞，似乎陷入某种不受控制的幻境。

郗婵、都泽阎猛然色变。

下方的李洛见状，心头渐渐沉了下去。

沈金霄微微一笑，低头俯视着地面的李洛，眼神怜悯。

“没有了牛彪彪，你们接下来还能如何挡我？”

第七百一十六章

最后手段

牛彪彪突然陷入心魔般的迷障中，让在场所有人为之色变。

没有了牛彪彪这位四品侯，光凭郗婵与都泽阎两位三品侯，根本不可能阻拦沈金霄。

蔡薇、颜灵卿俏脸苍白，不知所措。

洛岚府的车队也有些混乱。

“誓死保护两位府主！”

袁青举起了洛岚府的旗帜，满脸决然地大喝出声。

虽然在一名六品侯面前，他这个天相境宛如蝼蚁，但他没有逃跑，反而第一时间鼓舞士气。

雷彰等阁主也面露决绝，如果一名六品侯强者要赶尽杀绝，他们没有逃跑的机会，既然如此，还不如战死。

整个车队一时间被哀戚笼罩。

李洛的神色依旧平静，对于眼前的情况，他不是完全没有预料。

学府和宝行的支援尚未抵达，说明他们被缠住了，沈金霄此次是有备而来。

他转过头看向一旁的姜青娥，对方骑着角马兽，宛如神女的玉颜同样波澜不惊，金色的眼眸清澈深邃，倒映着天地间的一切。

“青娥姐……”李洛轻声道。

姜青娥眸光投向李洛。

“害怕吗？”李洛问道。

姜青娥轻轻笑着摇了摇头，道：“我们不会死在这里。”

“我也觉得不会。”李洛笑道，“不过青娥姐，待会儿先由我出手，以前总是你来帮我解决麻烦，这一次得让我站出来了。毕竟，保护未婚妻是我这个未婚夫的责任。”

姜青娥凝视着李洛俊朗好看的脸庞，眼神充满坚定。

于是，她展颜轻笑一声，温柔地道：“好，听你的。”

她没有问李洛究竟凭什么去阻拦沈金霄这位六品侯，但她明白，这是李洛的决心。他只是要表明，不管面对什么强敌，他都不会允许对方在他的眼皮底下……伤害到她。

姜青娥金色的眸子里流淌着温暖笑意，眼中倒映着少年俊朗的脸庞。这个她生命中陪伴最多的人，渐渐蜕去了曾经的青涩，变得可靠起来。

他不再是以往那个动不动被她打哭的小男孩了。

高空上，沈金霄注视着一动不动的牛彪彪，此时对方陷入了他引动的心魔劫，短时间内应该无法脱离。

没有了牛彪彪威胁，接下来就简单了。

他漠然的目光投向郗婵、都泽阎二人。

他伸出手指，指尖有无边火焰咆哮而出，化为两条看不见尽头的巨大火蟒。火蟒盘踞天空，渐渐变成两座熔炉，直接封锁住两人所在的位置。

郗婵、都泽阎竭力抵抗，各自催动着三座封侯台将火蟒熔炉轰撞得剧烈震荡。

但在沈金霄绝对实力的压制下，他们一时间无法脱困。

沈金霄轻易掌控了局面。

限制了郗婵二人，沈金霄没打算斩杀他们。因为封侯强者的生命力极为顽强，想要抹杀需要一些时间，而他需要尽快得到光明心，否则等到素心和鱼红溪赶来，难免出现变故。

于是他身影一动，踏空而下，走向了李洛和姜青娥。

见到他走来，袁青、雷彰等洛岚府的高层皆面露惊惧，封侯强者恐怖的威势如洪流般席卷而来，令他们的身体恐惧地颤抖起来。

但他们还是鼓起勇气，拼命运转体内相力，挡在二人前方。

“你们退开吧。”此时，李洛的声音传来。

袁青、雷彰等人一惊，转头看向李洛，只看到他平静的面容。

他们犹豫了一下，最终缓缓退开。

“怎么？要放弃了吗？”沈金霄出现在李洛和姜青娥十丈外的位置，奇怪地问道。

“就算你们选择放弃，我还是会赶尽杀绝。一位身怀三相的天才，我可不敢放任你成长起来。”他笑着说道，望着李洛的眼神流动着杀意。

李洛道：“你也得能做到才行。”

沈金霄讶异地笑道：“听起来，你还有其他手段？你的救兵似乎都赶不及吧。”

他望着神色异常平静的李洛，不知为何心里泛起不安，而后说道：“算了，你这小子实在诡异，还是不与你废话了，先杀了再说。”

就在他声音刚落的时候，李洛伸出手掌，掌心有一枚黑色令牌。

令牌上面，古老的“李”字散发着神秘的气息。

当沈金霄见到这枚黑色令牌的时候，面色不出意料地发生了变化，当日在学府时，他亲眼见到庞千源从李洛这里借走了此物，之后这枚令牌就重创了玄宸这位七品侯。

“想用它吓唬我？上一次庞千源遗留的力量已经消耗殆尽，即便此物极为不凡，凭你又如何催动？”沈金霄眼神阴冷地说道。

说话的同时他已果断出手，火焰洪流咆哮而出，大地直接被熔化，如此威能，一个照面就能将李洛烧成虚无。

李洛眼眸微垂，即便是滔天火海席卷而至，他的心境依旧异常平静，只是五指用力握住了黑色令牌。

当日庞千源归还令牌后，此物仿佛被打开了一个阀门，李洛趁机知晓了黑色令牌的一种使用方法。

方法有些极端，若非万不得已，李洛也不愿意动用。

但现在不能有所保留了。

他体内的血液似乎在此时拥有了生命力，它们在咆哮，然后朝着黑色令牌奔腾而去。

血红的纹路蔓延开来，迅速与那个“李”字接触。

那一瞬，一个苍茫的龙吟声穿透时空而来。

他的眼瞳开始充血，血管在脸上凸显，显得极为狰狞可怖。

这样的痛苦并非没有效果，令牌上的“李”字竟缓缓脱离，与催动的火焰洪流相撞。

那一瞬，火焰瞬间消融，漫天沸腾的高温也在顷刻间烟消云散。

“李”字轻轻飘荡，它没有万丈光芒，也没有搅动天地能量，可当它出现的时候，来自沈金霄的恐怖压力仿佛化为了清风，刹那间尽数消失。

沈金霄的汗毛在这一刻倒竖起来，他感觉到了一股难以形容的危险气息。

于是，他毫不犹豫地抽身倒退，身影缥缈不定，化为无数虚影，隐匿于虚空之间。

李洛已经变成一个血人，他却毫不在意，颤抖着伸手指向了前方。

催动黑色令牌的“李”字，消耗的不是他自身的相力，而是他的血脉！根据他的感知，这一次血脉的损耗比起之前给三尾天狼的十滴精血还要多出十数倍！

“李”字化为一道模糊的黑光飞出。

短短不过刹那，沈金霄的无数虚影便随之破碎。

最终虚影归于一处，显露出沈金霄的真身，此时的他面色阴沉至极。

神秘的“李”字仿佛锁定了他的真身，不论他如何躲避，都会被它找出，如同命运一般。

此物必定会击中他，如果击不中，就会如附骨之疽一直跟随他。

沈金霄无法理解这种手段，恐怕连一般的王级强者都做不到吧？

李洛怎么能驱使这种东西？

心思闪动，沈金霄眼中掠过狠戾，心念一动，六座封侯台破空而出，它们结成了某种特殊的阵法，磅礴浩瀚的相力光柱呼啸而出，彼此相连，将他守护在其中。

无论神秘令牌有多强，李洛终归只是煞宫境！

而且世上没有平白出现的力量，李洛以煞宫境实力催动这种级别的力量，付出的代价必然难以想象。

这是李洛最后的手段了。

心中这般想着，沈金霄仰天长啸，天地能量滚滚而来，六座封侯台绽放出耀眼光芒。

“李”字化为的黑光追来，径直与六座封侯台组成的光阵相撞。

“嗡！”

撞击时没有巨声响起，只有一阵淡淡的光波涟漪扩散。

然后黑光凭空消失，而李洛手中的令牌上再度出现了“李”字。

天地仿佛凝滞了一瞬。

接着，所有人便震惊地见到，沈金霄周身悬空的六座封侯台，有三座在此时——崩塌了。

第七百一十七章

青娥出手

当三座巍峨的封侯台崩塌时，所有人都不敢相信自己的眼睛。

袁青、雷彰等人的眼睛几乎要凸出来了，眼前这一幕实在太震撼人心，他们无法想象，以一己之力抗衡三位封侯强者的沈金霄竟然会在这一刻，被只是煞宫境的李洛轰碎了三座封侯台！

那可是封侯台啊！每一座都是封侯强者的底蕴，是他们的力量源泉。

如今，沈金霄的三座封侯台崩塌，绝对是重创！

“扑哧！”

正如他们所料，当三座封侯台崩塌时，沈金霄面色瞬间变得通红，鲜血一口一口直接从他嘴里喷出，周身传出的相力波动也变得十分紊乱。

他眼里倒映着剩下的三座封侯台，一时间竟没能回过神。

渐渐地，他的面庞变得扭曲。

“我的封侯台！”

暴怒的嘶吼声爆发，恐怖的杀意从沈金霄身上升腾而起，他浑身都在颤抖，那是一种难以遏制的愤怒。

封侯台乃封侯强者的根基，想要打碎是何等困难的事情？！即便他以六品侯的实力碾压郗婵、都泽阎，也无法打碎他们的封侯台！

但现在，他的三座封侯台却被李洛这么一个煞宫境打碎了！这是何等令人难以置信的事！

而这必然会影响沈金霄未来的修炼，这个代价重得痛彻心扉！

从牛彪彪的状态就能看出，一个战力不弱于沈金霄的封侯强者，只能隐居洛岚府当了十几年的厨子，到现在都未恢复至全盛状态，可见封侯台的破碎对一名封侯强者会产生何等影响。

“李洛，你真该死！”

沈金霄狰狞的眼神投向李洛，这个让他极为厌恶的小子，又一次让他付出了代价！

李洛咧嘴笑了起来，鲜血从浑身毛孔渗透而出，早就将他染成了血人，如今这么一笑，反倒凸显出他白灿灿的牙齿。

李洛的身影摇摇欲坠，眼里却充斥着畅快之意。

“沈狗，洛岚府可是块硬骨头，想啃的话，总得做好牙齿被崩掉的打算吧？”李洛脸上的青筋如蚯蚓一般蠕动，看得出来他正处于巨大的痛苦之中，他体内的精血透支得太厉害。

他有种感觉，刚才的攻击如果再来一次，恐怕会对他的血脉造成难以挽回的损伤。

虽然付出了这么大的代价，但打碎了沈金霄的三座封侯台，李洛感觉非常值得。

三座封侯台崩碎，能量物质跌落，卷起了一场能量风暴。

沈金霄擦去嘴角的血迹，一步步走向李洛，脸上满是扭曲狰狞之色：“这就是你最后的抵抗了吧？接下来你还能如何？”

此时的沈金霄已经有些急躁了，李洛突如其来的反击给他带来了极重的伤势，他必须尽快结束这一切。

虽然三座封侯台破碎，但眼下的局面他还能掌控。

但他需要抓紧时间，现在他已开始难以压制郗婵与都泽阎了。

他的脚步越走越快，带起无数道残影，掌心炽热狂暴的火焰相力凝聚，将虚空灼烧得扭曲。

滔天杀意如风暴般席卷。

袁青等人纷纷色变，他们试图出手，可自沈金霄体内散发出来的压迫感却如山岳般压在身上，几乎要将他们的血肉、骨骼硬生生压碎。

这种情况下，自然无法阻拦了。

沈金霄的身影在李洛的眼中不断放大，他掌心的炽炎散发出滔天的杀意。

李洛满是鲜血的脸上没有恐惧，反而露出一抹狞笑，五指再度握紧了黑色令牌。

“想玩，那就奉陪到底！

“今天能拖死一位六品侯，也算是战绩斐然了。”

虽然明知道再次催动黑色令牌必将付出难以挽回的代价，但李洛没有犹豫。他知道，退后一步，姜青娥就会被沈金霄夺走光明心，这是他绝不愿意见到的事情。

有些东西，即便付出性命也要保护。

炽热炎阳扭曲虚空而至，就在李洛即将燃烧血脉的那一刹，一只纤纤玉手突然落在他的肩上，一股神圣精纯的光明相力涌入他的体内，竟迅速安抚了他体内暴走的血脉。

李洛惊愕地转过头。

那股磅礴的光明相力正是来自姜青娥，但此时的她似乎有些不一样了。

她原本束起的长发披散下来，于脑后飞扬，精致的五官犹如上苍之手精雕细琢而成，充满神韵，本就白皙的肌肤在光明相力的流转下更加耀眼璀璨，而金色的眼眸里流动着无数金色光线，令她的双瞳变得更加神秘莫测。

而最令李洛惊讶的是，姜青娥体内散发出的光明相力似乎达到了一个极恐怖的地步。

“青娥姐，你做了什么？”李洛忍不住问道。

李洛一直觉得自己已经藏了许多手段，可姜青娥藏的未必比他少。

姜青娥神秘深邃的金色美眸凝视着李洛，她轻笑一声，道：“李洛，你出手一次已经够了，总该给我一次机会吧？”

李洛眉头微皱，姜青娥的光明相力太强盛，强到令他有种不安的感觉。他很清楚，世上没有平白而来的力量，他透支了血脉才获得斩碎沈金霄三座封侯台的力量，姜青娥此时定然付出了不小的代价。

“青娥姐，不要胡来，我会保护你！”李洛沉声道。

姜青娥笑道：“我年龄大一点，保护弟弟是我的职责。”

李洛怒瞪双目：“我还是你的未婚夫呢！”

姜青娥嫣然一笑，眨了眨浓密睫毛，狡黠地道：“哪有成天想着退婚的未婚夫？”

李洛一滞，差点憋出内伤。

姜青娥的笑意变得更浓了，她放在李洛肩上的玉手突然摸向李洛的脸庞，此时他的脸上满是污血，但素来洁癖的她却不在意，反而轻轻将血迹擦拭干净。

同时她柔声说道：“没事啦，不要担心，我说过，今天我们都不会死。”

“区区一个沈金霄，还不配让我们死在这里。”

姜青娥说着的时候已迈出一步，挡在李洛前面，迎上了沈金霄狰狞的目光。

“姜青娥，你的力量……”

沈金霄也感受到姜青娥体内浩瀚强横的光明相力，当即眼瞳骤缩，感到不可思议。

“这股力量嘛……你的目的不就是它吗？”

姜青娥淡淡一笑，笑容里却满是凛冽肃杀之意。她轻轻指了指心脏的位置，只见一颗光明铸就的心脏从内至外燃烧起来。

沈金霄眼瞳剧震，面庞变得如恶鬼般扭曲：“你！你竟敢祭燃光明心？！”

“你怎敢如此！那是我的！”

沈金霄暴怒，姜青娥简直比李洛斩碎他三座封侯台还要令他生气。这颗光明心是他谋划这么多年的东西，他为此付出了多少时间与心血！

可现在，姜青娥却直接祭燃了它！

“聒噪。”

姜青娥淡淡一笑，玉手一握，金色重剑出现在手中，同时她的眉眼间流淌着一股浓重到极点的杀意。

“李洛斩碎了你三座封侯台，剩下的三座就由我来斩吧。”

话音落下的时候，重剑已缓缓斩了下去。

那一瞬，璀璨的光明似横扫了三千里。

第七百一十八章

光明之心

璀璨光明大放，仿佛要净化世间一切不洁之物。

在场所有人只能感觉到光明充斥了视野，甚至连天地能量仿佛都在这一刻被同化了。

似乎持续了很久，又似乎只是一瞬。

待众人视野渐渐恢复时，只看到异常明亮清澈的天地，原本流动的恶念之气都消失殆尽。

下一刻，所有人的目光急忙投向沈金霄的位置。

只见沈金霄静静立着。

他茫然地抬起头，望着仅存的三座封侯台，它们宛如遇见烈焰的雪山，正以一种惊人的速度消融。

一层层能量物质不断落下，在天地间卷起能量风暴。

封侯台每被消融一层，沈金霄的面色就苍白一分，周身涌动的磅礴相力和封侯威势也随之减弱。

短短数息之后，三座仅剩的封侯台也彻底消失。

“扑哧！”

一口鲜血从沈金霄嘴里喷出，他的眼神难以置信，一股暴怒的情绪几乎将他的理智淹没。

他难以相信，原本尽在掌控之中的局面竟然会变成现在这个样子！

他一个六品侯没有败在三名封侯强者的联手攻势下，反而被李洛和姜青娥两个小辈直接斩碎了六座封侯台！

这是何等惨重的代价？！

最关键的是，他谋划许久的光明心也得不到了。

他无法理解，就算姜青娥祭燃了光明心，怎么可能爆发出这种级别的力量？一颗九品光明心能够强到这种程度？

沈金霄阴沉地望着前方的姜青娥，此时对方的身体内不断散发出一股股极为恐怖的光明相力。

他擦去嘴角的血迹，感受着体内急剧减弱的相力，他明白，局面发展到这一步，他的行动彻底失败了。

“李洛、姜青娥，我真是小瞧了你们二人。

“你们也别得意……姜青娥，你祭燃了光明心，后续的伤害将远超你的想象。呵呵，也罢，我得不到的，毁了也好。

“没有了光明心，我还有其他机会。如今大夏已乱，未来我有的是升华之路。

“我将变得更强，到那个时候，今天的代价我会让你们百倍偿还！”

沈金霄的声音变得沙哑，流动着满满恶意。

然而对于他这种老套的反派台词，姜青娥无动于衷，冰冷道：“想跑？”

她重剑挥下，一道光明剑光直接对着沈金霄的肉身斩去。

此时沈金霄已被重创，牛彪彪与郗婵、都泽阎即将脱困，只要拖住他，沈金霄就会陷入围剿。

但这道剑光尚未落下，沈金霄的肉身就开始熔化，看上去如同燃烧的蜡像一般，极为扭曲，最终，他的身躯化为了一堆肉泥。

“姜青娥，光明心的祭燃是不可逆的，等它燃烧殆尽的时候，就是你的死期！”

“李洛，你就眼睁睁地看着吧，看着她的光明心燃烧殆尽，最后死在你的面前！”

他阴冷如诅咒的声音在这方天地间盘旋着。

李洛布满血污的脸庞猛然剧变。

姜青娥面无表情地催动光明相力净化那堆肉泥，可她没有在其中察觉到沈金霄的气息，看来这个家伙早就准备好了退路。

虽然逃了，但沈金霄付出了惨重的代价，六座封侯台被毁，对任何封侯强者来说都是重创，即便他现在逃了，也未必能恢复过来。

当然，正如沈金霄所说，她付出的代价同样惨重。

以天珠境的实力击溃六品侯，两者的力量差距不是寻常手段能够弥补的。

“青娥姐，你没事吧？”

李洛的状态极其不好，但他还是强忍着体内剧痛，急忙抓住姜青娥的手臂，目光死死地盯着她心脏的位置。

他感受着姜青娥体内磅礴的光明相力，俊逸的脸上露出勉强的笑容：“青娥姐，你快点熄灭光明心，沈狗已经跑了，没必要再拼命了。”

姜青娥没有说话，只是静静看着他，澄澈的金色美眸带着一点笑意。

“你听见没有啊？！”望着她的眼神，李洛突然变得很烦躁。

姜青娥伸出纤细玉手，握住了李洛不断颤抖的手掌。

感受着掌心间的娇嫩温暖，李洛的情绪终于平复了一些，涩声道：“真的停不下来吗？”

他脑子里一片混乱，面对姜青娥这种情况，他根本帮不上半点忙。

“李洛，冷静一点。”姜青娥轻声道。

李洛眼神茫然，这种情况下他怎么冷静？如果早知道姜青娥的搏命之术代价这么大，他宁愿第二次催动神秘令牌。

此时，蔡薇、颜灵卿等人急忙跑过来，担忧地看着姜青娥，沈金霄的话她们也听见了。

姜青娥祭燃了自己的光明心，而且还是不可逆的。也就是说，姜青娥的生命进入了倒计时……

此时，高空上爆发出磅礴相力。

牛彪彪、郗婵、郗泽阎三人终于争脱束缚，身影急落而下。

“彪叔，快，快救救青娥姐！她为了击退沈金霄，祭燃了光明心！”李洛见到牛彪彪，顿时如抓住了救命稻草一般。

“祭燃了光明心？！”

听到此话，三人面色大变。

牛彪彪、郗婵快步上前，他们盯着姜青娥的心脏位置，光明心仿佛被点燃的熔炉，不断释放出一股股惊人的光明相力。

里面充斥着强大的生命力，此时姜青娥的脸色愈发红润，似乎状态极好。

可所有人都明白，这是祭燃光明心带来的反应，一旦燃烧殆尽，姜青娥的生命力就会随之断绝。

“光明心也被称为能量之心，唯有极高品阶相性的人日日夜夜以自身相力淬炼心脏，才能将肉体心脏转化成能量之心。

“即便是我们封侯境，都很少有人凝炼出，至于祭燃它……更是从未见过，所以如何阻止我们也不知道。”郗婵柳眉紧锁，感到非常棘手。

牛彪彪面色肃然，眉头拧成了川字。

李洛闻言心头顿时沉了下去，连牛彪彪他们都没办法阻止光明心祭燃，难道需要王级强者？

无边的烦躁涌起，李洛浑身都在发抖。

众人皆沉默不语，面色难看至极。

虽然击退了沈金霄，可气氛反而比刚才更加压抑了。

姜青娥轻轻叹了一口气，握住李洛的手掌刚欲说话，神色忽地一动，凛冽的目光看向前方的虚空。

“什么人？”

喝声响起的同时，她一掌拍出，耀眼的光明相力横扫而出，似乎打中了什么。

随着她一掌击中，在场众人惊愕地见到，那里的虚空微微荡漾，仿佛有一层泡沫在消散。

数息后，一道陌生的人影凌空而立，居高临下地俯视着众人。

“呵，有趣。祭燃了光明心的人，感知竟然如此敏锐，把看了半天戏的我都找了出来。”

第七百一十九章

神秘男子

突然出现人影出乎所有人意料，即便是牛彪彪、郗婵、都泽阎三位封侯强者，面色都忍不住剧变，下一刻，他们戒备地盯着来人。

眼前之人极为陌生，应该不是大夏熟知姓名的强者。

难道来自归一会？

此时因为姜青娥而心急如焚的李洛，同样惊愕地将目光投向半空。

陌生男子负手立于虚空，模样英俊，一身星光锦袍显得气度不凡。他耳垂处悬挂着一枚金色的龙形耳坠，缓缓游动，闪烁着异光。

最让众人心惊的是，此人浑身散发着极强的压迫感，完全不亚于状态全盛的沈金霄。

“你是何人？”郗婵导师柳眉紧蹙，谨慎询问。

据郗婵知晓的情报，大夏没有这样一位六品侯。

而且从刚才此人的话判断，他似乎早就隐匿于此。郗婵他们与沈金霄的大战应该被他看得清清楚楚，但此人又两不相帮，似乎只是将它当作一场热闹，让人摸不清楚来路。

面对郗婵的质问，陌生男子只是淡淡一笑，双目微眯地看向李洛，道：“你就是李太玄的儿子？”

李洛闻言，眼神顿时一凝，惊疑地盯着对方：“你认识我爹？”

“认识当然是认识的。”星光锦袍男子嘴角带着一抹玩味的笑意。

但李洛对此人有种莫名的警惕感，道：“这位前辈，我们与你并不相识，眼下不是闲聊的时机，如果前辈没有其他事情，就请先行离去吧，我们的朋友正在赶来，到时候若是不小心有了冲突，也是麻烦。”

“这般穷乡僻壤的地方能给我带来什么麻烦？”男子漫不经心地道。

李洛见到对方遮遮掩掩，心里有些不耐。姜青娥的光明心还在祭燃，时间对他们而言极为宝贵，他实在没心情跟陌生男子磨磨唧唧。

于是，李洛朝郗婵他们使了个眼色，打算先带姜青娥迅速离开。

“小子，你想救她？”此时，陌生男子淡笑一声，说道。

李洛目光一闪，道：“前辈莫非有办法？”

“办法倒是有。”陌生男子微笑道。

李洛闻言，即便不知晓对方所说是真是假，脸上也浮现出狂喜之色。

“想要我的办法，需要付出代价。”就在李洛想提出请求时，陌生男子再度说道。

李洛毫不犹豫地道：“只要能救青娥姐，任何代价我都愿意，即便是我这条命！”

“哈哈，李太玄倒是生了个痴情的儿子。”

陌生男子嘴角带着莫名笑意，道：“我不需要你的性命，只要你把手里的‘天王令’给我，我就告诉你这个办法。”

“天王令？”

李洛一怔，似想起了什么，手掌一握，黑色令牌出现，他道：“你说的是这个？”

望着李洛手里的黑色令牌，陌生男子眼里闪过炽热，道：“没错，就是它。”

李洛握着斑驳古老的黑色令牌，目光闪烁了一下。

一名在大夏从未出现过的神秘强者，不仅认识他爹，而且还对这枚出自李天王一脉的令牌抱有特殊的渴望……通过这些信息，李洛有了一些猜测。

“前辈也是出自李天王一脉吧？”他缓缓问道。

听到李洛此话，陌生男子一怔，而后笑眯眯道：“挺聪明。我的确来自天元神州的李天王一脉，我的名字叫作李知秋，按照辈分，你得叫我一声族叔。”

他伸出手：“把天王令给我吧，看在同族的分上，我会帮你。”

李洛迟疑了一下，虽然不知道所谓的天王令有什么用，但任何东西都比不过姜青娥的性命。

于是他直接将黑色令牌递了出去。

名为李知秋的男子见状，笑容更甚，伸手就要来拿。

就在此时，一只纤细玉手挡住了李洛。

李洛疑惑地看向她。

姜青娥冲他摇了摇头，轻声道："此人心思不对，对你怀有一丝恶意，不可给他。"

李洛闻言悚然一惊，他知道姜青娥的光明心有感知人心善恶的能力，特别是她祭燃了光明心，感知更是敏锐至极。既然她这么说，眼前之人就不是可信之人。

于是他立即收回黑色令牌，戒备地盯着李知秋。

李知秋脸上的笑容微微一僵，然后瞥了姜青娥一眼，淡淡道："小女娃，多嘴可不是一个好习惯！"

随着话落，他的眼中竟喷薄出金光，金光之中似有一条金色龙影，散发着滚滚龙威，对着姜青娥镇压而去。

姜青娥神情凛冽，她依旧处于祭燃光明心的状态，并不惧对方，周身无尽光明涌动，化为光明屏障，融入前方虚空。

"轰！"

虚空剧烈震荡，一股狂暴至极的能量余波横扫开来。

姜青娥娇躯微微一震，身影被震退数步，脸上浮现出一抹红色，随即又被她压制下去。

"青娥，你不要再催动光明心了，这样只会让祭燃速度越来越快，加速枯竭！"郗婵挡住姜青娥，沉声说道。

李洛闻言面色一变，看向姜青娥心脏的位置，果然发现火焰变得猛烈了，显然刚才李知秋的出手，将姜青娥向祭燃殆尽的状态逼近了一分。

李洛心中升起了熊熊怒火。

"浑蛋，你究竟要做什么？！"李洛阴沉地看向李知秋。

"没大没小，李太玄就是这么教儿子的吗？"

李知秋面色一沉，伸出手掌，金光相力咆哮而出，化为栩栩如生的金色龙爪。

"我懒得与你多说废话，跟我走吧。"

金色龙爪遮天蔽日地覆盖，牛彪彪、郗婵、都泽阎眼中怒意浮现，磅礴的相力爆发，就欲阻拦。

就在金色龙爪即将落下的那一刻，远处天际突然响起惊雷之声，一抹无边锋锐的剑光从天而降，将金色的龙爪击碎。

一个冰冷的女子声音由远至近，宛如春雷滚滚而来。

“李知秋，你好大的胆子！

“我龙牙脉的事，何时轮到你这个外脉之人插手？！”

（未完待续）

万相之王 10 洛岚府祭

ABSOLUTE RESONANCE

万相之王10·洛岚府祭

作者
天蚕土豆

选题策划
知音动漫图书·时代坊

封面插图
芝士牛煲煲

封面&内文设计
方　茜

策划编辑
余　慧

执行编辑
许子楷

出版
中国致公出版社

总出品
湖北知音动漫有限公司

制作出品
知音动漫图书·时代坊

平台支持

知音漫客　小说绘

图书在版编目（CIP）数据

万相之王 .10, 洛岚府祭 / 天蚕土豆著 . -- 北京 :
中国致公出版社 , 2023
ISBN 978-7-5145-2029-3

Ⅰ . ①万… Ⅱ . ①天… Ⅲ . ①幻想小说 – 中国 – 当代
Ⅳ . ① I247.5

中国国家版本馆 CIP 数据核字 (2023) 第 018787 号

万相之王 .10，洛岚府祭 / 天蚕土豆著
WANXIANG ZHI WANG.10，LUOLAN FUJI

出　　版　中国致公出版社
（北京市朝阳区八里庄西里 100 号住邦 2000 大厦 1 号楼西区 21 层）
出　　品　湖北知音动漫有限公司
（武汉市东湖路 179 号）
发　　行　中国致公出版社（010-66121708）
作品企划　知音动漫图书 · 时代坊
责任编辑　许子楷
责任校对　吕冬钰
装帧设计　方　茜
责任印制　程　磊
印　　刷　武汉市新华印刷有限责任公司
版　　次　2023 年 3 月第 1 版
印　　次　2023 年 3 月第 1 次印刷
开　　本　787 mm × 1092 mm　1 / 16
印　　张　18
字　　数　290 千字
书　　号　ISBN 978-7-5145-2029-3
定　　价　36.80 元